Sissi Flegel

Bubenspitzle im Angebot

Sissi Flegel

Bubenspitzle im Angebot

ROMAN

Silberburg-Verlag

Das Schwobaländle und seine Einwohner kennt **Sissi Flegel** ganz genau. Denn hier ist sie geboren und aufgewachsen. Heute lebt sie mit ihrem Mann in Vaihingen/Enz. Zunächst veröffentlichte sie Romane für Kinder und Jugendliche. Seit einigen Jahren schreibt sie auch Unterhaltungsliteratur für Frauen, die dem Teenager-Alter entwachsen sind: Denn auch mit fünfzig dreht sich immer noch alles um die Liebe ...

1. Auflage 2011

Umschlaggestaltung: Christoph Wöhler, Tübingen.
Druck: Gulde-Druck, Tübingen.
Printed in Germany.

ISBN 978-3-8425-1149-1

Besuchen Sie uns im Internet
und entdecken Sie die Vielfalt
unseres Verlagsprogramms:
www.silberburg.de

Den Menschen ist nur mit
Gewalt oder List
Etwas abzugewinnen.
Mit Liebe auch, sagt man;
Aber das heißt auf Sonnenschein warten,
Und das Leben braucht jede Minute.

J. W. GOETHE.

Montag, 18. April

Liebe Leserinnen!

Sie haben seit Jahren meine Kolumne in der Zeitschrift Victoria! verfolgt. Sie kennen meine Vorlieben, meine Leidenschaft für gutes Essen und große Weine, Sie wissen, dass ich alleinerziehende Mutter mit hin und wieder einem Liebhaber sowie eine eifrige Kino- und Theatergängerin bin und ahnen, dass ich nicht mehr die Jüngste sein kann.

Nein, bin ich nicht.

Ich blicke in wenigen Tagen auf fünfzig interessante, erlebnisreiche, gelegentlich auch traurige Zeiten zurück. Das Leben hat es gut mit mir gemeint. Ich bin gesund und munter, in den vergangenen drei Wochen habe ich mich in einer Schönheitsfarm mit einem vorzüglichen Diätprogramm, etwas Botox und einem begnadeten Friseur rundum verschönern lassen: Niemand wird mir meine wunderbaren fünfzig Lebensjahre ansehen!

So auf Vordermann gebracht fragte ich mich, wie ich meinem Leben eine kräftige Prise Pfeffer geben könnte. Denn Frauen wie wir erwarten doch mehr als nur eine Portion faden Eintopfs! Wir nehmen unser Schicksal in die Hand und peppen es so auf, dass wir täglich einen wahren Heißhunger darauf haben!

So ist es doch, meine lieben Leserinnen, nicht wahr?!

Ich jedenfalls habe mir ein großes, ein herausforderndes Ziel gesetzt:

ICH WILL ES NOCHMAL WISSEN!

Ich möchte Ihnen ein Beispiel dafür sein, dass wir mit fünfzig noch längst nicht zum Krampfadergeschwader gehören, keine Kukidentjüngerinnen sind und uns, wenn überhaupt, nicht mit einem Pornflakes mümmelnden Mann zufriedengeben. Ich, eine Frau von fünfzig, will einen MANN an meiner Seite!

Ich werde mir den RICHTIGEN angeln!

Und das sind meine Bedingungen:

Kein namenloser Flossenträger, ein prächtiger, kluger, intelligenter Goldfisch muss es sein. Er darf den »Sommernachtstraum« nicht für eine Champagnermarke, Schubert nicht für ein Regalsystem von Ikea und Cézanne nicht für einen Vorort von Nizza halten.

Ein Privatjet und eine Jacht im Mittelmeer dürfen, müssen aber nicht sein, jedoch setze ich ein gut gepolstertes Bankkonto unbedingt voraus.

Ein jugendlicher Bespringer ist keine Herausforderung. Mein MANN muss sich einen Platz im Leben erobert haben – was unweigerlich zu der Frage führt: Single oder nicht? Verheiratet, verwitwet? Geschieden?

Alles Nebensache, liebe Leserinnen. Sollte der MANN verheiratet sein, umso besser. Eine Ehefrau gibt der Herausforderung einen zusätzlichen Kick, vorausgesetzt, sie ist mindestens ein Jahr jünger als ich.

Erwarte ich Liebe? Nicht unbedingt; in meinem Alter zählen gleiche Interessen und gegenseitige Achtung mehr als ein flüchtiges Himmelhochjauchzen, dem früher oder später das niederschmetternde Zutodebetrübt folgt.

Ich werde meine Fühler überallhin ausstrecken. Ich werde auf Kontaktanzeigen in Zeitungen und im Internet antworten, werde Einladungen annehmen, werde mit meinem Hund durch die Stadt streifen. Meine Augen und Sinne werden wide wide open sein.

Sie, meine Leserinnen, werden einwenden, dass jede Frau eine zufällige Bekanntschaft als Eroberung ausgeben kann. Das gilt natürlich nicht. Mein MANN muss ernsthafte Absichten haben; er darf nicht Worte, er muss Taten sprechen lassen!

Meine Suche, das Gelingen oder Scheitern meines Plans, schildere ich Ihnen, meine lieben Leserinnen, wöchentlich und mit schonungsloser Ehrlichkeit in meiner Kolumne.

Mit fünfzig fackelt man nicht mehr lange; ich gebe mir Zeit bis zum Sommer.

Sprechen Sie mit Ihren Freundinnen über meinen Plan, schließen Sie Wetten ab, mailen Sie mir Ihre Meinung!

Halten Sie meinen Plan für unmoralisch? Bitte, ganz wie Sie wünschen. Ich jedenfalls will nicht länger brav und artig sein. Mit fünfzig bin ich nur noch GROSSARTIG!

Wie immer Ihre Marie Liebe

1. Kapitel

Im Rom der Cäsaren interessierte sich das Publikum hauptsächlich dafür, ob der Gladiator im Circus Maximus von der wilden Bestie zerrissen wurde oder wider Erwarten mit dem Leben davonkam, was den Zuschauern gründlich den Spaß verdarb.

Das mal vorab.

Heute, Gerd Siemoneit-Barum behauptet das und ich glaube ihm auch, achtet und respektiert der Dompteur die Raubkatzen in der Manege seines Zirkus', allerdings bin ich der Meinung, dass sich in der Manege des Leben zwischen früher und heute so gut wie nichts geändert hat, egal, wie friedlich wir uns auch nach außen hin geben.

Ich weiß, wovon ich rede.

Zum Beispiel hatte ich an diesem Frühlingsmorgen schon den Kaffeetisch gedeckt, Brezeln und Wecken aufgebacken, frische Erdbeermarmelade, Wurst und Käse, Obst sowie zwei weichgekochte Eier auf den Tisch gestellt und wartete nun auf meinen Mann. Der Wirtschaftsteil der Tageszeitung lag neben seinem Teller, ich nippte am Orangensaft und las gerade den ersten Satz des Leitartikels, als Alex in die Küche stürmte, sich auf den Stuhl und einen bunten Katalog neben die Tasse fallen ließ.

»Schatz, wir machen eine Reise!«

Es spielt keine Rolle, ob ich zwölf Stunden am Stück geschlafen habe; morgens brauche ich meine Ruhe. Ich komme nicht so schnell in die Gänge und hasse es, mit nüchternem Magen weitreichende Entscheidungen treffen zu müssen.

»Wirklich?« Ich reichte Alex die Butter.

»Nina! Jetzt, wo ich wieder gesund bin, berste ich vor Energie! Ich finde, wir sollten unsere Tage genießen! Was hältst du von Neuseeland? Da wollte ich schon immer mal hin. Oder wie wäre es mit der Südsee? Baden, Schnorcheln, Wasserski! Und abends einen Drink mit Blick aufs perlmuttfarbene Meer!«

Wenn Alex poetische Wörter benutzt, werde ich wachsam. »So weit weg …«, murmelte ich.

»Je weiter, desto besser!« Er strich Leberwurst auf die untere Hälfte des Laugenweckles.

»Zuerst dachte ich ja an Ägypten, aber ich finde, das Land kann warten. Das nehmen wir uns vor, wenn wir nicht mehr so gut zu Fuß sind. Nina, wo sind die Radieschen?«

»Stehen direkt vor deiner Tasse.«

»Hab ich gar nicht gesehen. Jedenfalls … es bleibt also bei Neuseeland? Oder wäre dir die Südsee lieber? Sag's, und ich buche die Reise. Ich dachte an Juni, spätestens Juli.«

»Müssen wir das gleich entscheiden? Du weißt, dass ich morgens nicht so schnell denke.«

»Aber genau deshalb frage ich dich doch jetzt!«, rief er.

Ich schnappte nach Luft. »Du gemeiner Tiger!«

Er lachte und schlug dem Ei den Kopf ab.

Tiger sind Einzelgänger. Sie bewegen sich in bewaldeten Gegenden mit dichtem Unterholz, pirschen sich lautlos in die Nähe ihres Opfers und greifen immer – immer! – aus dem Hinterhalt an. Genau wie Alex, mein Mann. Er wartet einen günstigen Zeitpunkt ab, überfällt mich mit einem Vorschlag, und bevor ich noch weiß, wie mir geschieht, hat er die Entscheidung getroffen – natürlich mit meiner Billigung, wie er meint.

»Schottland.«

»Wie?«

»Die Reise geht nach Schottland.« Meine Stimme war laut und fest. »Im Juni.«

»Da regnet es, und kalt ist es auch. Warum also Schottland?«

»Ich wollte schon immer mal eine Whisky-Brennerei besuchen. Man trinkt dort lauwarmen Whisky.«

»Du kippst doch keine scharfen Schnäpse!«

»Vielleicht finde ich Gefallen daran?« Endlich war ich wach geworden. »Die Hebriden wären auch nicht schlecht. Da tosen die Wogen nur so gegen die Felsen. Muss echt dramatisch aussehen, Alex. Diesen Anblick solltest du dir gönnen, bevor du zu feige für eine Bootsfahrt durch stürmisches Gewässer bist.«

»Nina, du spinnst«, sagte er kurz und bündig und widmete sich endlich dem Wirtschaftsteil.

Während er las, beobachtete ich den Mann, mit dem ich seit 27 Jahren verheiratet war. Seine Haare und die buschigen Augenbrauen waren grau geworden, aber Nase und Kinn waren markant wie eh und je. Alex ähnelte dem alternden Robert Redford – und wusste es.

Bis vor einem halben Jahr war er Geschäftsführer einer erfolgreichen mittelständischen Firma für Saftmaschinen gewesen, voller Energie, Ehrgeiz und in seiner Freizeit sportlich aktiv. An einem Samstag im Herbst schwang er sich frühmorgens aufs Motorrad, düste auf die Uracher Alb und gab abwärts so richtig Gas. Auf dem feuchten Laub rutschte das Fahrzeug in einer Kurve unter ihm weg, er flog in hohem Bogen den Hang hinunter und krachte gegen die Bäume, die ihn zwar bremsten, aber nicht aus Schaumstoff waren. Da es noch so früh am Morgen und überhaupt eine einsame Gegend war, wurde er erst Stunden später gefunden. Zwei Tage lang war es ungewiss, ob er durchkommen würde – ich war die Einzige, die ihm das voll und ganz zutraute. Drei Monate lag er im Krankenhaus, dann folgte die Reha. Er hatte viel Zeit zum Nachdenken, und als er, noch an den Rollstuhl gebunden, sechzig wurde, ließ er sich vorzeitig in den Ruhestand versetzen. »Nina, ich hab zu viel gearbeitet und zu wenig an die Familie gedacht«, hatte er gesagt. »Lass uns das Leben genießen.«

Damals fand ich die Überlegung vernünftig. Inzwischen war ich überzeugt, dass wir die Entscheidung verfrüht getroffen hatten. Er zog zwar das linke Bein noch etwas nach, war aber fitter denn je.

»Was hast du heute vor?«

»Ich werde ein Hochbeet anlegen«, sagte er eifrig. »Weißt du, wie das geht? Zuerst steche ich den Rasensoden ab und hebe spatentief Erde aus, dann baue ich einen Rahmen – die Bretter besorge ich im Baumarkt –, fülle all das Häckselzeug …«

Ich hörte ihm nur mit einem halben Ohr zu. »Zeig es mir, wenn du es fertig hast, ja?«

»Nur zeigen? Ich denke, dann ist's warm genug, um ein paar Steaks auf den Grill zu legen und eine Party zu feiern. Ida liebt Grillfeste, und Felix und Mitzi können sich nützlich machen.«

»Sie werden dir gerne zur Hand gehen.« Ich grinste. Ida, meine Schwiegermutter, die im Erdgeschoss wohnte und der das große Grundstück Birkmannsweiler zu gehörte, liebte es, mit einem Gläschen Schampus unter den Apfel- und Zwetschgenbäumen zu sitzen. Bei unserem Sohn Felix und seiner Freundin Mitzi, beide lebten im ausgebauten Dachstock, war ich mir keineswegs sicher. Die beiden luden ihre Freunde zwar auch zu Partys im Grünen ein, wo sich niemand über grölendes Gelächter oder laute Musik beschwerte, aber sie hatten unter Garantie keine Lust, den Blasebalg fürs Grillfeuerchen zu treten.

»Eben! Sag ich doch!«, bestätigte Alex – und hob den Kopf. »Hat es bei Ida geklingelt?«

Ich schaute auf die Uhr. »Punkt acht. Das wird Alois sein.«

Alex sprang auf und ans Fenster. »In der linken Hand die Vespertüte, in der rechten das Heftchen mit den Kreuzworträtseln. Es ist Alois, Nina.« Alex setzte sich wieder. »Das kann so nicht weitergehen. Tu was dagegen.«

»Wieso ich?«

»Ich würde den Kerl am Kragen packen und aus dem Haus befördern. Unsanft, Nina, sehr unsanft würde das ablaufen. Frauen gehen behutsamer vor. Du schaffst das. Ein ruhiges Gespräch, und Ida ist Alois los. Heute wäre der geeignete Tag dazu. Wenn das Hochbeet erst mal fertig und der Grill aufgestellt ist ... Ist in der Kanne noch Kaffee? Eine Tasse würde ich noch trinken.«

Der Kaffee reichte sogar für zwei Tassen. »Alex, das ist allein Idas Angelegenheit. Sie hat Alois gern um sich, und überhaupt hat sie Anneliese auf dem Sterbebett versprochen, sich um ihren Mann zu kümmern. Der Arme ist hilflos, seitdem er Witwer geworden ist!«

»Gerade darum geht es, Nina. Er spielt doch nur den Hilflosen. Über kurz oder lang wird er sich für immer bei Ida einnisten.«

Ich hatte Alex nicht gesagt, dass wir Frauen, Ida, Mitzi und ich, längst kapiert hatten, dass Alois bei Ida ein warmes Plätzchen suchte. Dass er sein Haus bereits einer Immobilienfirma angeboten hatte, hatten wir allerdings nicht vermutet. Ida, die seinen Kühlschrank ausräumte, hatte die Unterlagen gefunden und war hell entsetzt zu mir gekommen. »Natürlich hab ich Anneliese versprochen, mich um ihren Mann zu kümmern! Aber das schließt doch nicht ein lebenslanges Wohnrecht ein!«

»Oder kostenlose Betreuung im Krankheitsfall«, hatte Mitzi ergänzt, worauf Ida die Hände in die Luft geworfen hatte.

»Ihr müsst mir helfen! Versprecht mir das!«

Wir hatten es ihr nur zu gerne versprochen. Als Alois vor zwei Tagen mit den zwei mürben Hörnle und zwei Brezeln, dem einzigen Beitrag, den er für die Tagesstätte leistete, vor der Tür stand, hatte Mitzi gesagt, Ida wolle ihre Ruhe haben, er möge doch bitte wieder nach Hause gehen und warten, bis sie ihn anrufe. Obwohl Alois' Hörvermögen noch ausgezeichnet war, hatte er den Tauben gemimt und sich auf die Bank vorm Haus gesetzt. Es nieselte, er harrte geduldig aus. Wir waren uns mies und hartherzig vorgekommen.

»Alex, ich fürchte, wir müssen auf dein Angebot zurückgreifen.«

»Welches Angebot, Nina?«

»Alois brutal am Kragen zu packen.«

»Heißt das ...« Er runzelte die Stirn. »Ihr habt schon ein Gespräch mit ihm geführt, stimmt's? Und habt nichts erreicht.«

»Er tut uns leid. Sicher übertreibt er seine Hilflosigkeit, aber stell dir doch vor, du stündest nach fünfzig Jahren Ehe allein in der Welt. Wärst du dann nicht auch für einen Unterschlupf dankbar?«

»Zum Teufel aber auch!« Alex schob den Stuhl zurück. »Um alles muss ich mich kümmern! Ich spreche mit Ida, verlass dich drauf!«

»Aber nicht jetzt! Warte bis zum Abend!«

»Das sehe ich nicht ein!« Rummms, die Tür war zu.

Nachdem ich den üblichen Haushaltskram erledigt hatte, fuhr ich auf der alten Backnanger Straße stadtauswärts in die Gärtnerei. Der Garten rund ums Haus war meine Domäne; ich hatte mir viel Mühe gegeben und ihn mit dunkelgrünem Buchs, dekorativen Bodendeckern – es war ein Schattengarten – und etlichen Terrakottatöpfen nett gemacht. Jetzt harrte er einer frühlingsgemäßen Bepflanzung.

Ich schloss meinen Golf ab und schlängelte mich an den jungen Frauen, die Buggys mit schreienden oder schlafenden Kindern schoben, an müden Rentnerinnen und gelangweilten Männern vorbei. Obwohl wir noch mit Nachtfrösten zu rechnen hatten, erstand ich weiße Geranien, hängende und stehende, sowie kleine Glockenblumen, stellte mich ans Ende der Schlange vor der Kasse und dachte an Mitzi.

Da Felix in Stuttgart studierte und mit der S-Bahn zur Uni fuhr, hatten wir den Dachstuhl für ihn ausbauen lassen. Einen vollen Monat hatte er es alleine ausgehalten, dann war Mitzi bei ihm eingezogen und hatte mich zur Beinahe-

Schwiegermutter gemacht. In meinem Alter fühlt man sich zu jung für diese Rolle.

Es hatte nicht geholfen, dass Alex mir immer wieder vorgehalten hatte, die beiden seien ja nicht verheiratet; ich war Felix gram gewesen, und Mitzi hatte ich abgelehnt.

Doch in Mitzis schwarzem Lockenkopf steckte eine Menge Charme. Zielstrebig und geschickt hatte sie Idas Herz erobert, indem sie ein regelmäßiges Kaffeestündchen einführte. Da Ida das große, dreistöckige Haus gehörte, in dem wir alle wohnen, war es ein kluger Schachzug gewesen. Bald hatten mich die beiden eingeladen, was dazu geführt hatte, dass ich Mitzi kennen und schätzen lernte. Mitzi konnte was. Sie arbeitete als Ernährungsberaterin in einem Stuttgarter Health-and-Beauty-Pool und hatte uns überzeugt, unsere Ernährung umzustellen. Mit ihrer Unterstützung hatte ich neun Kilo abgenommen. Jetzt waren wir beide mit meiner Gesundheit und meinem Aussehen zufrieden.

Alex offenbar auch.

Endlich konnte ich zahlen. Ich lud die Pflanzen ein, fuhr los, fädelte mich am Winnender Ortsausgang in die B 14 ein und schaute zu, dass ich so schnell wie möglich in den botanisch-zoologischen Garten Stuttgarts, die *Wilhelma*, kam.

Dort arbeitete ich als Biologin und machte auch Führungen zu bestimmten Themen; heute stand wieder eine auf dem Programm, und weil ich so spät dran war, wartete die Gruppe schon auf mich. Es waren allesamt Rentner in bequemen Schuhen, Trekkinghosen mit vielen Taschen und farbenfrohen Anoraks. Eine Frau saß im Rollstuhl, ein Mann stützte sich auf einen Rollator, die anderen sahen fit und unternehmungslustig aus. Nach der Begrüßung sagte ich, die Führung dauere eineinhalb Stunden, wir würden langsam gehen und immer wieder pausieren – und lächelte. Erwartungsgemäß hoben sich nämlich an dieser Stelle einige Hände. »Zweimal kommen wir an Toiletten vorbei.«

Sie nickten. Genau das hatten sie wissen wollen.

Unsere *Wilhelma* hatte außergewöhnliche Pflanzenschätze: Kamelien und Azaleen, die über hundert Jahre alt waren, seltene Kakteen, fleischfressende Pflanzen und einen Magnoliengarten. Wenn die Bäume in voller Blüte standen, blieb den Besuchern die Luft weg, so schön sah das aus. An diesem Tag öffneten sich gerade die ersten Knospen.

Wir machten einen kurzen Umweg wegen der Treppen und blieben am Tigergehege stehen. Ich liebte diese Tiere. Sie haben elegante, kraftvolle, geschmeidige Bewegungen und ein herrliches Fell. Im Gehege sehen sie zahm aus, in freier Wildbahn sind sie tödlich. Immer springen sie ihre Beute aus dem Hinterhalt an – genau wie mein Mann Alex, der mich stets überrumpelt, wenn ich am wenigsten damit rechne. Das hatte unsere Ehe turbulent und aufregend gemacht; erst nach seinem Motorradunfall war er ruhiger geworden. Ich war mir nicht sicher, ob mir das auf Dauer zusagte.

Eine junge Frau schob einen Kinderwagen und sah sich besorgt um. »Simon, Paul, Jette und Anne! Ist die Lina bei euch?«

»Ne-iiin!«, riefen die Kleinen.

»Wo ist sie?«

»Bei den Giftschlangen!«

Die Frau ließ den Kinderwagen stehen und rannte los. Einer der Kleinen lehnte am Geländer und sang selbstvergessen: »Fang mich doch, du Eierloch … Fang mich doch, du …«

»A-ouh!«, brüllte der Tiger.

»Warum tut er das?«, fragte das Mädchen mit den Rattenschwänzchen.

Der Junge deutete mit dem Zeigefinger auf das Tigerweibchen, das sich einladend vor ihrem Gefährten auf dem Boden räkelte, und sang: »Fang mich doch, du Eierloch!«

Die Leute meiner Gruppe lachten.

Bei den Elefanten und Giraffen blieben wir wieder stehen. Ich zeigte auf die noch unbelaubten Akazien.

»Diese Bäume«, begann ich, »haben einige Methoden entwickelt, sich gegen ihre Feinde, ihre Fressfeinde, zur Wehr zu setzen. Sie sind dornenbewehrt, zudem befinden sich in ihren Blättern Gerbstoffe, die so unbekömmlich sind, dass Vielfresser davon Magenschmerzen bekommen. Das ist aber nicht alles. Ein einziger Baum beherbergt bis zu 100 000 Ameisen einer speziellen, besonders beißfreudigen Gattung. Gegen sie haben Schadinsekten keine Chance; sie organisieren sogar Patrouillen für den Fall, dass Giraffen und Elefanten zu viele Blätter von den Ästen rupfen.« Ich ließ meinen Blick über meine Zuhörer gleiten und überlegte, welche Person die beabsichtigte Frage stellen würde. Die Dame im Rollstuhl war's. »Ja?«

»Wo ist die andere Hand?« Sie bemerkte die verständnislosen Blicke der anderen und setzte hinzu: »Eine Hand wäscht bekanntlich die andere. Im Tierreich wird es nicht anders zugehen wie bei den Menschen. Also: Was hat die spezielle Ameisengattung von ihrer Fürsorge für die Akazie, auf der sie sich eingenistet hat?«

Anerkennend hob ich den Daumen. »Hundert Punkte fürs Mitdenken. Wie immer geht es um den Schutz der Nachkommen. Akazien besitzen Honigdrüsen, mit deren Nektar die Ameisen ihre Jungen aufziehen. Das ist die andere Hand.

Das Interessante ist aber, dass alle, die Akazien, Elefanten, Giraffen und Ameisen, voneinander profitieren. Fehlt nur ein Faktor, bricht das gesamte System zusammen.«

»Kennet Se des a bissle oifacher sage?«, bat ein Mann im grünen Anorak.

Ich konnte.

»Vor einigen Jahren wurde in Afrika eine Fläche mit zahlreichen gesunden Akazien so eingezäunt, dass weder Elefanten noch Giraffen an die Blätter kamen. Was geschah?« Wie immer an dieser Stelle legte ich eine dramatische Pause ein. »Die Bäume stellten die Nektarproduktion ein. An den Dornansätzen bildeten sich keine Hohlräume mehr, in denen die Ameisen wohnen und ihre Jungen aufziehen konnten. Das Ende vom Lied war: Die Ameisen wanderten aus. Andere Ameisenarten, die auf den Nektar nicht angewiesen waren, siedelten sich an. Sie unternahmen nichts gegen die nachfolgenden Schädlinge wie Bohrkäfer und Läuse. Die Bäume litten unter den Eindringlingen; sie wuchsen sichtbar schlechter und starben früh. Diese Art der Symbiose nennt man Mutualismus.«

»Interessant.« Eine Dame mit vielen kleinen grauen Löckchen nickte. »Das ist wie in einer guten Ehe. Man muss sich gegen seine Feinde zur Wehr setzen und –«

»Wie selbigsmol die Römer an Limes baue ond Patrouillen organisiere?«, warf der Mann im grünen Anorak ein.

»Warum nicht? Ich muss meinen Nachwuchs in Ruhe und Frieden aufziehen. Dafür tue ich was!«

»Eine funktionierende Ehe gleich Mutualismus?«

Die Frau im Rollstuhl lächelte. »Der Trick ist doch, dass alle ihren Vorteil haben. Im Fall der Akazie sorgen die Ameisen dafür, dass sie nicht zu viele Blätter verliert; im Fall der Ameisen sorgt der Baum für Wohnraum und Nektar. Stehen ihm die Ameisen nicht bei, bricht das System zusammen, schließlich kann der Baum nicht auswandern. Er kann nur sterben.«

»Sag ich doch«, bestätigte die Dame mit den Löckchen. »Wenn ich meinen Mann einer räuberischen Anderen überlasse, bricht das System Ehe zusammen.«

»Andersherum funktioniert das aber auch«, meinte die Dame im Rollstuhl. »Überlässt mich mein Mann einem räuberischen Anderen ... Die Sache mit der Patrouille hat was für sich!«

»Also ich«, sagte eine kleine zarte Alte, »bin immer ohne eine solche ausgekommen.«

»Vermutlich hat Ihr Mann Wache geschoben, ohne dass es Ihnen aufgefallen ist«, bemerkte die mit den Löckchen spitz.

Noch nie hatte ich erlebt, dass betagte Rentner sich derart intensiv mit dem Thema auseinandersetzten. Lag das am Frühling? Ich sah zu, dass meine Gruppe schleunigst ins Kamelienhaus kam.

Als ich am späten Nachmittag das Auto in die Garage fuhr, saßen Ida und Alois einträchtig auf der Bank im Garten. Alois hielt sein Gesicht in die schräg stehende Sonne; in seinem Schoß ruhten das Heftchen mit den Kreuzworträtseln und ein Stift. Ida schälte die letzten, reichlich verschrumpelten Äpfel und zwinkerte mir zu. »Alex hat zuerst einen Sack Dünger gekauft, dann ist er aufs Stückle gefahren. Willst du eine Tasse Kaffee? Oder ein Glas Saft? Warte, ich komme mit in die Küche!«

Alois öffnete die Augen und wollte aufstehen. »Nein, mein Lieber! Du bleibst hier sitzen!«

»Aber –«

»Nix aber! Du tust, was ich dir sage.« Um ihren Worten die Schärfe zu nehmen, lächelte sie ihn an. »Wenn dir langweilig ist, schälst du Äpfel.«

Das reichte, dass er wieder die Augen schloss und sich die Sonne auf die Nase scheinen ließ.

In der Küche lehnte sich Ida an den Kühlschrank. »Der Mann raubt mir den letzten Nerv. Stell dir nur vor, Nina –«

»Ich dachte, Alex wollte mit ihm sprechen.«

»Hat er ja auch. Wir saßen gerade beim Frühstück, als er hereinstürmte und mit der Tür ins Haus fiel.«

Genauso hatte ich mir das vorgestellt. »Und?«

»Nachdem er gesagt hatte, er könne sich nicht einfach so bei mir einnisten, fiel Alois das Messer aus der Hand. Er sagte –« Eine Strähne hatte sich aus Idas Knoten gelöst. Anstatt sie zurückzuschieben, warf sie wie ein junges Mädchen den Kopf zur Seite. »Er sagte, er habe sich in mich verliebt. Dagegen könne er sich nicht wehren, schließlich sei die Liebe eine Himmelsmacht.«

»Waaas? Das ging aber schnell. Anneliese ist doch erst vor einem knappen Monat gestorben.«

»Genau, was Alex auch sagte.«

»Hat ihm das nicht zu denken gegeben?«

Ida holte den Apfelsaft aus dem Kühlschrank. »Saft? Oder doch lieber Kaffee?«

»Saft bitte.« Während meine Schwiegermutter ein Glas füllte, kam mir ein unerwarteter Gedanke. »Hast du dich auch in ihn verliebt?«

»Quatsch. Sollte ich in meinem Alter noch einmal Frühlingsgefühle hegen, wovon ich aber nicht ausgehe, dann nur für einen sehr viel jüngeren Mann.« Energisch schloss Ida die Kühlschranktür. »Jedenfalls – Alois behauptete, er liebe mich schon seit vielen Jahren und habe nur gewartet, bis er frei sei. Jetzt sei er frei, und nichts und niemand halte ihn davon ab, mir einen Heiratsantrag zu machen. Alex war so erschüttert, dass er wie ein Fisch auf Land nach Luft schnappte und blitzartig die Küche verließ. Es war eine bizarre Situation.«

Ich verkniff mir das Grinsen. »Und nun?«

Ida nahm ein Tuch vom Haken und tupfte einen Tropfen ab. »Ich werde scheibchenweise vorgehen. Heute habe ich Alois gesagt, er dürfe täglich zum Frühstück kommen und bis nach dem Mittagessen bleiben. In genau einer Woche werde ich täglich eine doppelte Portion kochen und ihm das Essen für den nächsten Tag in Tupperschüsselchen füllen. Die bekommt er nach dem Frühstück ausgehändigt und wird zur Tür geschoben.«

»Du denkst, das wird funktionieren?«

»Ob er das will oder nicht, es hat zu funktionieren!«, entgegnete Ida forsch.

Ida war zweiundvierzig gewesen, als ihr Mann starb. Sie vermietete zwei Wohnungen, aber anstatt mit den Mieteinkünften und der, zugegeben bescheidenen Rente – mein Schwiegervater war ein noch junger Oberstudienrat gewesen – ein beschauliches Leben zu führen, hatte sie sich um eine Stelle in ihrem früheren Beruf als Kindergärtnerin beworben. Mit 65 war sie in Ruhestand gegangen, war aber noch so gut beieinander gewesen, dass sie Kindern aus familiär benachteiligten Familien bei den Hausaufgaben half. Das tat sie noch heute; nicht mehr so intensiv und nicht mehr so regelmäßig wie früher, aber das war auch einer der Gründe, weshalb sie sich von Alois so eingeschränkt fühlt. Ida war eine selbständige Person, die ihren Freiraum brauchte.

In diesem Punkt waren wir uns sehr ähnlich. Als unser Sohn Felix mit drei Jahren in den Kindergarten gehen durfte, bewarb ich mich sofort um eine Stelle in der *Wilhelma*. Es verging kein Tag, an dem Ida mich nicht unterstützt hätte. Selbst als Alex in den Vorruhestand ging und wollte, dass ich kündige, hatte sie zu mir gehalten. Ich rechnete ihr das hoch an. Nicht jede Schwiegermutter brachte so viel Verständnis auf.

2. Kapitel

Linda saß in ihrem Londoner Büro und verfluchte das Buch. Sie liebte ihren Job als Übersetzerin; je herausfordernder ein Text war, desto hartnäckiger verbiss sie sich in die Aufgabe, ihn so stimmig wie möglich ins Deutsche zu übertragen. Aber diese ... wie hieß sie noch mal ... diese Susan Beck benutzte Wörter, die sie an den Rand der Verzweiflung brachten. »pinballing along« – du lieber Himmel! Und die Ingwerstäbchen, die sie sich zusammen mit Unmengen grünen Tees zur Beflüglung ihres Hirns einverleibte, waren auch alle!

In diesem Augenblick läutete ihr Telefon. »Hallo?«

»Störe ich?«

Die vertraute Stimme ihrer Freundin aus Stuttgart ließ sie lächeln. »Du störst nie. Wie geht es dir? Jetzt, wo die Grippezeit vorbei ist, müsste es bei euch doch ruhiger zugehen.«

»Moment mal!« Sie hörte Papiere rascheln, ein Stuhl kratzte über den Bodenbelag. Kathrin war offensichtlich in der Praxis ihres Mannes. Er kurierte seine Patienten, sie war für die reibungslose Organisation zuständig. »Ruhiger zugehen? Dass ich nicht lache«, schimpfte Kathrin. »Bei uns ist der Teufel los. Frühling ist Heuschnupfenzeit, das weißt du doch. Aber sag: Wie geht es dir?«

»Wie immer. Ich hab genügend Arbeit, um nicht ins Grübeln zu geraten.«

»Kein Freund in Sicht?«

»Nur Simon. Wann besuchst du mich?«

»Über Pfingsten.« Kathrin lachte. »Deshalb rufe ich doch an! Hast du an den Feiertagen etwas vor?«

»Ausschlafen. Gut essen. Vielleicht mal wieder ins *Victoria and Albert Museum* gehen.«

»Genau, was ich mir wünsche! Also –«

»Abgemacht. Ich freu mich auf dich, Kathrin!«

Linda war trotz der oft eigenwilligen Wortwahl der Autorin mit der Übersetzung gut vorangekommen.

Nur noch eine Seite, dann hatte sie ihr Soll für den Tag erfüllt und konnte einkaufen gehen. Neben ihrem PC lag der Zettel; immer wieder fiel ihr etwas ein, was sie unbedingt besorgen musste. Butter und Milch natürlich, Orangenmarmelade, Frühstücksspeck, Salat, Tomaten, Äpfel ... Die Ingwerstäbchen durfte sie auf keinen Fall vergessen. Auch der Reis war alle, eine oder zwei Packungen Shortbread, ihre Lieblingskekse, mussten sein, und vielleicht schaffte sie es sogar noch bis zum ceylonesischen Teecenter. Aber nun weiter im Text!

»Your shady art dealer friend? It mean sloppy recordkeeping?« Linda zog die Mundwinkel nach unten. Zuerst Kathrins Anruf, jetzt auch noch art dealer – beides weckte unliebsame Erinnerungen an Stuttgart. In dieser Stadt lebte ihr Mann Rob, mit dem sie viele Jahre glücklich verheiratet gewesen war. Bis eines Tages eine Frau aufgetaucht war, die sich von ihm, dem bedeutenden Maler, porträtieren ließ. Sie war attraktiv gewesen und außerordentlich zielstrebig. Dass Rob verheiratet war, hatte sie nicht gestört.

Linda starrte aus dem Fenster. Ihre Wohnung, in der sie auch ihr Büro hatte, bestand aus einem einzigen großen Raum in einem der umgebauten Speicher in den ehemaligen Docks. Sie blickte auf eine kleine Grünfläche, dahinter glitzerte das Wasser eines Kanals. Es war ein schickes Viertel, und sie fühlte sich hier wohl, aber Stuttgart war ihre Heimat gewesen. Ein Jahr lang hatte sie um Rob gekämpft, dann war sie nach London zurückgezogen. Glücklicherweise hatte sie die Kontakte zu den Verlagen nie abbrechen lassen, daher hatte es auch nicht lange gedauert, bis sie sich wieder als Übersetzerin etablieren konnte.

Linda runzelte die Stirn: Eigentlich sollte sie sich glücklich schätzen. Sie war gesund und hatte einen Job, den sie liebte, hatte einen großen Bekanntenkreis, und sie lebte in einer der aufregendsten Städte der Welt. Aber nach vier – oder waren es schon fünf Jahre? – vermisste sie Rob noch immer. Das beschauliche Stuttgart auch. Impulsiv griff sie nach dem Hörer, wählte Kathrins Nummer und sagte, als die sich meldete: »Bringst du bitte Brezeln und Maultaschen mit? Und eine Tüte Wibele?«

»Na klar! Sonst noch was?«

»Nnnnein. Nichts Essbares.«

»Aha. Du denkst an Infos?«

»Zum Beispiel.«

»Über Rob?«

»Auch.«

»Sprecht ihr noch immer nicht miteinander?«

»Er muss den Anfang machen.«

»Du alter Sturkopf. Wie wär's, wenn du mal ein bisschen über deinen Schatten springen und ihm ein nettes Ansichtskärtchen schicken würdest? Mit dem Tower of London zum Beispiel: »Wird Zeit, dass du einen Ausbruchsversuch wagst« – so was in der Art könnte ich mir gut vorstellen.«

Linda schnappte nach Luft. »Niemals!« Sie knallte den Hörer neben den PC.

Liebe Leserinnen!

Auf die erste Kolumne zum Thema Ich will's nochmal wissen! habe ich viele Mails von Ihnen erhalten. Sie haben mich ermahnt, nicht mit dem Feuer zu spielen. Danke für Ihren Rat, aber ehrlich gesagt habe ich nichts gegen einen emotionalen Flächenbrand im Herzen eines Mannes. Genau den will ich ja entfachen, liebe Leserinnen! Aber seien Sie unbesorgt – ich habe mein Herz im Griff, und für den äußersten Notfall steht ein Feuerlöscher in Form einer Flasche Wein aus St. Emilion im Keller.

Ihre Ermahnungen führten aber dazu, dass ich mich über das Thema Feuer schlau machte. Ein hochinteressantes Gebiet, muss ich sagen!

Wussten Sie, dass das Entfachen, die Beherrschung und Bewahrung des Feuers zu den wichtigsten Schritten in der Geschichte der Menschheit zählen? Und dass die Besiedlung unseres Landes nur mit Feuer möglich war? Nicht nur, weil sich die Siedler endlich vor großen Raubtieren und kleinen Stechmücken schützen und in kalten Nächten die klammen Glieder wärmen konnten. Oder die Feinschmecker Licht zum Schneiden und Schnitzeln und Hitze zum Garen hatten – nein, sie testeten auch eine Menge anderer Möglichkeiten aus.

Zum Beispiel hielten sie ihre Speerspitzen in die Flammen. Das war eine geradezu geniale Methode, um das Holz zu härten, denn je härter die Waffe, desto tiefer dringt sie ins Fleisch, nicht wahr?

Aber: Zu wenig Feuer, und das Ding blieb weich und war zu nichts zu gebrauchen.

Bei zu viel Feuer drohte das vorzeitige Aus. Schade.

Wie immer und überall kam es auch hier aufs rechte Maß an: Gerade so viel Hitze, dass das Ding hart wurde und hart blieb. Sie wissen, was ich meine.

Sie brannten ihre Schüsseln und Töpfe in den Flammen, sie schmolzen Metall, und, ganz entscheidend, sie entfachten strategisch gelegte Feuer, um flüchtendes Wild in die Enge zu treiben, das sie dann mit ihren Speeren erlegen konnten. Mit Speeren, deren Spitzen gehärtet waren, wie Sie wissen.

Kommt Ihnen die Strategie bekannt vor? Mir auch! Ich dachte, die »Flächenbrand-im-Herzen-eines-Mannes-Idee« sei mein eigener Geistesblitz gewesen! Ganz falsch; sie wird seit Jahrtausenden angewandt und für gut befunden. So gut sogar, dass sie den fellbekleideten Siedlern erfolgreiche Beutezüge ermöglichte. Ich bin sicher, selbst im 21. Jahrhundert wird sie noch funktionieren und mir meine Beute sichern. Sie stimmen mir hoffentlich zu!

Übrigens: Ich betrachte mein mit großem Vergnügen erworbenes Wissen im Bereich körperlicher Liebe als meine im Feuer gehärtete Speerspitze ...

Inzwischen habe ich eine Kontaktanzeige ins Internet gestellt. Sieben Männer haben mir geantwortet, mit vier von ihnen bin ich ausgegangen.

Es lohnt nicht, über die Begegnungen zu schreiben; sie waren bei weitem nicht das, was ich mir wünsche.

Doch Widerstände machen, alle großartige Frauen wissen das, den Erfolg nur köstlicher!

Wie immer Ihre Marie Liebe

3. Kapitel

Mitzi und Felix halfen mir, die Geranien aus dem Kofferraum zu laden. »Ist Alex schon zurück?«

Felix nickte. »Vermutlich steht er gerade unter der Dusche.« Er grinste spöttisch. »Das Hochbeet ist eine Herausforderung, die vollen Einsatz verlangt.«

»Sei froh, dass er sich um die Halde kümmert«, wies ihn Mitzi zurecht.

»Bin ich ja. So kommt er wenigstens nicht auf dumme Gedanken.«

Ich stutzte. »Denkt ihr an was Bestimmtes?«

»Hübsche Blümchen«, wich mein Sohn aus. »Bisschen früh im Jahr, aber wenn's keine Nachtfröste gibt, könnten sie überleben.«

»Felix! Was ist mit Alex?«

»Nichts. Wirklich gar nichts«, versicherte Felix. »Aber es ist Frühling, und ...«

»... er ist ein Mann in den besten Jahren und hat viel Zeit«, ergänzte Mitzi.

»Na und? Gönnt's ihm doch.«

In diesem Augenblick kam Alex in den Garten, frisch geduscht, mit nassen Haaren, voller Elan und mit dem gewissen Funkeln in den Augen, das ich so gut kannte. »Nina! Da bist du ja endlich! Du warst aber lange fort.«

»Nicht länger als sonst. Was macht das Hochbeet?«

»Ist fast fertig. Haltete euch schon mal den Samstag frei.«

»Warum?«, erkundigte sich Felix misstrauisch.

»Grillfest anlässlich der Einweihung des Hochbeets«, erklärte er knapp.

»Du lieber Himmel!« Felix wandte sich an Mitzi. »Haben wir Samstag Zeit?«

»Natürlich habt ihr Zeit!«, sagte Alex energisch. »Ursel hat schon zugesagt, und auch Suse kommt. Jeweils mit Familie.«

Das verschlug uns die Sprache. Ursel war Alex' Schwester. Sie leitete eine Realschule in einem der Nachbarorte, war ausgesprochen energisch und durchsetzungsfähig, und Eberhard, ihr Mann, Oberstudienrat im Ruhestand, stand ihr in nichts nach.

»Sie kommt allein?«, erkundigte ich mich.

»Mit Familie«, wiederholte Alex forsch.

Felix verdrehte die Augen. Mit Ulrich und Hartmut, seinen Vettern, kam er nicht aus. War noch nie gut ausgekommen; schon im Sandkasten hatten sie sich die Eimerchen und Schäufelchen um die Ohren geschlagen. »Klar«, knurrte er. »Sobald es was zu futtern gibt, stehen sie auf der Matte. Kommt Tante Suse auch mit Anhang?«

Suse war meine jüngere Schwester und Vertraute, Kostümbildnerin am Stuttgarter Großen Haus und mit Matti, Ingenieur wie Alex, verheiratet. Matthias kam aus dem Hohenlohischen, schaffte beim Daimler und war ein cooler Typ: unkonventionell wie Suse und gesegnet mit einem bissigen Humor, den er vorzugsweise an Ursel ausließ, die sofort auf hundertachtzig war, sobald sie ein Hauch Respektlosigkeit anwehte.

Matti und Suse hatten eine Tochter, die sie auf den klassischen Namen Penelope taufen ließen. Penny war neunzehn und auf der Suche nach dem Job ihres Lebens: irgendwas mit Kunst musste es sein, und wenn sie ein Heimatmuseum bestücken, Ahnenfoschung betreiben oder künstlerisch wertvolle Stammbäume pinseln würde – ich war mir sicher, dass sie früher oder später genau das finden würde, was zu ihr passte. Gerade arbeitete sie als Kellnerin in einem Club in der Stuttgarter Theodor-Heuss-Straße, was Ursel so schräg wie Pennys Kleidung fand, die sie auf Flohmärkten und im Bohnenviertel zusammensuchte. Ich mochte Penny; das Mädchen war fantasievoll und ließ sich nicht die Butter vom Brot kratzen – schon gar nicht von Ursel und Eberhard.

»Halten wir die komplette Mischpoke aus, Felix?«, fragte Mitzi. »Ich meine, Weihnachten und Ostern sind okay, aber das reicht dann fürs Jahr. Finde ich.«

Im Prinzip fand Ida das zwar auch, aber da sie gern ihre Familie um sich hatte und der Verlockung, Schampus unter blühenden Zwetschgenbäumen zu süffeln, nicht widerstehen wollte, brutzelten am Samstagnachmittag die Steaks auf dem Grill. Wie immer kam Ursel mit ihrem Retro-Nudelsalat nach einem Rezept aus den Sechzigerjahren an – »Mehr kann sie nicht kochen«, sagte Mitzi respektlos –, den sie stolz auf den geschrubbten Gartentisch stellte, wohingegen Suse eine große Platte Antipasti aus der Markthalle beisteuerte. »Da sieht man mal wieder, bei wem Geld keine Rolle spielt«, lästerte Eberhard und steckte sich gleich eine Olive in den Mund. »Ein armer Oberstudienrat macht um die Markthalle tunlichst einen Bogen.«

»Jaja, bei der Wahl des Berufes kann man nicht vorsichtig genug sein«, konterte Matti und schlug auf Eberhards Hand. »Pfoten weg! Gedulde dich, es ist genug für alle da!«

Alex stand am Grill, Felix füllte die Gläser, Mitzi reichte sie herum. Ulrich und Hartmut flirteten mit Penny, die gelangweilt im Liegestuhl lag und so tat, als hätte sie keine Ahnung, was die von ihr wollten.

Ursel öffnete die obersten Knöpfe ihrer klassischen, penibel gebügelten Baumwollbluse von *Peter Hahn* und reckte den dürren Hals in die Sonne. Eberhard machte ein *Dinkelacker* auf und kippte ungebeten Bier über die Steaks, was Alex in Rage brachte. Er wedelte die dicke Rauchwolke weg. »Kannst du nicht warten!«

»Worauf denn?«, erkundigte sich Eberhard mit Unschuldsmiene und setzte die Flasche an die Lippen.

»Kindsköpfe!« Ursel erging sich in einer Schilderung über den Elternbeirat ihrer Schule, der ihr angeblich nur

Steine in den Weg legte und ihr die Zeit mit der Forderung von unerfüllbaren, weil unrealistischen, Wünschen stahl. Ida stellte die Champagnerflasche neben ihren Liegestuhl, Suse zwinkerte mir zu, Matti seufzte und half Alois beim Kreuzworträtsel – es war wie immer. Ob an Weihnachten, Ostern oder bei einer Grillparty – das Familienleben ist kein konfliktfreier Spaziergang in lauer Frühlingsluft.

Als die Steaks auf den Tellern lagen, belehrte uns Ursel über die Gefahren schwarz gegrillten Fleisches.

»Willst uns den Appetit verderben?«, fragte Alex säuerlich.

»Klar«, sagte Felix. »Und dann opfert sie sich auf, indem sie alles selber aufisst. So ist es doch, Tante Ursel?«

Mitzi stieß mich an. »In zehn Minuten machen Felix und ich die Fliege. Nur dass du es weißt, Nina«, flüsterte sie mir ins Ohr und wandte sich dann an Suse. »Warum isst du nicht weiter? Schmeckt es dir nicht?«

Meine Schwester deutete mit dem Messer hangaufwärts. »Will die zu uns?«, erkundigte sie sich.

Am Zaun stand eine Frau in schicken Jeans und Sneakers, die stark nach *Hogans* aussahen. Auch das giftgrüne Hemd kam nicht von *H&M*; auf den ersten Blick sah man, dass es im Hinblick auf optimale Wirkung gekauft worden war – der Aha-Effekt zum lackschwarzen Pagenkopf war garantiert beabsichtigt.

Die Dame führte einen Mops an der Leine.

»Ich dachte, Möpse sind längst ausgestorben«, sagte Ursel und schnaubte verächtlich. »Was für hässliche Hunde!«

»Möpse«, erklärten Mitzi, Suse und Penny einstimmig, »sind wieder voll IN.«

»Was ihr nicht sagt!« Eberhard klaute Idas Champagnerflasche, griff nach einem Glas und machte sich auf den Weg zum Zaun. Alois legte sein Kreuzworträtselheft beiseite und folgte ihm. Matti tippte sich an die Stirn. »Kaum wackelt eine einigermaßen ansehnliche Frau daher, sabbern die zwei wie der Pawlow'sche Hund. Dein Mann kommt bei dir offensichtlich zu kurz, Ursel.«

»Eberhard! Wie kannst du es wagen, meinen Schampus mit einer Fremden zu teilen!« Ida stand auf. »Herrschaft noch mal, Bier tut's doch auch!«

Außer Suse und mir standen dann alle am Zaun. »Kennst du die Grüne?«, fragte meine Schwester.

Ich schüttelte den Kopf. »Die ist nicht von hier.«

»Oder du kennst sie nicht, weil sie erst hergezogen ist«, meinte Suse. »Ziemlich dreist, wie sie zu uns rübergeschaut und gewartet hat, bis wir sie zur Kenntnis nehmen, findest du nicht auch? Und jetzt hält sie Hof. Guck, wie die Männer ihre Pfauenfedern spreizen!«

»Ja, die sind hin und weg. Aber Ursels Gesicht ist eine einzige Gewitterwolke.«

»Du sagst es«, stimmte Suse mir zu. »Gleich wird sie ihre Hand auf Eberhards Arm legen: *Hau bloß ab! Der Mann gehört mir!* ... Da! Nina, hab ich's nicht gesagt?!«

Ida, die Schampusflasche schwenkend, kam zurück. »Die Männer wollten die Mopsfrau einladen, aber ich hab energisch protestiert«, sagte sie triumphierend. »Nicht, dass ich was gegen einen zusätzlichen Gast gehabt hätte, aber die Dame ist mir einfach zu forsch.« Sie schnaubte. »Stellt sich an den Zaun und macht den Männern schöne Augen!« Sie goss sich ein Glas ein und trank es in einem Rutsch aus. »Sogar der Alois wackelt mit dem Hinterteil wie ein Hund, dem man eine Wurst vor die Nase hält.« Ida hob den Zeigefinger. »Frauen wie die da oben machen vor nichts und niemand Halt, das sage ich euch!«

»In der Botanik würde man solche Personen Fressfeinde nennen«, ergänzte ich. »Lässt man sie gewähren, bricht das gesamte System zusammen, und letzten Endes hat niemand was davon – nicht mal der Fressfeind.«

»Sag ich doch«, stimmte Ida mir zu.

Suse grinste spöttisch. »Wie schützt man sich gegen Fressfeinde? Ich meine, gibt es eine Gegenstrategie?«

»Man haut ihnen bei erster Gelegenheit eins auf die Finger.« Ida kippte den Rest des Champagners.

»Vorausgesetzt, man bekommt überhaupt mit, dass sich ein Feind im Gehege tummelt«, warf ich ein.

»Sich in Sicherheit zu wiegen ist immer gefährlich. Aber«, Suse gähnte, »das gilt natürlich für beide Seiten.«

Ida warf ihr einen alarmierten Blick zu. »Suse! Bist du deinem Mann untreu?«

»Ida!« Meine Schwester riss dramatisch die Augen auf. »Ich doch nicht!«

4. Kapitel

Kurz vor Mitternacht hatte Linda die Übersetzung abgeschlossen. Erleichtert und mit sich zufrieden fuhr sie den PC herunter, stellte sich kurz unter die Dusche, zog den Bademantel an, goss sich dann ein Glas Rotwein ein und ging zum Fenster, um zu sehen, wie sich die Sterne im Wasser des Kanals spiegelten – ein Anblick, den sie immer genoss. Sie freute sich auf den morgigen Tag; sie würde ausschlafen, dann bummeln gehen und bei *Harrods* zu Mittag essen: Einen Lunch bei *Harrods* genehmigte sie sich nur dann, wenn sie eine Arbeit abgeschlossen hatte. Am späten Nachmittag würde sie dann Simon – er besaß das Übersetzungsbüro, für das sie arbeitete – im *Mermaid* treffen, dem Pub, das sie beide am meisten liebten, weil man von der Terrasse aus auf die Themse blickte. Sie würden ein Clubsandwich essen oder Chicken in the Box oder vielleicht auch Shepherd's Pie. Simon würde Lager trinken. Linda lächelte: Lager! Das englische Bier ohne Kohlensäure war ihr ein Graus; sogar jetzt würde sie ein süffiges schwäbisches Weizen dem Wein vorziehen. Sie griff nach einem Bleistift und notierte: *Kathrin muss Bier mitbringen!* In diesem Augenblick schrillte das Telefon.

Linda fuhr zusammen; schlechte Nachrichten, war ihr erster Gedanke. Sekundenlang zögerte sie. Den Hörer abnehmen oder nicht? Sie schaute aufs Display und sah Kathrins Nummer. »Ja?«

»Hab ich dich geweckt?«

»An dich habe ich gerade gedacht! Nein, du hast mich nicht geweckt, ich bin noch nicht zu Bett gegangen. Was ist passiert? Kannst du Pfingsten doch nicht kommen?«

»Darum geht es nicht.« Lindas Freundin zögerte. »Passiert ist eigentlich nichts.«

Linda stutzte. »Eigentlich?«

»Du wolltest Infos.«

»Na ja … Geht es um Robert?« Linda zögerte. »Will er die Scheidung? Hat er –«

»Ich bin doch kein Unmensch«, unterbrach Kathrin die Freundin. »Hätte ich 'ne schlechte Nachricht, würde ich dich nicht um Mitternacht anrufen.«

»Also hast du gute Nachrichten? Da bin ich aber mal gespannt!«

»Erinnerst du dich noch an den Namen des Biests, das sich deinen Rob gekrallt hat und ihn dann fallenließ?«

»Ja.« Linda räusperte sich. Die Erinnerung an die Zeit, in der sie so unglücklich gewesen war, schnürte ihr noch immer die Kehle zu. »Liebe hieß sie. Ausgerechnet Liebe.«

»Das war der Nachname. Und der Vorname?«

»Marie.«

»Beruf?«

»Sie schrieb Artikel für eine Zeitschrift. Und Liebesromane im Stil von Rosamunde Pilcher, wenn ich mich nicht irre. Wieso?«

»Dann ist sie es!« Linda hörte Kathrins triumphierendes Lachen. »Damals begnügte sie sich mit einer unverbindlichen Affäre. Jetzt ist sie offensichtlich ernsthaft auf Beute aus!«

Mit Glas und Hörer in den Händen setzte sich Linda in den Sessel und legte die Beine hoch. »Hör zu, Kathrin: Es ist Mitternacht, du bist beschwipst, aber ich bin müde. Klatschgeschichten interessieren mich jetzt gerade nicht, aber wenn du morgen –«

»Es handelt sich nicht um eine blöde Klatschgeschichte«, unterbrach sie ihre Freundin. »Die Sache geht dich was an!«

»Wenn du meinst? Schieß los. Aber mach's kurz, ja?«

»Ich versuch's, Linda. Also: Heute bekamen wir die neuen Zeitschriften vom Lesezirkel in die Praxis geliefert. Unsere Sprechstundenhilfe stürzte sich sofort darauf, las, kicherte und meinte, als ich sie fragte, was sie Lustiges lese, die

Marie Liebe sei der Hit. In der Mittagspause hab ich dann auch gelesen, was sie gerade schreibt – es handelt sich um eine Kolumne, Linda. Normalerweise lese ich die *Victoria!* nicht –«

Linda gähnte. »Komm zur Sache, Kathrin!«

»Bin schon dabei. Ich lese dir die Kolumne mal vor.«

Linda hörte das Rascheln von Papier. »Ich höre ...«

Als Kathrin zu der Stelle kam: ... *Ich habe mir ein großes, ein herausforderndes Ziel gesetzt: Ich will es nochmal wissen* ..., schwang Linda die Beine vom Tisch und hielt den Atem an.

»Das ist aber noch nicht alles«, meinte Kathrin, als sie den Text vorgelesen hatte. »Diese Kolumne stand in der vorletzten Nummer. Ich habe die Seite herausgerissen, und heute die aktuelle Ausgabe gekauft. Pass auf ...« Als Kathrin zu *Flächenbrand im Herzen eines Mannes* kam, stand Linda auf und tigerte im Raum umher. Jahrelang verdrängte Erinnerungen stürmten auf sie ein: Ein Gesicht mit grünen Augen, ein schwarzer Pagenkopf, ein großer, signalrot geschminkter Mund, eine beneidenswert schlanke Figur. Daneben Robert, ihr Mann. Rob, wie er mit raschen Strichen das herausfordernde Lächeln aufs Papier warf, wie er die Beine zeichnete, als würde er sie streicheln, Robert, wie er die Tür zum Atelier öffnete und die Frau einließ ... Linda fuhr sich über die Augen.

»So, das war's«, sagte Kathrin schließlich. »Na, was sagst du? Ist sie's, oder ist sie's nicht?«

Linda räusperte sich. »Das ist sie«, bestätigte sie mit rauer Stimme und schloss die Augen. Sie sah sich neben dem gepackten Möbelwagen stehen, sah Robs fassungsloses Gesicht und hörte seine Stimme: *Linda! Du weißt nicht, was du tust!*

Und ob sie wusste, weshalb sie auszog!

»Soll ich dir die beiden Kolumnen faxen?«, wollte Kathrin wissen.

»Wozu?«

»Na hör mal! Willst du dem Biest nicht das Handwerk legen?«

»Wozu?«, wiederholte Linda.

»Wozu, wozu! Du könntest dich rächen!«

»Wozu?«

Kathrin stöhnte. »Weil Rache süß ist, Dummerle!«

»Kein Appetit auf Süßes!«

»Komm schon! Ich soll dir süße Wibele mitbringen; schon vergessen?« Kathrin lachte. »Auf jeden Fall lege ich dir die Kolumnen aufs Fax. Und jetzt schlaf gut, Süße!«

»Warte!«, rief Linda in den Hörer. »Bringst du mir ein paar Flaschen Bier mit? Büchsen tun's zur Not auch.«

»Nur wenn du dich rächst!«

Kathrin hatte aufgelegt. Schlaf gut, hatte sie gesagt, aber Linda war jetzt hellwach: Diese Marie Liebe! Das Luder, das sich von Robert malen ließ und ihn so umgarnte, dass er sich Hals über Kopf in eine Affäre stürzte – die erste in ihrer Ehe, soviel sie wusste. Und auch die einzige, wenn sie Kathrins Aussagen glauben durfte. Nachdem er von ihr und kurze Zeit später auch von dieser Marie verlassen worden war, griff er zur Flasche, vergammelte die Tage, streunte umher und konnte nicht mehr malen. Zweimal hatte er sie in London besucht, aber sie war zu verletzt gewesen, um zu ihm zurückzukehren. Und dann hatte sie Simon kennengelernt. Mit ihm ging sie in die Oper, in Konzerte, in gute, manchmal sogar in sehr gute Restaurants, besuchte Ausstellungen und Lesungen und lernte, das Leben in einer richtigen Großstadt zu genießen. Ins Bett ging sie mit ihm auch, aber ein gemeinsames Leben wollten sie beide nicht führen. Dafür gab es Gründe: Beide waren sie verheiratet, lebten jedoch getrennt von ihrem jeweiligen Partner. Beide wollten keinen endgültigen Schlussstrich ziehen, beiden war der Schwebezustand nicht unangenehm. Das Wichtigste aber: Beide liebten sie die Ungebundenheit und brauchten ihre Freiheit.

Linda zog den Gürtel ihres Bademantels enger. Simon war ein Geschenk des Himmels; sie mochte ihn sehr, aber sie liebte ihn nicht. Robert war und blieb ihr Mann; noch heute zog sich ihr Herz zusammen, wenn sie an ihn dachte.

Aber Rache zu nehmen ... das war doch kindisch. Was geschehen war, war geschehen, war Vergangenheit. Linda hob den Kopf: Tickerte ihr Fax? Sie ging durch den großen Raum bis zu dem abgetrennten Bereich, in dem sich ihr »Büro« befand. Tatsächlich! Kathrin hatte nichts anbrennen lassen.

Sie griff nach den beiden Blättern. Aufs zweite hatte ihre Freundin *Wenn du kneifst, bist du ein Feigling!* gekritzelt. Linda lächelte, überflog die Texte und schnappte nach Luft. Die Frau war wirklich dreist! *Sollte der MANN verheiratet sein, umso besser! Eine Ehefrau gibt der Sache einen zusätzlichen Kick.* Du lieber Himmel! Welche Bosheit, welcher Egoismus, welche Energie, welche Zielstrebigkeit! Und das mit fünfzig! Das Biest hatte seit zehn Jahren das Schwabenalter überschritten und nur an Raffinesse zugelegt – so gesehen hatte Kathrin recht: Dieser unheiligen Marie sollte man wirklich das Handwerk legen!

Aber wie? Linda ertappte sich, dass sie mit dem Gedanken spielte, der Kolumnenschreiberin eins auszuwischen. Kurz entschlossen fuhr sie ihren PC hoch und schrieb Kathrin eine Mail.

Hast du eine Ahnung, wo Marie Liebe heute wohnt? Und würdest du mir bitte jede Kolumne faxen? Danke.

Zehn Sekunden später las sie Kathrins Antwort: *Das Luder wohnt irgendwo zwischen Schwäbischem Wald und Stuttgart. Genauer Wohnort unbekannt.*

PS: Hätte mich gewundert, wenn du zum Feigling mutiert wärst!

5. Kapitel

An diesem Tag führte ich die Schopflocher Landfrauen durch die Gewächshäuser und den Wintergarten der *Wilhelma*. Sie waren extra von »dr Alb ra« gefahren und hatten sich ausdrücklich gewünscht, nicht die Tiere, sondern die Azaleen und danach die Magnolien gezeigt zu bekommen.

Ich erwartete sie am Haupteingang und blieb gleich vor einem der Gewächshäuser stehen. »Als sich König Wilhelm I. im vorletzten Jahrhundert das Schloss Rosenstein bauen ließ, durfte natürlich auch ein Park nicht fehlen«, begann ich. »Dabei wurden Mineralquellen entdeckt, was beim württembergischen König den Wunsch nach einem Badhaus weckte. Aber wie es so ist: Eins kam zum anderen, das Badhaus, die königliche Umkleidekabine, brauchte eine standesgemäße Umgebung, und so wurde der maurische Garten mit den Gewächshäusern und dem Wintergarten angelegt. Zitronen- und Orangenbäume, Azaleen und Kamelien wurden gezüchtet, aber der normale Bürger konnte sich erst Jahre nach dem Tod Wilhelm I. daran erfreuen. Und das leider auch nicht sehr lang, denn im Oktober 1944 wurde die Anlage bei Bombenangriffen ziemlich zerstört. Doch heute –«, langsam waren wir durchs Kakteenhaus gegangen, »sind unsere Azaleen, unsere Kamelien und Rhododendren eine Besonderheit. Wenn sie blühen, gleicht das Gewächshaus einem einzigen Blütenmeer.«

Nachdem die begeisterten »Ahhhas« und »Ohhhs« verklungen waren, hob sich eine Hand, und eine ältere Frau mit gnitzem Lächeln im faltigen Gesicht erkundigte sich, ob ich wisse, dass Stuttgart sowieso die Stadt der Meere sei.

»Habe ich Sie richtig verstanden?«, fragte ich sicherheitshalber. »Meer wie Wasser? Ozean? Atlantik?«

Die Älblerin nickte. »Morgens ist Stuttgart ein Häusermeer, mittags ein Menschenmeer, und am Abend gar nichts mehr.«

»Des war jetzt abr koi Witz, Helga«, meinte eine geringschätzig, und eine andere sagte: »Des schdimmd au net. Nachts isch en Stuttgart was los.«

»So?«, entgegnete die, die Helga hieß, spitz. »Bisch a Gassejodlere, ha? Woher willsch des denn wisse?«

»Aus dr Zeitung«, sagte die zweite forsch. »Die du net liesch, weil dir's zu aschtrenget isch.«

»Jetzt heret abr uff ond schtreitet net«, fuhr eine dritte die beiden an. »Mir wellet was sehe ond lerne.«

»Ond schmecke«, setzte eine vierte hinzu und sog hörbar den Atem ein.

Es war, als nehme man ein Tauchbad in weißen, rosa, roten, blauen und tiefvioletten Blüten. Die Pracht verschlug einem die Stimme, man wandelte leise und fast andächtig auf den schmalen Wegen, die sich durchs Gewächshaus ziehen. Noch nie hatte ich erlebt, dass hier jemand herumbrüllte oder unflätige Worte benützte – die Schönheit bringt den größten Schreihals zum Schweigen.

»Für Sie als Landfrauen dürfte es interessant sein, dass wir die in allen Gewächshäusern vorkommende Mottenschildlaus schadstofffrei mit der Schlupfwespe bekämpfen«, versuchte ich die Wogen weiter zu glätten.

»Ond des funktioniert?«, erkundigte sich Helga skeptisch.

Ich nickte. »Absolut. Machen Sie's wie wir und in Ihren Gewächshäusern gedeihen die Pflanzen.«

Die Frau mit dem gnitzen Lächeln brachte die Angelegenheit auf den Punkt. »Ich probier's aus. Schadet nix und kostet nix.«

Wir gingen weiter zum Maurischen Garten, den Wilhelm I. der Alhambra in Granada nachbauen ließ. Rund um den Seerosenteich standen mehr als siebzig Magnolien, die an diesem Tag schon dicke Knospen zeigten. Alle Frauen waren sich einig, dass sie wiederkommen würden, wenn die Bäume in voller Blüte stünden – das Gebäude selbst, das Maurische Landhaus mit seinen orientalischen Kuppeln, goldenen Halbmonden sowie dem arabischen Schriftzug – und das mitten in Schwaben! – nahmen sie als nichts Ungewöhnliches wahr. Dort endete die Führung, und dort sah ich Rob. Ich winkte ihm zu. »Ich komme gleich zu dir!«

Ein paar Frauen wollten Setzlinge kaufen, andere Kaffee trinken oder Eis essen, und später würden sie sich bei den Flamingos treffen. »Ich habe gelesen, dass die Jungtiere grau sind und sich die Federn erst später so schön rosa färben«, sagte eine.

»Wer von Ihnen züchtet Hühner?«, stellte ich die Gegenfrage.

Vier, fünf Hände gingen in die Höhe.

»Wie bekommen die Eier Ihrer Legehennen den schönen gelben Dotter?«

Die Frauen lächelten verlegen. »Da isch was em Fuddr dren«, antwortete eine Mutige. »Karotin.«

»Dasselbe erhalten unsere Flamingos.«

Die Frauen starrten mich an. »He! Nemmet Se ons uff de Arm?«

»Dazu sind Sie mir zu schwer«, widersprach ich lachend. »Es ist kein Witz. In ihrer Heimat ernähren sich die Flamingos von Krebschen, die ihnen zu ihrem rosa Gefieder verhelfen. Wir müssen für künstlichen Ersatz sorgen; früher, als das Carotinoid noch nicht synthetisch hergestellt werden konnte, wurde den Tieren Paprikapulver unters Futter gemischt.«

»Pfhhh!«, machte Helga. »Lug und Trug, wona ma guckt. Sogar in dr *Wilhelma*!«

Seit drei, vier Jahren war Rob Calander häufig in der *Wilhelma* anzutreffen. Er streifte umher, und wenn ihn ein Tier faszinierte, baute er seine Staffelei vorm Käfig auf und zeichnete. Was er anschließend mit dem Bild machte, verriet er nicht.

Alle dachten wir, er sei Hobbymaler, aber das haute deshalb nicht hin, weil er offensichtlich keinem nine-to-five-Job nachging, bis dann meine Kollegin Jutta über den Freund eines Freundes erfuhr, dass Calander ein weit über Stuttgart hinaus bekannter Porträtmaler war.

Dass er geradezu verlottert aussah und sich schlampig kleidete, hatte mich zwar ein bisschen gewundert, aber da Künstler angeblich mehr Mucken haben, als um eine Kuhherde rumschwirren, hatte ich ihn nur gefragt, weshalb er Tiere zeichne.

Er hatte mir keine Antwort gegeben. Nachdem ich die Frage wiederholt hatte, warf er mir einen so bösen Blick zu, dass ich mich schleunigst und mit rotem Gesicht aus dem Staub machte.

Wochenlang hatten wir uns nur zugenickt, wenn wir uns zufällig begegneten. Bis sich dann eines Nachts ein Fuchs unterm Zaun durch ins Gehege der Flamingos grub und vierzehn Tiere tötete – der Bursche musste in einen wahren Blutrausch geraten sein.

Füchse hatten sich in und um Stuttgart herum rasend vermehrt. In Abfallkübeln fanden sie mehr als genug zu fressen, und so konnte es durchaus mal sein, dass einem nachts auf der Königstraße einer über den Weg lief. Jedenfalls waren wir alle fassungslos herumgestanden, einigen Pflegern waren Tränen über die Backen gekullert, und plötzlich war Rob Calander aufgetaucht.

Sehr distanziert hatte er das fürchterliche Durcheinander aus Beinen, Hälsen, zerfetzten Leibern und herumliegenden Federn gemustert. Schließlich hatte er mit den Schultern gezuckt und halblaut gesagt: »Na ja, das Tier hat sich eben artgerecht verhalten.«

Die Aussage klang aus seinem Mund so brutal, dass ich herumfuhr. »Wie bitte?«

Er sah mir herausfordernd in die Augen. »Artgerecht für ein Tier. Hätte ein Mensch das Blutbad angerichtet, wäre er zweifellos ...«, er zögerte, tippte sich dann an die Stirn, »... derangiert. Übrigens«, fügte er hinzu, »sind Sie reichlich grün im Gesicht. Wie wäre es mit einer Tasse Kaffee?«

Mit dem Unglück der Flamingos begann unsere Bekanntschaft. Dass sie sich entwickelte, hing nicht am Kaffee, sondern buchstäblich an einem Faden: Zwei von drei Knöpfen baumelten lose an seiner Cordjacke. »Soll ich Sie Ihnen annähen?«, fragte ich ihn, während wir auf die Bedienung warteten und setzte hinzu: »Eine schwäbische Hausfrau hat immer Nadel und Faden in der Handtasche.«

»Ist das so?«, entgegnete er, zog aber bereitwillig die Jacke aus und sah mir beim Nähen zu. Er trug einen Ehering. Natürlich brannte mir die Frage auf den Lippen, weshalb seine Frau ihn so schlampert aus dem Haus gehen ließ, aber ich schluckte sie dann doch hinunter; Rob war nicht der Mensch, den man mal eben aushorchte. Als er die Jacke wieder anzog, erklärte er beiläufig und obenhin: »Ich bin Strohwitwer.«

»Ach je! Wann kommt Ihre Frau denn zurück?«

»Nie!«, stieß er heraus. »Nicht, wenn sie sich artgerecht verhält.«

»Schon wieder artgerecht!«, sagte ich verblüfft – und musste plötzlich lachen. »Mein Mann ist in meinen Augen ein Tiger, denn wie ein solcher verhält er sich. Eben artgerecht.«

Er hob die Augenbrauen. »Wie verhält sich ein Tiger?«

»Er schlägt aus dem Hinterhalt zu. Erst dann verhandelt er. Wenn überhaupt.«

»Das gefällt Ihnen?«, entgegnete er ungläubig. »Sie halten das aus?«

»O ja!« Ich verstaute das Nähzeug in der Handtasche. »Im Grunde genommen ist es ganz simpel: Er vertraut mir. Ich vertraue ihm.«

Rob fuhr zusammen, als hätte ihm jemand eine saftige Ohrfeige versetzt. Er atmete hastig, fischte einige lose Münzen aus der Hosentasche, knallte sie auf den Tisch und marschierte wortlos von dannen.

Da ahnte ich, was geschehen war. Aber warum porträtierte er Tiere? Zur Übung? Brauchte er eine Abwechslung? War ihm das Interesse an menschlichen Gesichtern abhandengekommen? Wenn ja, warum?

Ich erfuhr es schneller als gedacht.

Wenige Tage später stand ich mit einer Grundschulklasse vor unserem Jungtieraufzuchthaus. »Guck mal, das Affenbaby trägt 'ne Windel«, meinte ein Kleiner mit einer runden Harry-Potter-Brille und zerzausten Haaren.

»Damit es die Frau nicht anpinkelt, du Blödmann«, erklärte das Mädchen neben ihm und fragte mich: »Das stimmt doch, oder? Als meine Mama mal nicht schnell genug war, hat sie mein kleiner Bruder von oben bis unten vollgespritzt. Meine Mama hat gesagt, das hat er nicht absichtlich gemacht. Ich weiß aber nicht, ob das stimmt.«

»Babys können nicht laufen, deshalb können sie noch nicht aufs Klo«, erklärte ein Rotschopf. »So ist das. Aber warum trinkt das Affenbaby aus einer Flasche? Und was ist da drin? Richtige Milch?«

»Ja, das möchte ich auch wissen. Mein kleiner Bruder trinkt nämlich bei meiner Mama. Meine Mama sagt, das kostet nichts. Und es ist gesünder als das gekaufte Zeug. Wo sind eigentlich die Mütter von den Affenbabys?«

Aus ganz Europa kamen die kleinen Affen in unser Jungtieraufzuchthaus – sei es, weil die Mutter bei der Geburt gestorben war, sie das Baby nicht angenommen hatte oder es vom Machomännchen angefeindet wurde. Nachdem Pflegerinnen die Kleinen mit Babymilch-Trockenpulver aufgepäppelt hatten, fanden sie ihre endgültige Heimat in einem anderen Zoo. Nachdem ich das und einiges mehr erklärt hatte, streckte eine Kleine, die ein rosa Sonnenhütchen trug, die

Hand und rief: »Ich find's gemein, dass sich der Papa nicht um sein Kind kümmert.« Der mit der runden Brille schubste sie. »Väter geben keine Milch, du Kuh!«

»Das weiß ich ja«, verteidigte sich die Kleine. »Aber eine Flasche halten können sie, oder? Mein Papa sagt, das ist kein Hexenwerk. Sag mal«, wandte sie sich an Rob, der ganz in der Nähe vor seiner Staffelei saß, »warum malst du nur das Baby und nicht die Frau dazu, die ihm die Flasche gibt?«

Rob brummte Unverständliches.

»Was hast du gesagt?«, hakte das Mädchen nach.

»Ich male nur Tiere«, erklärte Rob laut und deutlich.

»Echt? Ist das nicht langweilig?«

Der Rotschopf drängelte sich vor. »Malst du mich?«

»Mich! Mich! Mich!«, schrien die Kleinen und umringten Rob.

Er breitete die Arme aus und verschaffte sich Platz. »Ich. Male. Nur. Tiere.«

Ein Mädchen mit hellblonden Löckchen legte ein Gänseblümchen auf Robs Oberschenkel. »Malst du mir die Blume?«, bat sie schüchtern.

Der Rotschopf klaubte ein Steinchen vom Boden auf. »Malst du wenigstens Steine?«

»Und Erdnüsse?«, schob der Junge mit der Brille nach. »Malst du die?«

»Wo ist die verdammte Lehrerin!«, brüllte Rob.

Die junge Lehrerin wies ihn empört zurecht: »Es sind Kinder, die sich für Ihre Kunst interessieren!«

»Sie hindern mich, meine Arbeit zu tun – das ist es!«, schnauzte er zurück.

Eine der beiden Mütter, die zur Begleitung dabei waren, nahm ihre Sonnenbrille ab. »Das gibt ihnen noch lange nicht das Recht, unhöflich zu sein. Sie sind doch Herr Calander, stimmt's?«

»Geht Sie nichts an«, knurrte Rob.

Ich sah, dass seine Hände zitterten, schob die Kinder eilig weiter und hörte, wie die eine Mutter zur anderen sagte: »Meine Freundin hat ihre Zwillinge von Calander malen lassen. Vor dem Skandal war er ein sehr netter Mann, aber seitdem ihn seine Frau verlassen hat, weigert er sich, jemanden zu porträtieren. Er verdient jetzt sein Geld mit Tierbildern. Hubert – du kennst doch Hubert von Hartberg? – hat seinen Jagdhund von ihm malen lassen. Kostete ihn ein Heidengeld, aber ihm war's das wert.«

Beide Mütter trugen schicke Freizeitkleidung, beide hatten halblange blonde Haare mit feinen Strähnchen und trugen brav die Rucksäckchen und Jäckchen ihrer Kinder.

»Ich hätte meine Bernadette ja gerne von ihm porträtieren lassen«, fuhr die erste fort. »Mir schwebte eine Rötelzeichnung vor. Das sieht doch so viel edler aus als ein Foto, findest du nicht auch?«

»Klar. Absolut. Sag mal, was war das für ein Skandal?«

»Es ging um eine wilde Affäre mit – Robin! Lass das! Geschubst wird nicht, hörst du?«

Nach dem Zwischenfall vorm Käfig der Affenbabys tauchte Calander mehrere Wochen nicht mehr in der *Wilhelma* auf. Eines Tages wartete ich auf meine Gruppe, die sich wegen eines Staus auf der Autobahn verspätete, und als er mich sah, lud er mich wieder zu einem Kaffee ein. Seit diesem Tag hatte ich ihn schon mehrmals in seiner Wohnung besucht – in der Wohnung, nicht im Atelier, das er mir noch nie gezeigt hatte. Wir waren Freunde geworden, gingen sogar manchmal zusammen in ein Konzert oder ins Ballett, das Alex nicht interessiert. Mein Mann kennt Robert und weiß, dass ich mich gerne mit ihm unterhalte und es beim Ausgehen bleibt. Einmal hab ich ihm nämlich erklärt, worin der Unterschied zwischen ihm und Robert besteht. »Du, Alex, nimmst dich immer schnurstracks der Lösung eines Problems an. Mit Robert kann ich übers Problem diskutieren.«

»Was bringt dir das?«, hatte Alex erstaunt erwidert.

Meine lieben Leserinnen!

Ich hätte mir die Kontaktanzeigen sparen können, wenn ich mich gleich an Goethe gehalten hätte. In seinen »Erinnerungen« schreibt er: Warum in die Ferne schweifen? Sieh, das Gute liegt so nah.

In meinem Fall lag das Gute direkt am Spazierweg: Mit meinem treuen Möpschen war ich am Samstag oberhalb der Streuobstwiesen unterwegs. Dort traf ich einen Mann.

Einen? Nein, DEN MANN.

Den Mann, der alle meine Bedingungen erfüllt. Sie wissen schon: Einer, der's zu was gebracht hat. Der das Leben liebt, der genießen kann, humorvoll, intelligent und klug ist und zu all dem auch gut aussieht.

So ein Goldstück hat natürlich Familie: Eltern, Frau, Kinder. Ob auch Enkel? Egal.

Ist das ein Hindernis? Für mich nicht. Wie Sie wissen, machen Schwierigkeiten den Sieg nur kostbarer.

Und ich werde siegen, liebe Leserinnen. Jeden Schritt auf meinem Weg zum Sieg werde ich Ihnen schildern – versprochen!

Der Anfang ist gemacht, das Samenkorn liegt in der Erde. Ich werde es wässern und düngen, hegen und pflegen, bis es keimt, wächst, blüht, fruchtet und ich's schließlich und endlich ernte.

Warum ich zu dieser Metapher greife, hat einen Grund. DER MANN ist Gärtner, Hobbygärtner. Gerade hat er ein Hochbeet angelegt. Sie wissen, was ein Hochbeet ist? Nein? Gut, ich kläre Sie auf.

Ein Hoch- oder Hügelbeet ragt, wie es der Name sagt, über das übliche Beetniveau hinaus. Das hat viele Vorteile; ich führe einige an, damit Sie gegebenenfalls ein solches nachbauen können.

Alle wertvollen und gesunden Gartenabfälle können im eigenen Garten sinnvoll verwertet werden, denn bei der Anlage des Beetes werden sie eingeschichtet und mit Erde bedeckt. Diese wird nie umgegraben. Das erspart nicht nur Arbeit; die Schich-

tung bleibt erhalten. Tiefwurzelnde Pflanzen wie Rettiche und Karotten wachsen besonders gut – aber nicht nur diese! Verrotten die Abfälle, entwickelt sich Wärme, die die Ernte beschleunigt.

Sie fragen sich, was das mit mir zu tun hat? Ganz einfach: Meine Erfahrungen auf dem Gebiet der Liebe sind die Abfälle, die ich in mein persönliches Hochbeet einbringe. Sie sind der Dünger, der die Beziehung beschleunigt und die Liebe zum Blühen bringt.

Ist es nicht eine glückliche Fügung, dass mir auch die Jahreszeit zur Seite steht?

Meine lieben Leserinnen: ES IST FRÜHLING!

Schon tanzen die ersten Schmetterlinge in der lauen Luft – und nicht nur da. Ich spüre das bewusste Kribbeln im Bauch …

Wünschen Sie meinem Plan ein gutes Gedeihen!

Wie immer Ihre Marie Liebe

6. Kapitel

Die Leistung eines Übersetzers besteht nicht allein darin, dass er die Wörter eines Textes von einer Sprache in die andere überträgt. Das ist schlichtes Handwerk. Wichtiger ist, dass er dem speziellen Stil des Autors gerecht wird. Um den Kopf für die Sprache eines anderen Autors frei zu bekommen, legte Linda zwischen zwei Texten immer eine Pause von einigen Tagen ein, in denen sie sich mit völlig anderen Aufgaben beschäftigte: Sie räumte den Schreibtisch auf, wusch und trocknete die Wäsche, die sich angesammelt hatte, und dann rief sie eine Reinigungsfirma an, die ihr Loft mit den hohen Fenstern von oben bis unten putzte.

Sie ging zum Friseur und in das schicke Kosmetikstudio an der Ecke, wo sie einen Nachmittag lang in den verschiedenen Saunen schwitzte, sich eine Gesichtsbehandlung gönnte, die Augenbrauen wachsen und die Nägel richten ließ und sich bei einer genialen Shiatsu-Massage völlig entspannte. Das war kein unnötiger Luxus; um gute Arbeit leisten zu können, musste man sich in seinem Körper wohlfühlen, fand sie.

Sie stockte ihre Vorräte auf, bezahlte angefallene Rechnungen, schrieb Mails und Briefe und nahm die Kontakte zu ihren Freundinnen und Freunden wieder auf. Die wussten, dass sie während einer Übersetzung in der Versenkung verschwand und oft nicht mal ans Telefon ging, wenn sie über einer schwierigen Stelle brütete.

Der »pinballing along«-Text, wie sie ihn für sich nannte, hatte Linda eine Menge Nerven gekostet. Sie war gottfroh, den geschafft zu haben und genoss die »freien« Tage in vollen Zügen.

Schon am Mittwoch hatte sie ihre Londoner Freundin Fiona angerufen und sich mit ihr für den Samstagvormittag verabredet. Fiona hatte als Teenager in harmlosen Familienserien mitgewirkt, als junge Frau hatte sie die intrigante Geliebte gegeben und bald einen unbedeutenden Regisseur geheiratet, der sich leider als ein so ausdauernder Seitenspringer entwickelte, dass es selbst der leichtlebigen Fiona zu viel wurde: Nachdem er sie mit einer üblen Scheideninfektion infiziert hatte, reichte sie die Scheidung ein, kaufte von der Abfindung ein schlichtes Reiheneckhäuschen in der Nähe von Greenwich und stürzte sich in den nächsten Abschnitt ihres Lebens: Sie richtete sich ausgesprochen fantasievoll und sehr schick ein. Mit der Lage ihres Häuschens hatte sie einen Treffer, mit ihrem Stil den Nerv der Zeit getroffen. Sie hatte die kühle Sachlichkeit vermieden, die in ihren Augen sowieso nur Mangel an Fantasie und Persönlichkeit bedeutete, und auch kein banales Möbel vom Trödel so aufgemotzt, dass es auf den ersten Blick wie eine edle Antiquität aussah, auf den zweiten aber Unbehagen hervorrief.

Ihr Konzept war ein absoluter Hit; inzwischen nannte sie sich Innenarchitektin, reiste viel umher, um die Wünsche ihrer Kunden erfüllen zu können, und öffnete in regelmäßigen Abständen ihr neu und anders ausgestattetes Häuschen fürs zahlende Publikum.

Linda hatte sie auf einem Straßenmarkt am Stand eines versifften jungen Mannes mit Rasta-Locken kennengelernt, der Jugendstilvasen anbot. Eine davon war aus irisierendem Glas und sah aus, als wäre es eine echte Gallé-Vase. »Diebesgut?«, hatte Linda gefragt, worauf der junge Mann nur die Schultern zuckte.

»Und wenn's so wäre …?!«

In diesem Augenblick griff jemand danach.

»Das ist meine!«, hatte Linda empört protestiert, während die Fremde ungerührt die Vase umdrehte, abklopfte, mit einer Lupe untersuchte und ihr schließlich wieder in die Hand drückte. »Drei Euro für die Fälschung und keinen Cent mehr.«

Klar, dass der Mann wütend wurde, aber weil in unmittelbarer Nähe Flammen aus dem Grill eines Würstchenstandes schlugen und sich die Leute blitzschnell aus der Gefahrenzone entfernten, legte Linda nur die drei Euro auf den Tisch und rannte der Fremden nach. »Danke!«

Gegen Mittag war Linda im Besitz eines viktorianischen Schreibpultes aus Wurzelholz und einer neue Freundin.

Als sie sich an diesem Samstagvormittag mit Fiona traf, erstand die gerade einen Türstopper in Form eines lachenden Frosches.

»Der ist scheußlich«, sagte Linda.

»Gerade deshalb hab ich ihn ja gekauft«, erwiderte Fiona. »Was suchst du heute?«

»Nichts Bestimmtes. Und du?«

»Einen Schirmständer, der zum Frosch passt.«

»Abartig.«

»Du sagst es.«

Es war ein milder Frühlingstag, die Sonne wärmte, im nahen Park blühten die Osterglocken, und die Leute, die zwischen den Ständen herumgingen, waren gut gelaunt.

Fiona entdeckte einen tiefblauen Teppich mit aufgestickten rosa Seerosen und giftgrünen Blättern und Ranken. »Garantiert echte Handarbeit aus Kasachstan«, versicherte der Händler.

Linda schüttelte den Kopf. »Unpraktisch, aber ein schicker Hingucker«, sagte sie.

Fiona kaufte den Teppich. »Das ist der Teich; den Frosch hab ich schon, jetzt fehlt nur noch der Schirmständer.«

Geistesabwesend blättert Linda in Büchern aus zweiter und dritter Hand; einen Gürtel mit einer ovalen Schließe aus dunklem Horn legte sie zurück, obwohl sie wusste, dass sie sich später über den verpassten Kauf ärgern würde, und nicht mal bei den absolut einmaligen Bücherstützen – ein Einhorn stand einer Fee gegenüber – griff sie zu.

Als Fiona endlich den perfekten Schirmständer entdeckt und gekonnt heruntergehandelt hatte – eine totale Geschmacklosigkeit in Form eines auf seiner Schwanzflosse stehenden Fisches mit geöffnetem Maul für die Schirme – schob sie ihre Hand unter Lindas Arm. »Was ist los mit dir?«

»Nichts.«

»Komm schon … Du musst sterbenskrank sein, wenn du nicht mal ein einziges Buch kaufst.« Fiona dirigierte sie Richtung Café im Park. »Wir brauchen jetzt dringend eine Stärkung.«

Als sie an einem Tischchen im Freien Platz genommen und ihre Bestellung aufgegeben hatten, zeigte Fiona mit dem Finger auf Linda. »Also? Hast du finanzielle Sorgen? Bleiben die Aufträge weg? Kummer mit Simon?«

Linda schüttelte den Kopf. »Null Probleme.«

»Ungewollt schwanger werden wir in unserem Alter nicht mehr. Krank siehst du auch nicht aus, die Falten halten sich in Grenzen, die Haare sind schick gefärbt, die Figur ist passabel – Linda! Dir fehlt nichts, und trotzdem siehst du bekümmert aus. Was ist los?«

Linda brach eine Ecke von ihrem Sandwich ab und warf die Krümel den Spatzen vor. »Gesetzt den Fall, dein Mann würde dich betrügen, was …«

»Ich werde mich hüten, wieder zu heiraten!«, rief Fiona lachend. »Sag bloß! Simon betrügt dich? Das ist unmöglich!«

Linda schüttelte den Kopf. »Es geht nicht um Simon.« Sie schilderte knapp und emotionslos, wie sich vor etwa fünf Jahren eine Frau von ihrem Mann malen ließ und sich dabei eine Affäre entwickelte. »Sie hatte es darauf angelegt«, erklärte Linda abschießend. »Für mich war es die Hölle. Für sie war es nur ein Abenteuer, denn als ich mich nach London absetzte, machte sie mit ihm Schluss.«

Fiona zuckte die Schultern. »Künstler!«

»Das siehst du falsch«, widersprach Linda. »Ich bin sicher, sie stellte einen Plan auf und arbeitete die Punkte einen nach dem anderen ab. Mein Mann war ihr ausgeliefert.«

Fiona winkte spöttisch ab. »Er war die Unschuld im Atelier? Das gibt's nicht, Linda. Aber ich nehme an, du hast ihm verziehen?«

»Auch darum geht es mir nicht.«

»Es geht dir nicht um deinen Mann? Warum erzählst du mir dann die ganze Geschichte!«

Linda holte Maries Kolumnen aus der Handtasche. »Deshalb!« Sie schob Fionas Teller und Tasse beiseite und breitete die Blätter in der richtigen Reihenfolge aus. »Lies mal!«

Ein-, zweimal hob Fiona die Augenbrauen. »Mein Deutsch ist zwar nicht so gut, dass ich jedes Wort verstehe, aber so viel kapiere ich: Die Frau ist 'ne Wucht. Ich bewundere sie«, sagte sie schließlich. »Klar, sie ist egoistisch und, wenn du so willst, auch gemein, aber sie tut, was sie für richtig hält.«

»Obwohl sie unter Umständen das Glück einer Familie zerstört?«, entgegnete Linda ungläubig.

»Regel Nummer eins: Man darf sich nie sicher fühlen«, sagte Fiona lachend.

»Und Nummer zwei?«

Fiona antwortete nicht darauf. »Ist das die Frau, mit der dein Mann die Affäre hatte?«.

Linda nickte. »Sieht ganz danach aus.«

»Aber sie hat ihn doch verlassen; warum interessierst du dich für sie? Willst du ihr etwa das Handwerk legen?«

»Das ist die Frage ...«

Fiona hob die Hände. »Was hast du davon? Willst du die gute Frau von London spielen?«

Linda zögerte und antwortete mit einer Gegenfrage. »Was würdest du an meiner Stelle tun?«

»Nichts.«

»Warum?«

»Was hast du davon?«, wiederholte Fiona.

Wieder zögerte Linda.

»Willst du späte Rache?«

»Warum nicht?«

»Du vergeudest nur deine Zeit. Obwohl …« Plötzlich glitzerten Fionas Augen. »Es könnte dir Spaß machen. Ich meine, du müsstest das Ganze wie ein Spiel aufziehen.« Fiona dachte nach. »Kennst du die Frau? Seid ihr euch begegnet? Weiß sie, wie du aussiehst?«

»Ich bin nicht mit dem Teppichklopfer auf sie losgegangen, wenn du das meinst. Begegnet sind wir uns hin und wieder, aber damals hatte ich Kummerspeck und dunkelblonde lange Haare.«

»Jetzt sind sie kurz und hellblond.« Fiona musterte ihre Freundin. »Und der Speck ist verschwunden. Vermutlich würde sie dich nicht erkennen. Und schon gar nicht, wenn du ihr in einer völlig anderen Umgebung begegnen würdest. Aber –« Impulsiv legte sie Linda die Hand auf den Arm. »Es ist viel zu früh, etwas zu unternehmen. Verfolge die Kolumne, und wenn sich etwas Entscheidendes anbahnen sollte – immerhin will diese Marie ihre Leserinnen auf dem Laufenden halten – überlegen wir uns etwas Pfiffiges. Ich sehe die Sache aber ganz anders als du!« Fiona lachte schallend.

»Wie denn?«

»Auf keinen Fall als späte Rache – die Frau ist uninteressant, Linda! Aber es wäre eine geniale Möglichkeit, dem Opfer – dem Mann als solchem! – zu beweisen, wie sein Hirn von seinen Hormonen gesteuert wird. Das wäre der eigentliche Spaß an der Sache, Linda!«

7. Kapitel

In Anlehnung ans japanische Kirschblütenfest feierte ich jedes Jahr mit meiner Familie im maurischen Garten ein Magnolienfest – ich lud sie zu einem Picknick im Park ein.

Ida war mit Alois gekommen und Felix mit Mitzi, die Rücken an Rücken im Gras saßen. Alex fehlte; er wollte die letzten Bäume schneiden und Spinat im Hochbeet aussäen. Ich fand, beides hätte an diesem Tag nicht sein müssen, schließlich richteten sich die Magnolien nicht nach seinem Arbeitsplan.

Die Blüten leuchteten von rosa bis dunkelviolett, vom wolkenlos blauen Frühlingshimmel strahlte die Sonne, und Alois meinte, als er drei Scheiben Aufschnitt auf die untere Hälfte seines Laugenweckles legte, so schön habe er den maurischen Garten noch nie erlebt.

»Recht hast du«, stimmte Ida ihm zu, »aber eine Scheibe Wurst hätte es auch getan.«

Alois biss herzhaft zu. »Soll ich zwei Scheiben zurücklegen?«, fragte er schuldbewusst.

Ida schüttelte missbilligend den Kopf. »Zu spät, mein Lieber. Die obere Hälfte belegst du sparsamer.«

»Vielleicht. Wenn's unbedingt sein muss.«

»Lass ihn doch«, meinte Mitzi träge und hielt ihr Gesicht in die Sonne. »Er kann ja Alex' Portion haben.«

»Eben«, sagte Alois. »Selber schuld, wenn ihm das Bäumeschneiden wichtiger ist als die Magnolienblüte. Da kann er auch auf die Wurst verzichten.«

Felix schüttelte den Kopf. »Pa spinnt. Gestern kam er mit einer Handvoll Samentütchen an, und heute Morgen besorgte er Setzlinge: Rotkraut, Blaukraut, Grünkohl, Spitzkohl, Kohlrabi, Mais und sogar Mangold, den ich nicht ausstehen kann. Von jeder Sorte zwanzig Stück. Ich finde, er übertreibt's.«

Mitzi kicherte. »Wisst ihr, dass er auf der Suche nach einem Schwarzarbeiter ist? Mit seiner Hilfe will er das Gartenhäuschen auf Vordermann bringen.«

Ida fiel die Butterbrezel aus der Hand. »Das Gartenhäuschen will er richten lassen? Um Himmels willen! Warum denn das?«

»Er wird seine Gründe haben, Ida.«

Ich sah zwei Kleinen zu, die sich einen Lutscher teilten. »Die gelbe Seite ist meine«, sagte das Mädchen mit den Ringelsöckchen. »Über die grüne Seite darfst du lecken.« Der Junge war barfuß und trug eine speckige Lederhose, die schon etliche Generationen überlebt haben musste. »Nö«, meinte er entschieden. »Zuerst schlotze ich, dann schlotzt du. So machen wir's.«

»Nein, ich bin der Bestimmer«, protestierte die Kleine und rannte davon. »Weil der Lutscher nämlich mir gehört!«

Lächelnd sah ich den beiden nach. »Alex macht keine halben Sachen, das wisst ihr doch. Der Garten ist sein Hobby, also lasst ihn.«

»Jetzt hast du genug gefuttert«, sagte Ida energisch und nahm Alois das Hörnchen weg. »Weißt du was? Für das, was du isst, könntest du Alex zur Hand gehen.«

»Hat er abgelehnt«, erwiderte Alois prompt. »Ich hab ihm meine Hilfe angeboten, aber er meinte, ich hätte zwei linke Hände. Und überhaupt wäre er lieber allein.«

Ida schaute mich an. »Das sieht ihm aber gar nicht ähnlich.«

Sie hatte Recht; eigentlich war es Alex nur wohl, wenn er einen Handlanger herumkommandieren konnte. Allerdings hätte Alois ihn wohl zur Verzweiflung getrieben, denn eines war sicher: Idas Verehrer war arbeitsscheu und schaltete, wenn ihm was nicht passte, sein Hörvermögen komplett aus.

Mitzi zwinkerte Ida zu. »Gut sehen tut er schlecht, aber schlecht hören tut er gut«, zitierte sie den schwäbischen Spruch.

»Rasen mähen oder Zweige aufsammeln kannst du auch mit zwei linken Händen, Alois. Ich werde mit Alex reden, denn«, Ida war jetzt wirklich sauer, »wer isst, muss auch arbeiten!«

»Wenn er aber doch meine Hilfe ...«

Ida schnitt ihm energisch das Wort ab. »Und dann dieser Unsinn mit dem Gartenhaus! Aufräumen und auskehren, das reicht völlig. Einen Schwarzarbeiter anstellen! Ich bitte euch! Alex hat 'ne Meise.« Sie stand auf. »Nina, dein Mann hat zu viel Geld. Wir müssen ihn bremsen, bevor es zu spät ist.«

Zu Hause war Alex nicht, und als er schließlich kam, dämmerte es schon. »Wo warst du?«, fragte Ida sofort.

»Im Garten. Wo sonst?«, entgegnete er und verschwand pfeifend im Bad.

Wir warteten. Er ließ sich Zeit. »Du willst das Gartenhaus richten lassen?«, nahm ihn Ida dann in die Zange.

»Das ist dringend nötig. Ein paar Ziegel sind lose, eine Fensterscheibe ist gesprungen. Es ist eine Bruchbude«, erklärte er. »Heute haben wir angefangen, die ...«

»Wir?«, entgegnete Ida spitz. »Wer ist WIR?«

»Eugen und ich. Eugen hat Zeit und kann zulangen.«

Ich hatte keine Lust auf einen Streit. »So lass ihn doch, Ida. Es ist nur gut, wenn sich Alex ums Gartenhäuschen kümmert.«

»Eben«, sagte Alex. »Eigentum verpflichtet.«

Plötzlich ärgerte ich mich über seine selbstzufriedene Miene. »Aber du hättest uns in deine Pläne einweihen sollen, Alex.«

Er reckte das Kinn vor und tat so, als habe er nichts gehört – wie immer, wenn er nicht antworten wollte. Dann holte er sich ein Bier aus dem Kühlschrank und ein Glas aus dem Schrank und schaltete die Nachrichten ein.

Ida ging ihm nach und drückte auf den Knopf. »Noch gehört der Garten mir«, sagte sie. »Wenn du Änderungen vornehmen möchtest, informierst du mich.«

»Sagt meine Mutter, die Kindergärtnerin.« Alex grinste spöttisch und schaltete den Fernseher wieder an. »Ida, ich weiß, was ich zu tun habe.«

Ida legte ihm die Hand auf die Schulter und schüttelte ihn ein bisschen. »Das hoffe ich, mein Lieber«, sagte sie. »Das hoffe ich wirklich.«

Ich fragte mich, weshalb meinem Mann plötzlich der Schweiß auf der Stirn stand.

Ein paar Tage später führte ich Abiturienten mit Leistungskurs Biologie vors Aquarium und zeigte ihnen das Perlboot oder Nautilus, bei dem es sich um ein lebendes Fossil handelte. »Wir kennen die versteinerte Verwandtschaft der Nautiliden, die vor Hunderten von Jahrmillionen lebten und heute aus dem Schiefer der Schwäbischen Alb geborgen werden. Die Ammoniten, Tintenfische und Nautiliden sind Kopffüßler; somit ist auch das Perlboot keine Meeresschnecke«, führte ich aus – und war, anders als sonst, überhaupt nicht bei der Sache, denn am Abend zuvor hatten Ida und ich Alex im Garten besucht. Die Männer hatten das ganze Häuschen grün gestrichen, das Dach war perfekt gedeckt, die zersprungene Scheibe ersetzt, aber was uns fast umhaute war, dass es einen Anbau für den Mäher und die Geräte bekommen hatte. Natürlich war das illegal, aber das meiste wurde von dem riesigen Holunder verdeckt.

Und ohne uns etwas davon gesagt zu haben, hatte Alex das Häuschen mit wirklich schicken Korbmöbeln ausgestattet: mit einer Liege, zwei Sesseln und einem Tisch, auf dessen Glasplatte ein Windlicht und eine Vase mit weißem Flieder prangten. Die Vase kannte ich nicht. Die Teller, Wein- und Biergläser und Sektkelche, die in einem Ikea-Regal standen, auch nicht.

Daneben lag eine geöffnete Packung Servietten.

»Erwartest du Gäste?«, erkundigte ich mich.

»Seid ihr etwa keine?«, entgegnete er schlagfertig und machte eine Flasche Prosecco auf.

Auf der mit neuen Platten ausgelegten kleinen Terrasse vorm Häuschen stand sogar eine Hollywood-Schaukel.

»Mein Lieber, du hast dich in Unkosten gestürzt!« Ida beäugte die Schaukel. »Das Ding ist scheußlich, Alex.«

»Findest du?« Alex reichte ihr ein Glas. »Nichts ist schöner als hier zu sitzen, den Vögeln zuzuhören und zuzusehen, wie die Sonne hinter den Bäumen verschwindet.«

Die fremden Servietten hatten mich schon stutzig gemacht, aber wenn mein Mann unvermittelt romantisch wird, werde ich bekanntlich misstrauisch. »Alex? Bisher hast du dich mit Händen und Füßen gegen eine Hollywood-Schaukel gewehrt.«

Er lachte mich an. »Diese hier gefällt mir eben. Hab ich euch schon das Wespennest gezeigt, das Eugen und ich im Dach gefunden haben?« Mit rotem Kopf wieselte er ins Gartenhaus. Ida leerte ihr Glas. »Alex hat sich verändert.« Sie schubste die Hollywood-Schaukel an. »Nina, ich frage mich«, sie reckte das Kinn vor, »warum ist das so?«

Das fragte ich mich auch.

Später als gewöhnlich gingen Alex und ich zu Bett. Mitten in der Nacht weckte er mich ... Und dann passierte es: Zum ersten Mal in unserer Ehe ging's nicht.

Fast hätte ich gelacht. Stattdessen drückte ich mein Gesicht an seinen Hals und nuschelte: »Macht doch nichts. Du hast dich heute im Garten einfach zu sehr verausgabt.«

Er knurrte etwas, das ich nicht verstand. Bald darauf hörte ich seine gleichmäßigen Atemzüge. Und dann kribbelte meine Nase. Ich tastete nach der Kleenex-Box auf meinem Nachttisch, als mir plötzlich die Servietten im Gartenhaus in den Sinn kamen. Rote Papierservietten allerbester Qualität. Weshalb hatte Alex die gekauft, wo er doch immer ein Päckchen Papiertaschentücher in der Hosentasche hatte?

8. Kapitel

Zwei Tage später schlenderte ich beim *Breuninger* durch die Parfümerieabteilung und kaufte ein Fläschchen *Diorissima*. Den Duft benutzte ich schon so viele Jahre, dass ich ihn eigentlich gar nicht mehr roch, aber Alex sagte mal, der gehöre zu mir wie die Sommersprossen auf meiner Nase. Dann fuhr ich mit der Rolltreppe runter zur Dessous-Abteilung und suchte einen richtig sexy BH aus – samt Strapsen und Spitzenslip, denn bevor Alex zu Viagra greifen sollte, wollte ich es auf die natürliche Art versuchen. Dass ein knapp Sechzigjähriger von heute auf morgen unter Potenzschwierigkeiten litt, wollte mir einfach nicht in den Kopf ... Ich nahm mir vor, später bei *Böhm* einen richtig edlen Schampus zu besorgen. Und vielleicht noch ein paar Häppchen? Warum nicht? Mit meinen Tüten setzte ich mich ins *Flo* und sah mir die Leute an, während ich auf den Espresso wartete. *Chanel* hatte einen Stand aufgebaut; zwei Frauen mittleren Alters saßen auf hohen Stühlchen und ließen sich in den neuen Frühlingsfarben schminken. In der Passage wurden Duftkerzen in Pastell angeboten. Ein Mann in dunklem Anzug, blau-weiß gestreiftem Hemd mit weißem Kragen und einer roten Krawatte eilte an meinem Tischchen vorbei – ein Banker, den ich vom Sehen kannte.

»Hallo Nina!«

Ich drehte mich um. »Ruth! Hast du heute deinen freien Tag?«

Meine Freundin deponierte ihre Tragetüten auf einem Stuhl und setzte sich zu mir. »So trifft man sich«, sagte sie atemlos. »Mein Chef ist unterwegs«, erklärte sie und winkte der Bedienung. »Das musste ich einfach ausnützen!« Sie zeigte auf ihre Taschen. »Ich hab viel zu viel Geld ausgegeben!«

»Wem sagst du das.«

Ruth und ich waren seit unserer Schulzeit befreundet. Sie war Sekretärin in einer Anwaltskanzlei und hatte vor Jahren eine kurze, aber heftige Affäre mit ihrem Chef, was ihr Mann dummerweise mitbekam. Er revanchierte sich auf die klassische Art und ging eine Beziehung mit einer Jüngeren ein. Nach wenigen Monaten wurde sie schwanger und verlangte, dass er sie heirate. Ruths Mann bekam kalte Füße und beendete die Beziehung, aber klar, er bezahlt fürs Kind. Obwohl meine Freundin am Boden zerstört war, hielten beide an der Ehe fest und galten längst wieder als glückliches Paar. »Was hast du gekauft?«

»Parfüm und Reizwäsche.«

Ruth hob die Augenbrauen. »Gibt es dafür einen Grund?«

»Ich will Alex auf die Sprünge helfen.«

»Er ist impotent? Das gibt es nicht! Schon lange?«

Ich schüttelte den Kopf. »Bisher nur ein einziges Mal.«

»Dann hat er eine Freundin!«, rief Ruth.

Mein Herz setzte einen Schlag aus; fast hätte ich mich verschluckt. »Bestimmt nicht!«

»Oder«, schränkte sie ein, »er plant eine Affäre.«

»Quatsch. Du spinnst.«

»Meine Liebe, ich spreche aus Erfahrung.«

»Nicht mein Alex!«

Ruth lächelte mitleidig. Es haute mich um, dass sie genau das sagte, was ich schon von Mitzi gehört hatte: »Er ist sehr attraktiv, hat jede Menge freie Zeit, eine Frau, die in der *Wilhelma* Führungen hält und demzufolge planbar aus dem Haus ist, und –«, sie hob den Zeigefinger, »er ist in dem Alter, in dem er noch mal die Bestätigung braucht, dass er ein toller Hecht ist. Sorry, wenn ich so ehrlich bin«, fügte sie hinzu, dann lehnte sie sich zurück und kreuzte die Arme vor der Brust. »Was unternimmst du dagegen? Nur die Nummer mit der Reizwäsche? Schätzchen! Die hat einen ellenlangen

Zopf und bringt deshalb nichts, weil die andere garantiert mit derselben Waffe kämpft. Mit dem entscheidenden Unterschied, dass sich zwar die Verpackung ähnelt, aber der Inhalt taufrisch ist. Dagegen kommst du nicht an.«

»Nichts spricht dafür, dass mein Alex eine Geliebte hat«, protestierte ich.

»Okay, jetzt vielleicht noch nicht«, lenkte Ruth ein. »Aber halte die Augen auf.« Sie musterte mich. »Wie geht es deiner Schwiegermutter?«

»Ida? Na, der geht es bestens«, versicherte ich und klammerte mich an unverfängliche Themen: die neue Ausstellung in der Staatsgalerie, Spargelrezepte, Ferienpläne.

Schließlich schaute Ruth auf die Uhr und winkte der Bedienung. »Ich muss los, Nina«, sagte sie dann. »Aber ehrlich: Ich meine es ernst. Pass auf deinen Alex auf. Ihr seid eine glückliche Familie, ihr habt euer Leben so im Griff, dass es sogar euer Sohn mit seiner Freundin bei euch aushält. Das ist etwas, das ihr nicht aufs Spiel setzen solltet. Mach das deinem Mann klar.«

Ich rieb mir die Nase. »Noch besteht kein Anlass zur Sorge.«

»Dann schau zu, dass es dabei bleibt.«

Meine lieben Leserinnen!

Mein Häuschen steht in einer kleinen Stadt zwischen Rems und Murr, und weil ich einen Hund habe, muss ich täglich mit ihm ins Freie. Sie wissen, dass ich erstens die Abwechslung liebe und zweitens auf der Suche nach dem MANN bin, weshalb ich mir immer neue Wege wähle. Bis vor etwas mehr als zwei Wochen war das so.

Inzwischen habe ich den MANN gefunden, und mein Leben hat sich dramatisch geändert:

Mein kleiner Mops ist glücklich, weil er den Weg kennt, den wir gehen. Er begrüßt jeden Baum und jeden Strauch. Vor Freude wälzt er sich im Gras, er spielt Fangen mit den Vögeln und Eichhörnchen, und wenn er einem Hundefreund oder einer Hundefreundin begegnet, flippt er fast aus.

Aber das ist nichts im Vergleich zu seiner Freude, wenn wir uns dem gewissen Garten nähern – ich kann ihn kaum bändigen, so ausgelassen zieht er an der Leine. Und wenn er den MANN sieht, wenn er an ihm hochspringt und ihm die Hände leckt, ist seine Begeisterung grenzenlos.

Ich stehe da und warte geduldig, bis ich an der Reihe bin. Leider kann ich nicht bellen und jaulen; meine Freude zeige ich auf andere Weise.

Das Schönste aber ist, dass sie erwidert wird! Wir halten uns an den Händen. Wir schauen uns in die Augen. Wir lächeln uns an. Wir sind glücklich.

Dann legt er seinen Arm um mich und führt mich durch sein grünes Reich. Ich sehe die Pflanzen, die er gesetzt hat, ich weiß, wo er welche Samen ausgesät hat. Wir wandeln zwischen bunten Tulpen und unter blühenden Bäumen und kommen uns vor wie Kinder im Wunderland.

Ich habe ihm kostbare Zwiebeln geschenkt – im kommenden Jahr werden seltene Papageientulpen blühen. Neulich habe ich ihm Kaiserkronen in Töpfen mitgebracht, und gestern eine herrliche Kletterpflanze, die Dipladenia sundae heißt. Er hat sie neben die Schaukel in die Erde gesetzt, damit wir uns an ihren roten Blüten erfreuen können, wenn wir den Champagner genießen, den er aus dem Gartenhaus holt.

Überhaupt das Gartenhaus!

Es war baufällig und verwahrlost, als ich es zum ersten Mal sah, aber nachdem ich den MANN auf das Potenzial ansprach, hat er es innerhalb weniger Tage in ein Juwel verwandelt. Ob wir es schon eingeweiht haben, wollen Sie wissen, neugierig wie Sie sind?

O nein, meine lieben Leserinnen. Als Hundebesitzerin (und Frau mit Erfahrung!) weiß ich um die Magie der verheißungsvollen Erwartung: Mein kleiner Mops fängt allein beim Anblick eines leckeren Würstchens zu sabbern an; mir – und

Ihnen, meine lieben Leserinnen, geht es genauso, wenn wir hungrig die Speisekarte eines guten Lokals studieren. Und wenn uns erst die Düfte aus der Küche in die Nase steigen, wenn feine Porzellanteller leise klappern, das Silberbesteck funkelt und die Kerzen auf edlem Tuch leuchten, sabbern wir zwar nicht wie mein Hündchen, aber unsere Erwartung, unsere Vorfreude steigt von Sekunde zu Sekunde.

Sie alle haben diese Erfahrung schon oft gemacht, und trotzdem hat sie nichts von ihrem Reiz eingebüßt, nicht wahr? Es sei denn, Sie sind überfüttert, meine lieben Leserinnen. Das wünsche ich Ihnen nicht, denn es würde Sie um einen herrlichen Teil Ihres Lebens bringen.

Sehen Sie, deshalb rege ich den Appetit an und zögere das Mahl hinaus.

Natürlich bin ich hungrig, meine lieben Leserinnen, doch eine Frau wie ich hat Freunde für die normale Verköstigung – ich habe nichts gegen ein schlichtes Saitenwürstle mit Kartoffelsalat, wenn ich sicher bin, dass ich mich in Kürze an Nektar und Ambrosia delektieren werde …

Zurück zum Gartenhaus.

Der MANN hat es hübsch und zweckmäßig eingerichtet: Eine Liege, zwei Sessel, ein Tischchen, ein Regal. Ein richtiger Mann ist damit zufrieden, und natürlich würde eine orientalische Hängeleuchte, ein seidener Teppich und opulente Kissen, eine Kaschmirdecke, ein batteriebetriebener Kühlschrank bei seiner Familie Verwunderung auslösen.

Na und?

Ich werde prüfen, wie viel Luxus möglich ist. Sie hören von mir, meine lieben Leserinnen!

Wie immer Ihre Marie Liebe

9. Kapitel

Den letzten freien Tag genoss Linda in vollen Zügen: Obwohl sie jetzt schon einige Jahre in den Docklands, wie der halboffizielle Name des Stadtteils hieß, lebte und wohnte, erlag sie der Faszination doch immer wieder aufs Neue. Einst war der Londoner Hafen der größte der Welt und die Docks, die Schiffswerften, die Lagerhäuser, Piers und Anlegestellen bildeten eine Welt für sich, in der es ausgesprochen rau herging – Charles Dickens beschrieb das sehr anschaulich in zweien seiner Romane. Doch als die Containerschiffe aufkamen, erwiesen sich die Anlagen als viel zu klein, weshalb 1980 das letzte Dock geschlossen wurde. Die Gebäude zerfielen, die gesamte Gegend verarmte.

Das änderte sich grundlegend, als etwa zehn Jahre später die Untergrundbahn verlängert, der Flughafen London City eröffnet und sich die Docklands zu einer exklusiven Wohnlage mit Appartementshäusern, Einkaufs- und Wassersportzentren sowie Jachthäfen entwickelt hatte.

Wenn Linda wie jetzt gerade im Garten eines Pubs direkt an der Themse saß, den Surfern und Seglern zusah, die schick gekleideten Menschen beobachtete und die Nase in den Wind hielt, war Stuttgart sehr weit weg, und Maries freche Kolumne entlockte ihr nur ein nachsichtiges Kopfschütteln. Aber die Erinnerungen an Rob, ihren Mann, waren so lebendig wie eh und je.

Er sei solo, immer noch, hatte ihre Stuttgarter Freundin behauptet. Er porträtiere keine Menschen mehr, er male nur noch Tiere.

Ob das stimmte? Und hatte sie wirklich einen solchen Dickkopf? Sollte sie vielleicht doch auf ihn zugehen, nachdem er zweimal vergeblich zu ihr nach London gereist war? Vielleicht einfach mal eine unverfängliche Karte schreiben?

Sie rupfte eine gelbe Margerite aus dem Blumenbeet, das die Terrasse zum Ufer hin abgrenzte, und zupfte wie ein junges Mädchen ein Blütenblatt nach dem anderen ab: Soll ich? Soll ich nicht? Soll ich?

Tu's, sagte ihr das letzte Blättchen.

Mist aber auch.

Linda stand auf und kaufte im Pub eine Briefmarke und eine Postkarte. *Sonnenuntergang über den Docklands* stand unter dem Foto.

Und jetzt? Sie trommelte mit den Fingerspitzen auf der Tischplatte herum. Dann gab sie sich einen Ruck und schrieb:

Grüße aus dem sonnigen England.
Linda

Bevor sie es sich anders überlegte, winkte sie einem Kellner und deutete auf die Karte. »Ich bin gleich wieder zurück!«

Sie rannte zur Straßenecke vor, warf die Karte ein, rannte zurück – und bestellte einen zweiten Gin Tonic; Lager, das englische Bier, war ihr einfach zu wässrig. Danach bummelte sie über einen Straßenmarkt und blieb plötzlich stehen.

Warum nicht?

Sie kaufte bei ihrer Gemüsefrau einen Bund Kerbel, sechs neue Kartoffeln, ein Kilo Spargel sowie ein Schälchen Erdbeeren, wofür sie eine exorbitante Summe hinblätterte, erstand im Supermarkt einen Weißwein vom Kaiserstuhl, eine Tüte Sauce hollandaise, Sahne und frischen Schinken und rief Simon an. »Morgen arbeite ich wieder, den Abend heute würde ich gerne mit dir genießen. Hast du Lust zu kommen? Ich werde ein Überraschungsmenü vorbereiten.«

»Ein deutsches?«, erkundigte er sich vorsichtig, denn die englische Küche hatte längst ihren miesen Ruf verloren.

»Es handelt sich um ein schwäbisches Frühlingsmenü«, erwiderte sie lachend.

»Mit Würstchen?« Simon schwankte zwischen englischem Hochmut und Liebe zu deutschen Wurstwaren.

»Es gibt etwas viel Feineres.«

»Dann komme ich! In zwanzig Minuten bin ich bei dir.«

»Das ist zu früh«, wiegelte Linda ab. »Ich habe gerade erst eingekauft und muss noch kochen. Komm in einer Stunde, Simon.«

Beschwingt eilte sie zu ihrer Wohnung, legte den Wein ins Gefrierfach – sie wusste, dass das eine Sünde war, aber wie sonst sollte sie ihn in einer Stunde kühl bekommen – und ihre Einkäufe auf den Küchentisch, den sie mit Fionas Unterstützung bei einem Trödler in Greenwich erstanden hatte, und schälte erst mal die Spargelstangen. Dann kochte sie die Schalen aus, stellte die Kartoffeln auf und deckte den Tisch.

Als Simon klingelte, zündete sie gerade die Kerzen an.

An der Tür blieb er stehen und schnupperte.

»Kein Braten?«

»Nein.«

»Hühnchen, Ente, Gans?«

»Nein.«

»Lamm?«

»Nein.«

»Kein Fleisch also. Etwas Vegetarisches?«

»Nnnnein. Gib's auf, Simon, du errätst es doch nicht.«

Zuerst servierte sie die Kerbelsuppe, wozu sie den Sud der Spargelschalen mit den Kräutern und einem Teil der Sahne püriert hatte.

Simon löffelte schweigend.

Er schwieg auch, als sie den Schinken, die neuen Kartoffeln mit Spargel, der Sauce hollandaise und zerlassener Butter auftrug, und er schwieg noch immer, als sie die Erdbeeren und die Schüssel mit der geschlagenen Sahne auf den Tisch stellte.

»Schmeckt es dir nicht? Oder bist du heute nur unhöflich?«, erkundigte sie sich schließlich.

Simon deutete auf die Erdbeeren. »Weder noch. Das Essen ist einfach köstlich. Linda, wir sollten nach Deutschland ziehen.«

»Des Essens wegen?«

»Nicht nur, aber auch.«

Linda schob den Stuhl zurück und angelte nach der Weinflasche. »Du machst Witze.«

»Keineswegs.« Simon griff über den Tisch nach ihrer Hand. »Ich trage mich mit dem Gedanken, in Deutschland ein Übersetzungsbüro zu eröffnen. Du könntest die Leitung übernehmen. Falls du Interesse daran hast.«

»Das geht doch alles mit PC und Mails von hier aus«, entgegnete sie überrascht.

»Ich möchte expandieren«, erklärte Simon ruhig. »Und ich möchte dich an mich binden.«

»In dieser Reihenfolge?«

»Nein. Die Reihenfolge war falsch. Ich möchte dich an mich binden und finde keinen anderen Weg als den über eine Niederlassung in Deutschland, wofür du die besten Voraussetzungen mitbringen würdest. Wenn du so willst« – er spreizte die Finger – »möchte ich die eierlegende Wollmilchsau haben.«

»Simon ...« Linda schaute aus dem Fenster. »Wozu Deutschland? London ist herrlich.«

»Meine Pläne gehen weiter«, erklärte er. »Wir würden diese Wohnung beibehalten, sodass du jederzeit ...«

»Und du?«, unterbrach sie ihn hastig.

»Ehrlich gesagt würde ich gerne in diese Wohnung ziehen. Es wäre, wie auch die in Deutschland, eine, die uns gemeinsam gehört.«

Linda erstarrte. Was für ein Mist! Ausgerechnet heute rückte er mit dem Vorschlag raus, wo sie Rob die Karte geschickt hatte! »Wo in Deutschland?«

»Wie wäre es mit Leipzig, der Stadt der Bücher?«

»Oder Stuttgart«, sagte Linda – und hätte sich am liebsten geohrfeigt. »Vergiss es. Stuttgart war mal eine Stadt der Verlage.«

»Es bleibt also bei Leipzig.«

In dieser Nacht machte Simon Nägel mit Köpfen.

Als er im Morgengrauen die Wohnung verließ, war Linda so erschöpft, dass sie bis Mittag weiterschlief und den Beginn der Übersetzung auf den nächsten Tag verschob.

So kam es, dass sie Kathrins Fax erst las, nachdem sie drei Tassen starken Kaffee intus hatte und ihr Kopf nach einer eiskalten Dusche wieder leidlich funktionierte, doch erst Maries Kolumne ließ ihren Puls auf einen besorgniserregenden Wert schnellen.

Was für ein Luder!

Was für ein biestiges Biest! Der Mann, der sich gegen Maries Zielstrebigkeit behaupten konnte, musste erst noch geboren werden ... Linda rieb sich die Augen und kämpfte das Schuldbewusstsein nieder, das plötzlich in ihr aufstieg: Eines konnte sie heute mit Sicherheit sagen – ihr Mann hatte die Raffinesse nicht durchschaut, mit der diese unheilige Marie ihn damals umgarnte. Und, Linda schluckte, sie leider auch nicht.

Sie nahm sich den Text vor und ging ihn Satz für Satz durch, schließlich war sie als Übersetzerin darin geübt, aus dem Stil eines Autors einiges über dessen Persönlichkeit herauszulesen.

Bei dieser Marie war es einfach genug.

Opulente Kissen

Ich, eine Frau mit Erfahrung

Wie viel Luxus ist möglich

Kostbare Tulpenzwiebel

Herrliche Dipladenia sowieso

Seltene Papageientulpen ... und so weiter und so fort.

Opulent, Luxus, kostbar, herrlich, selten ... Die Frau liebte es grandios.

Sie war überheblich.

Eitel.

Größenwahnsinnig.

Egoistisch bis zum Gehtnichtmehr.

Ein Raffzahn von Teufels Gnaden.

Verschwendete keinen Gedanken an die, die auf der Strecke blieben.

Wie sie damals.

Wie jetzt die Frau und ihre Familie.

Dazu musste man erst mal fähig sein!

Linda holte einen schmalen blutroten Ordner und heftete sorgfältig die Blätter ein. Inzwischen waren es vier Stück. Wie lange wollte Marie Liebe auf die Pirsch gehen? Ein Vierteljahr? ... Nur ein Vierteljahr. Na, die paar Wochen waren ja abzusehen.

10. Kapitel

Seit dem Magnolienfest in der *Wilhelma* hatte sich Ida, meine Schwiegermutter, zweierlei vorgenommen: Alois musste beschäftigt werden; sein ständiges Herumsitzen ging ihr auf den Geist. Und: Alex sollte beobachtet werden. Warum verbrachte er auf einmal so viel Zeit im Garten? Nur weil's Frühling war und die Beete bepflanzt werden mussten?

»Nina«, sagte sie eines Morgens, »wir machen den Bock zum Gärtner. Wenn Alois auf dem Stückle in der Hollywood-Schaukel faulenzt, ärgert sich der Alex, und wenn Alois doch hin und wieder mal ein Unkräutchen zupft oder Setzlinge wässert, macht er sich wenigstens nützlich. Außerdem ist er an der frischen Luft. Das tut ihm gut und mir auch; der Plan mit dem Essen in der Tupperdose hat nämlich nicht funktioniert.«

Sie zwinkerte mir zu.

»Was hast du vor, Ida?«

»Überraschung!«, flötete sie, dann hob sie den Zeigefinger. »Eines musst du wissen, Nina: Wen die Götter vernichten wollen, liefern sie zuerst der Langeweile aus.«

»Wer sagt das?«, fragte ich verdutzt.

»Weiß ich nicht. Ich hab den Spruch vor Jahren in einem frühen James Bond gelesen.« Sie runzelte die Stirn. »Ich glaube, es war in ›Liebesgrüße aus Moskau‹. Wie auch immer – willst du, dass dein Mann ins Unglück rennt?«

»Du hast James Bond gelesen?!«

»Natürlich. Kein einziges Buch habe ich ausgelassen«, erklärte sie ungerührt.

Bevor ich an diesem Tag in die *Wilhelma* fuhr, bekam ich noch mit, dass sie Alois gleich nach dem gemeinsamen Frühstück, wozu er wie immer mit zwei mürben Hörnchen und zwei Brezeln angerückt war, seine Jacke reichte. »Wir machen einen Ausflug, Alois.«

»Einen Ausflug?«, wiederholte er unschlüssig und schob das Heftchen mit den Kreuzworträtseln auf dem Tisch hin und her. »Eigentlich wollte ich mich in die Sonne setzen. Ich mag's nicht so hektisch. Du weißt doch, meine Ruhe ...«

»... hast du im Grab. Und das bis in alle Ewigkeit. Na, wenn das keine herrlichen Aussichten sind«, meinte sie aufmunternd. »Jetzt häng halt nicht den Rüssel runter. Nimm die Kreuzworträtsel mit und vergiss den Bleistift nicht«, sagte sie energisch, packte beides sowie eine Flasche Sprudel und zwei belegte Brote – eines mit grober Leberwurst und eines mit Gelbwurst – in eine Tragetüte, drückte sie ihm in die Hand und fuhr ihren alten Ford aus der Garage.

Besorgt beobachtete ich meine unternehmungslustige Schwiegermutter. Gottlob düste sie keine weiten Strecken mehr über Land, aber nach Stuttgart rein und im Städtchen herum fuhr sie so locker wie eine Zwanzigjährige; vielleicht nicht mehr ganz so rasant, aber immer noch zügig genug für eine Frau über achtzig.

Alois stieg widerwillig ein. »Dein Gesicht passt nicht zum Wetter«, meinte sie noch munter, gab dann Gas und nahm die Kreuzung bei Dunkelgelb. Der Fahrer von links hupte; Ida kurbelte das Fenster runter, winkte lässig, nahm einem Radler die Vorfahrt und war weg.

Ich stieg in meinen Golf und gerade, als ich im Parkhaus der *Wilhelma* einen freien Platz suchte, klingelte mein Handy. »Wir kommen heute nicht!«, rief mir eine aufgeregte Stimme ins Ohr. »Wir hatten einen Unfall! Es ist ganz schrecklich –«

»Moment mal. Mit wem spreche ich?«

Es stellte sich heraus, dass es die Lehrerin aus Bopfingen am Ipf war, die sich für heute mit ihrer Klasse zu einer Führung angemeldet hatte. »Der Bus fuhr auf eine Leitplanke, die Kinder sind hysterisch, und ich blute am Kinn!«, schrie sie mir ins Ohr.

»Sie Arme«, sagte ich mitfühlend. »Aber wenn sonst nichts passiert ist ...«

»Was? Sieben Autos sind ineinandergefahren, und der Rettungshubschrauber kreist über uns! Mein Blut versaut die neue Bluse, die Kinder schreien, der Busfahrer ist ohnmächtig und wird gerade ...« Die Verbindung brach ab.

Der Morgen hatte es in sich.

Ich sagte an der Kasse Bescheid, dass ich wieder nach Hause fahren würde, und als ich dort ankam, saß Alois auf der Bank in der Sonne und winkte mich neben sich.

»Ida und ich waren im Gartencenter.«

»Schön für euch.«

»Sie hat zehn normale, zehn fleischige, zehn Cocktail-, zehn Strauch- und zehn Eiertomaten, rote und gelbe Paprikasetzlinge, drei Chili, sieben Zucchini und fünf Auberginen gekauft, und ich musste das ganze Grünzeug ins Auto verladen.«

Ich bedauerte ihn.

»Dann sind wir zum Stückle rausgefahren. Und weißt du was, Nina? Die ganze Zeit hatte ich den Karton mit den zwanzig Rote-Rüben-Setzlingen auf dem Schoß. Zwanzig Rote Rüben! Wer soll die essen?«

»Rote Rüben sind das gesündeste Gemüse überhaupt. War sonst noch was, Alois?«

»Ida hat mich gefragt, ob ich's bequem hätte.«

Meine Schwiegermutter war einfach nicht zu schlagen, und wenn doch, dann nur von ihrem Sohn, meinem Mann: Alex war nicht auf dem Stückle gewesen.

»Nix haben wir von ihm gesehen. Zwei grüne Gießkannen lagen im Gras, die Schaufel steckte im Kompost und der Spaten im Hochbeet. Und das, wo er doch gesagt hat, er hätte alle Hände voll zu tun.« Alois zupfte am Hosenbein herum und sah mir nicht in die Augen. »Um den Rechenstiel herum hat er sie jedenfalls nicht gelegt.«

Aber das war nicht die einzige Überraschung gewesen; wegen eines nagelneuen Hängeschlosses war Ida nicht ins renovierte Gartenhaus gekommen. Nachdem sie es mit den Geburtstagen aller Familienmitglieder versucht und nichts erreicht hatte, war sie richtig sauer geworden und hatte durchs Fenster gespickt, berichtete Alois weiter.

Ich grinste. »Am liebsten hätte sie die Scheibe eingeschlagen, was?«

Er nickte. »Oder Feuer gelegt. Weil –« Er zögerte.

Ich wurde ungeduldig. »Sag schon, Alois!«

Der Arme fühlte sich so unbehaglich, dass mir Schlimmes schwante. »Alois!«

Er räusperte sich. »Na ja ... Da lag 'ne Decke auf dem Fußboden. Und zwei Sektgläser standen auf dem Tisch. Und eine Flasche.«

»Alex wird Besuch bekommen haben.«

»Klar.« Er hob den Kopf und blinzelte in die Sonne. »Aber von wem?«

»Vielleicht von Eugen Wagner. Dem gehört das Stückle neben unserem, und mit ihm hat er auch das Gartenhäuschen renoviert«, überlegte ich.

»Sooo?« Gekonnt ließ Alois die Bombe platzen. »Und den Eugen verwöhnt er mit Champagner? Mit einem *Heidsieck*?«

Ich schnappte nach Luft. »Wie bitte? Das gibt's doch nicht«, murmelte ich erschüttert. »Woher wusste Ida, dass es ein *Heidsieck* war?«

»Na, weil sie's doch auf dem Etikett lesen konnte.« Alois tappte mit der Fußspitze auf den Boden. »Was wird jetzt aus der Ida und mir, Nina?«

»Wie meinst du das?«

»Hör mal: Zwei Gläser. Eine Flasche besten Champagners. Die zerknüllte Decke. Das Zahlenschloss am Gartenhaus. Das sagt doch alles!« Er schüttelte den Kopf. »Und dann noch die Pralinen! Champagner und Pralinen, Nina.« Er hüstelte nervös. »Ich war auch mal jung, ich weiß, was das bedeutet. Und du –«, er sah mich vorwurfsvoll an, »streichelst lieber die Viecher in deiner *Wilhelma* als deinen Mann. Das hast du jetzt davon.«

»Es ist nicht meine *Wilhelma*«, stellte ich automatisch richtig. Wo und mit wem trank Alex teuren *Heidsieck*, während ich mich mit Affe und Co. herumschlug?

»Ach Alois! Eine Flasche Schampus ist kein Weltuntergang.« Ich tätschelte seine Hand. Die zitterte. Meine fühlte sich feucht an. Ich ging ins Haus und suchte Ida.

Sie saß am Küchentisch, kippte gerade einen Schnaps und hörte mich nicht kommen. »Hallo Ida!«

Ida fuhr zusammen, dabei fegte sie ein Blatt vom Tisch. Ich hob es auf und warf einen Blick darauf: Ein großes PLUS stand da. Und darunter:

Ich, Nina, Felix und Mitzi:

Harmonisches Familienleben, gemeinsames Leben unter einem Dach mit persönlichen Freiräumen ... Ida hatte alles Gute aufgeführt bis hin zu *Versorgung beim Schlaganfall* und *Aufstellen sowie Leeren von Mäusefallen auf dem Dach und im Keller.*

Die Menge der Pluspunkte war überwältigend.

Auf der Minus-Seite stand:

Was passiert mit mir, wenn Alex unüberlegt handeln sollte? Halte ich zu meinem Sohn, der mich nicht im Haus behalten kann, wenn ich zum Pflegefall werde?

Oder zu meiner Schwiegertochter, die mich nicht ins Altersheim abschieben wird? Ist Blut wirklich immer dicker als Wasser?

»Du spinnst, Ida!«, rief ich empört. »Was soll der Blödsinn?«

»Nina! Was tust du hier?«

»Die Führung ist ausgefallen. Was ist los, Ida?«

Sie presste die Hände vors Gesicht. »Nina, mir geht es gar nicht gut. Furchtbares kommt auf mich zu.«

Ich holte mir auch ein Gläschen und füllte es randvoll mit Idas Zwetschgenschnaps. »Was siehst du denn Schlimmes kommen?«

Meine Schwiegermutter hatte wässrige Augen. »Ich im Rollstuhl, herumgeschoben wie der Einkauf beim *Rewe*. Mit Lätzchen um den Hals, gefüttert von einer gestressten Pflegerin aus der Ukraine, die kein Wort schwäbisch versteht. Vor einem Napf mit karottenfarbenem Babybrei. Mit blöder Gehhilfe im Gang des Altersheims *Herbstsonne*. Mit sabbernden Alten *Hänschen klein* singen. Und niemand guckt nach mir!«

Ida zitterte und kippte sich noch einen hinter die Binde. »Nina, ich bin alt. Ich fürchte mich.« Sie haute mit der Hand auf den Tisch. »Wo ich mich doch so um Gerechtigkeit und Harmonie bemüht habe! War alles umsonst? Nina, du bist eine tolle Schwiegertochter. Du wirst ...« Sie griff schon wieder nach der Flasche.

Ich nahm sie ihr aus der Hand.

»Was ist mit Felix und Mitzi? Die ziehen aus, die führen ihr eigenes Leben, so jung, wie sie noch sind. Ist doch klar! Schenk mir noch einen Schnaps ein, Nina, ich brauch was zur Stärkung.«

»Ich auch, Ida.«

Wir prosteten uns zu.

»Mein lieber Herr Gesangsverein«, murmelte sie dann. »Ich muss was unternehmen, bevor's zu spät ist.«

So viel Schnaps am Morgen – das konnte nicht gutgehen. »Nina, mein Sohn ist ein Volltrottel. Versprich mir ...« Sie griff schon wieder nach der Flasche.

Ich stellte sie untern Tisch.

»Später, Ida. Zuerst sagst du mir, was los ist. Ich kapier nämlich überhaupt nichts«, sagte ich und zuckte zusammen. Eine Hand hatte sich auf meine Schulter gelegt. »Mitzi! Ich hab dich nicht kommen hören.«

»Ich hab sogar geklopft. Nina, das ist mein freier Nachmittag.« Sie musterte mich aufmerksam. »Ist dir nicht gut? Probleme mit dem Kreislauf? Dem Herz? Soll ich einen Arzt rufen? Was ist mit Ida? Warum betrinkt ihr euch?« Sie deutete auf den Schnaps zu meinen Füßen. »Dafür gibt es doch einen Grund! Alois deutete so was an –«

»Alois«, nuschelte Ida. »Alois ist ein depperter Grasdackel. Er hat Schiss, dass er …« Plötzlich kippte sie vornüber.

»Mein lieber Schwan! Was macht ihr für Sachen! Nina, Ida muss ins Bett, und dann sagst du mir, was passiert ist.«

Fix nahm ich einen kräftigen Schluck aus der Flasche. »Vielleicht.«

Mitzi war eine resolute Person. Nachdem wir Ida ins Bett gebracht und sie zugedeckt hatten, wurde sie höchst energisch. »Nina, du setzt dich jetzt und berichtest mir. Verstanden?«

»Schnaps am Mittag nimmt dir die Sorgen«, nuschelte ich. »Warum guckst du so böse, Mitzi?«

»Nina!« Mitzi schüttelte mich. »Raus mit der Sprache!«

Mir fehlte die Kraft zum Widerstand; ich heulte und legte los. »Sehe ich Gespenster, Mitzi?«, schluchzte ich später.

»Na ja … Zwei Sektgläser und ein Pralinenpapierchen müssen nichts bedeuten. Der Mann vom Stückle nebenan kann ihn besucht haben. Aber dass Alex ihn mit einem *Heidsieck* bewirtet haben soll … Nina, das passt nicht zu einem Schwaben. Most oder ein Bier, das ja, aber ein teurer Schampus? Ausgeschlossen.« Mitzi schob eine Locke hinters Ohr. »Wir brauchen Beweise. Bevor wie die nicht haben, regst du dich nicht auf. Kapiert?«

»Kapiert. Ich reg mich nicht auf, weil Ida Gespenster sieht und Alex absolut treu ist.« Und plötzlich impotent. Aber das behielt ich für mich.

»Genau«, lobte Mitzi. »Trotzdem müssen wir wissen, was Sache ist. Stimmt's?«

Mir kamen schon wieder die Tränen. »Wir? Hast du WIR gesagt, Mitzi?«

»Na klar. Deine Heimat ist auch meine Heimat. Meinst du vielleicht, der Felix und ich würden das alles –«, sie machte eine Handbewegung, die Haus, Garten, Ida im Schlafzimmer und den Küchentisch plus die Schnapsflasche einschloss, »kampflos aufgeben, nur weil sich Alex 'ne kleine Auszeit von der Ehe gönnen möchte?«

»Wie recht du hast, Mitzi!« Ich füllte meines, Mitzi ließ sich Idas Gläschen füllen. Wir prosteten uns zu.

»Aber ohne Beweise keine Schuld, Nina.«

»Mitzi, die Beweise besorgen wir uns.«

»Endlich bist du wieder die Alte!«

Idas Hochprozentiger ließ uns die humorvolle Seite sehen. Wir lächelten uns an. »Auf uns und Ida!«

Mitzi kippte gekonnt den Schnaps. »Auf immer ungeteilt!«

Meine lieben Leserinnen!

Eine Verführung, meine lieben Leserinnen, ist kein Problem. Mit etwas Erfahrung, den passenden Requisiten und minimalistischer Bekleidung locken Sie jeden Mann ins Abstellkämmerchen, wie es weiland Boris Becker geschah. Sie bringen ihn dazu, dass er alle ehebezogenen Bedenken verwirft und Sie glühend vor Begierde ins Gras, Heu, Stroh oder Bett wirft oder, wie in meinem Fall, auf eine Liege in einem hübschen Gartenhaus im Grünen.

Es ist keine Kunst, sich flachlegen zu lassen, wenn Sie den Mann nur lange genug haben zappeln lassen. Dann allerdings dürfen Sie nicht zögern. Sie dürfen auch nicht die Scheue, Verschämte geben, falls Sie die dreißig überschritten haben; kein Mann wird Ihnen das Theater abnehmen. Im Gegenteil, gerade das macht ja den Reiz einer Frau im gewissen Alter aus! Nehmen Sie ihm nicht die Illusion durch fromme Allüren; locken Sie ihn mit der Verheißung einer Wonne, die, das weiß er genau, seine angetraute Ehefrau, die rechtschaffene, pietistisch erzogene, schaffige Schwäbin, als im Vorhof der Hölle praktiziertes Teufelzeug verdammt.

Gehen Sie vor wie ich:

Vor wenigen Tagen ließ ich mein Möpschen zu Hause, parkte oberhalb des Stückles, schritt barfuß und mit wehenden Haaren zwischen blühenden Bäumen hangabwärts, warf mich in seine Arme, spürte, wie mich seine Hände abtasteten, in der Luft schwebten, sich um meinen Po legten ... Hörte die Frage: »Hast du nichts drunter an?« und beantwortete sie, indem ich langsam die Schleife an meinem Wickelkleid aufzog – was dann unweigerlich folgte, folgen musste ... nun, meine lieben Leserinnen, das dürfen Sie sich in allen Einzelheiten ausmalen.

Wie gesagt, die Verführung als solche ist kein Hexenwerk, und wie es sich für einen wackeren Schwaben geziemt, forcht er sich nicht; er stellte sich so tapfer der Herausforderung, dass er meinen gehobenen Ansprüchen vollauf genügte.

Diesbezüglich habe ich keine Enttäuschung erlebt.

Jedoch ... jedoch ... Fürs bloße Rammeln habe ich Freunde.

Genau hier liegt das Problem. Ihm genügte es. Da ich aber ein weitergehendes Ziel ins Auge gefasst habe, folgte mein nächster Schritt. »Schön war das, mein Lieber. Aber bei dem einen Mal wird es bleiben«, sagte ich und legte großes Bedauern in meine Stimme.

Seine Reaktion hätten Sie miterleben sollen, meine lieben Leserinnen! Dieses fassungslose Schweigen, dann der wütende Protest! »Warum?«

»Ich arbeite«, sagte ich und schlüpfte genüsslich in mein Diane-von-Fürstenberg-Wickelkleid. Und, als ich den Gürtel zur Schleife band: »Möchtest du meine Handy-Nummer?«

Und ob er sie wollte!

»Ach, und noch etwas. Das Gartenhaus ist etwas karg. Falls ich etwas Nettes finde, bringe ich es mit – vorausgesetzt natürlich, es kommt zu einem nächsten Mal. Einverstanden?«

Meine lieben Leserinnen, Sie durchschauen die Taktik – die Vorspeise hat gemundet. Nun wartet der MANN auf den nächsten Gang. Der lässt auf sich warten.

Der MANN ist verunsichert: Hätte er es besser machen sollen? Wenn ja, wie?

Doch der Appetit ist geweckt. Der Hunger entwickelt sich zum Heißhunger, aber die Hauptspeise bleibt aus.

Der MANN fragt sich, wie es zu einem zweiten Mal kommen könnte. Er leidet, er bemüht sich um Fantasie, er schmiedet Pläne und ruft an. Dreimal am Tag und einmal vorm Schlafengehen.

Die Ungeduld wächst, die Begierde nimmt zu.

Das ist gut so. Könnte nicht besser sein.

Ich bin Marie Liebe, mein Opfer hat angebissen. Wie heißt es bei Goethe? »Lerne nur das Glück ergreifen …« O ja – ich greife zu!

Wie immer Ihre Marie Liebe

11. Kapitel

Nach fünf Jahren hartnäckigen und verbiesterten Schweigens war es unvernünftig, eine rasche Antwort zu erwarten. Und doch ... Linda rannte schneller als üblich zum Briefkasten, und als sie dann den Umschlag mit Robs schwungvoll geschriebener Anschrift in den Händen hielt, hämmerte ihr Herz.

Idiotisch war das.

Zuerst sortierte sie die übrige Post. Drei Rechnungen, eine Einladung zur Lesung eines Buches, das sie übersetzt hatte, Reklame für eine kostenlose Gesichtsbehandlung, vorausgesetzt, sie erstand ein sündhaft teures Make-up. Das war's.

Sie riss Robs Umschlag auf, zog das Blatt heraus – und stutzte: Ein betagtes Gorillamännchen lehnte am Stamm einer Palme, kratzte sich den fetten Bauch und betrachtete gelangweilt seinen Harem. Auf den ersten Blick war's nur eine Szene aus der *Wilhelma*. Erst bei näherer Betrachtung ging Linda auf, dass ein Weibchen, abgesondert von den anderen, den Affen mit einer goldgelben Banane und einem auffordernd rausgestreckten Hinterteil zu locken schien.

Sollte das bedeuten, dass sich der Affe gleich zum Affen machen würde? Vom runden Po und einer krummen Banane verführt? Was willst du mir mit der Zeichnung sagen, Robert Calander?

Linda warf das Blatt auf den Tisch, schaltete wütend ihren PC ein und starrte, während er hochfuhr, aus dem Fenster. Nach den herrlichen Frühlingstagen hatte sich das Wetter gründlich geändert: Es regnete. Nein, es goss wie aus Kübeln. Dazu war es so affenkalt geworden, dass sie nicht nur die Heizung hochgedreht, sondern auch ihre irische Strickjacke und dicke Socken angezogen hatte.

Am Tag zuvor war sie mit der neuen Übersetzung gut vorangekommen. Der in die Jahre gekommene Autor, verraten und verlassen von seinem jugendlichen Geliebten, hielt sich an die gängige Rechtschreibung und verzichtete auf eigene Wortschöpfungen sowie originelle Gedanken – der Text war nichts als eine langweilige larmoyante Nabelschau. So war's kein Wunder, dass Lindas Gedanken immer wieder zum Gorillamännchen drifteten. Und zu den Weibchen, die seinen Käfig bevölkerten.

Wen hatte Rob mit der Affendame gemeint? Sie, Linda? Oder Marie Liebe, das Luder, das den Pascha mit der vollreifen Banane verführte?

Verdammt, warum konnte Rob ihr nicht einfach eine nette Antwort schicken?

Mit der Übersetzung ging's heute überhaupt nicht voran. Linda stand auf, kochte und trank Tee, stopfte Kekse und kandierten Ingwer in sich hinein und fragte sich, ob sich diese Marie noch gelegentlich mit ihrem Mann traf. Wenn ja – ärgerte sie sich darüber? Linda runzelte die Stirn und gestand sich ein, dass sie wütend war. Auf Rob und auf die einzige Feindin, die je in ihr Leben getreten war.

Sie erinnerte sich an Oscar Wilde, der der Ansicht war, man könne in der Wahl seiner Feinde nicht vorsichtig genug sein. Wie recht er hatte! Nur gab's in ihrem speziellen Fall ein Problem: Die Feindin hatte ihren Mann mit ihrem Gift betäubt, bevor sie, Linda, überhaupt wusste, dass sich eine Schlange in ihr häusliches Lager geschlängelt hatte.

Erkenne deinen Feind – ha! Was nützte das im Nachhinein!

Aber, Linda schlug sich an die Stirn, Marie Liebe musste doch eine Homepage haben! Mein Gott, wie kann man nur so deppert sein, daran nicht zu denken, beschimpfte sie sich und setzte sich sofort an den PC.

Maries Leben wies eigentlich nur Höhen auf: Abitur, Journalistikstudium, Examen, Anstellung bei verschiedenen

Tageszeitungen, dann der Sprung zur *Victoria!* mit einer eigenen Kolumne zum Thema Liebe in allen Variationen.

Ein Sohn im Studium und dazu die Erklärung: »Ich wollte ein Kind, aber keinen Mann.«

Aha. Der Mann als Samen- und Unterhaltsspender war gewünscht; im Gegenzug dazu wurden die niederen Dienste wie das Waschen von müffelnden Socken ausgeklammert. Gut; das war schon mal aufschlussreich und passte perfekt ins Bild.

Nachdem Marie Liebes Sohn den Kindergarten besuchte, verlegte sie sich auch noch aufs Schreiben von Liebesromanen nach gängigem Rezept: Reiche oder arme junge Schöne trifft auf reichen oder armen Adligen/Arzt/Industriellen/Großgrundbesitzer. Aufrichtige Liebe wird durch männlichen/weiblichen Neidhammel gefährdet. Liebe übersteht grässliche Gefahren wie Hausbrand/Untergang eines Vergnügungsdampfers/exotische Krankheit/gemeine Intrige/blutrünstige Händel. Heirat in Weiß – Happy End.

Die Bücher gingen über den Ladentisch wie rösche Brezeln, und wie das Laugengebäck waren sie unkompliziert und ganz nach dem Geschmack ihrer Leserinnen: Marie Liebe hatte sich eine richtige Fangemeinde erschrieben. Die Lobeshymnen reichten von »Barbara Cartland und Rosamunde Pilcher sind ein Nichts gegen Sie« bis zu »Wer will schon schwedische Liebesromane lesen ...«

Linda verzog das Gesicht, überflog die Lesermeinungen und stieß erst nach etlichen Minuten auf eine, die sie stutzen ließ.

Meine Großmutter war eine leidenschaftliche Leserin der E. Marlitt (1825–1887), deren Bücher ich nach ihrem Tod erbte. Neulich las ich »Das Geheimnis der alten Mamsell«. Ich hätte mir die Lektüre sparen können, denn Sie, liebe Frau Liebe, haben in Ihrem Buch »Hanna kämpft um ihr Glück« ja ein ähn-

liches Schicksal beschrieben, nur leben die Personen in unserer Zeit und sprechen unsere Sprache.

Ich liebe Ihre Bücher, verehrte Frau Liebe! Machen Sie weiter so!

Ihre Edwine Lämmle.

War Edwine Lämmle einfach nur naiv? Oder wollte sie Marie Liebe höflich darauf hinweisen, dass sie von Marlitt, der erfolgreichsten Schriftstellerin der *Gartenlaube*, abgeschrieben hatte?

Schwer zu sagen.

Linda nahm sich vor, Marlitts *Geheimnis der alten Mamsell* mit Marie Liebes *Hanna kämpft um ihr Glück* zu vergleichen. Hätte Liebe aber tatsächlich die Idee geklaut, hätte sie sie garantiert so verfremdet, dass man ihr den geistigen Diebstahl nicht nachweisen konnte, schließlich war sie als Journalistin versiert genug, um diesem Fettpott auszuweichen. Trotzdem ... Erkenne deinen Feind!

Umgehend bestellte sie die beiden Bücher bei *Amazon*.

Danach schaute sie lange auf die regennassen Scheiben, bevor sie sich energisch wieder ihrem wehleidigen Autor widmete. Mein Gott, im Grunde ging's dem alten Sack nicht um verschmähte Liebe; er jaulte doch nur deshalb auf, weil er sich in seiner Eitelkeit verletzt fühlte. Linda strich die Haare hinter die Ohren und verbiss sich in den Text.

Gegen zwei hatte sie ihr Pensum erfüllt, schob erleichtert eine Quiche mit Schinken und Broccoli in die Mikrowelle und goss sich ein Glas Weißwein ein. Während sie trank, klingelte ihr Handy.

»Hör zu«, sagte ihre Stuttgarter Freundin Kathrin atemlos, »ich weiß jetzt, wo das Luder wohnt!«

»In Stuttgart?«

»Von wegen! In Winnenden! Aber ich hab noch viel mehr herausgefunden!«

Linda holte die Quiche aus dem Ofen. »Was denn?«

»Also erstens: Sie hat's garantiert nicht auf deinen Rob abgesehen. Ihr Opfer ist ein jugendlicher Mann im vorzeitigen Ruhestand, wohlhabend natürlich, verheiratet und Besitzer eines Stückles. Dort trifft sie ihn, und –«

»Woher weißt du das alles?«, unterbrach Linda sie erstaunt. »Du hast doch keinen Detektiv engagiert, oder?«

»Das wäre mir viel zu teuer«, entgegnete Kathrin. »Eigentlich war's ja ein unglaublicher Zufall, Linda.«

»Gibt es das?«, fragte sie spitz.

»Linda! Tu mir den Gefallen und hör mir zu, ja? Ich war heute Morgen bei meinem Friseur in der Christophstraße. Ein paar Minuten musste ich warten, bis die Giovanna Zeit für mich hatte. Ich blätterte natürlich gleich die *Victoria!* durch. Da fragt mich doch die Giovanna, ob ich auch immer die Kolumne der Marie Liebe lesen würde. Also sie fände die sagenhaft toll, denn sie kenne keine andere Frau, die sich so gezielt auf Männerfang begeben würde. Und so gekonnt! Übrigens wisse sie, wie die Marie Liebe aussehe und wo sie wohne.«

Linda goss sich ein zweites Glas ein. »Ausgeschlossen!«

»Von wegen. Die Giovanna sagte sogar, sie kenne das Stückle, das kürzlich renovierte Gartenhaus und den Mann, auf den die Liebe es abgesehen hätte.«

»Das glaube ich jetzt nicht!«

»Solltest du aber«, wies Kathrin sie triumphierend zurecht. »Das Stückle daneben gehört nämlich einem Eugen Wagner, und der ist der Onkel ihres Freundes.«

Linda schwieg.

»Hat's dir die Sprache verschlagen?«, wollte Kathrin wissen.

»Das kann man so sagen, Kathrin.«

»Ich hab der Giovanna gesagt, dass sich die Marie Liebe vor ein paar Jahren den Mann meiner besten Freundin gekrallt, die Ehe zerstört, die Frau ins neblige London vertrieben und dann den Mann einfach hat sitzenlassen.«

»Das hast du nicht!«, rief Linda empört.

»Warum denn nicht? Sie kennt dich ja nicht. Mensch, Linda, nun sei doch nicht so empfindlich! Ich habe weder deinen noch Robs Namen erwähnt; ich habe Giovanna lediglich gesagt, dass das Luder zu allem fähig ist. Man muss nicht zur Pistole oder Arsen greifen und sich ein Spitzenhäubchen über die Locken stülpen, um einen Menschen abzuschießen. Das weiß niemand besser als du, stimmt's?«

»Hrrrm«, knurrte Linda.

»Du weißt auch«, fuhr Kathrin temperamentvoll fort, »dass du damals der Marie nur deshalb nicht gewachsen warst, weil du keine Ahnung hattest, wie egoistisch und boshaft ein Mensch vorgehen kann. Das stimmt doch auch, oder?«

Linda schwieg.

»Du hättest eine Chance gehabt, wenn dich damals jemand gewarnt hätte. Aber alle unsere Freundinnen haben ja nur den Pilatus gegeben, haben ihre Hände in Unschuld gewaschen und sich gefreut, dass es dich und nicht sie getroffen hat! Du ahnst ja nicht, wie sie hinter deinem Rücken über dich hergezogen sind, deine sogenannten Freundinnen!« Kathrin hatte sich in helle Wut geredet. »Und als du mal einer von denen dein Herz ausgeschüttet hast, hat's gleich ganz Stuttgart gewusst. Mein Gott, Linda!«

Linda biss sich auf die Unterlippe. Die Quiche hatte jetzt die richtige Temperatur zum Essen, aber der Appetit war ihr gründlich vergangen. »Ich bitte dich um eines, Kathrin: Wieder ins Gerede kommen will ich nicht. Hörst du? Du weißt, Stuttgart ist ein Dorf.«

»Ich sagte dir doch, dass ich keine Namen nannte«, versicherte Kathrin. »Bist du in deinem Bürowinkel? Ich hab dir die neueste Kolumne aufs Fax gelegt. Viel Spaß beim Lesen«, wünschte sie ihrer Freundin noch, bevor sie auflegte.

Linda überflog den Text, dann knüllte sie das Blatt zusammen und warf es in den Papierkorb.

Sie stellte sich ans Fenster und trommelte mit den Fingerspitzen gegen die Scheibe. Der Regen strömte ohne Unterlass, der Himmel war so grau wie das Wasser in den Kanälen ... Eigentlich war's kein Wetter für einen Spaziergang. Trotzdem zog Linda feste Schuhe und ihren Anorak an und marschierte los.

Als sie zwei Stunden später nach Hause kam, holte sie als Erstes das zerknüllte Blatt aus dem Papierkorb, strich es sorgfältig glatt, heftete es in den Ordner zu den anderen, zog dann die nassen Sachen aus, trat vor den großen Spiegel am Eingang und nickte sich zu. »Ich tu's.«

Sie seufzte ein bisschen und hoffte, die Ausgaben würden sich in Grenzen halten.

12. Kapitel

In der *Wilhelma* war Rob seit Tagen nicht mehr aufgetaucht, das Telefon nahm er nicht ab, sein Handy war ausgeschaltet. Ich machte mir Sorgen; war er krank? Oder verreist? Wenn ja, hätte er mir das bestimmt gesagt.

Kurz entschlossen besorgte ich Brezeln und Butter, fuhr nach Stuttgart und übers Olgaeck die Weinsteige hoch, bog am Bopser links ab und klingelte.

»Nina! Komm rein!«

Gut sah er aus; fröhlicher als sonst, und rasiert war er auch. »Wie geht es dir?«

»Bestens.« Er fasste mich am Ellbogen und zog mich in die Küche. Auf jeder freien Fläche stapelte sich benutztes Geschirr, der Abfalleimer quoll über, es roch nach saurer Milch und abgestandenem Wein. »Ignorier das Chaos. Meine Putzhilfe ist krank.«

Im Wohnzimmer fegte er eine Hose und etliche Hemden vom Sofa. »Setz dich. Was führt dich zu mir?«

»Seit Tagen warst du nicht mehr in der *Wilhelma*. Ich dachte, du seist krank.«

»Deshalb eilst du ans vermeintliche Krankenbett und willst die hilfreiche Schwester spielen? Das ist aber nett von dir, Nina.«

»Finde ich auch.«

Er musterte mich so intensiv, dass mir ganz unbehaglich wurde. »Ist mein Lippenstift verschmiert?«

Er rieb sich die Nase. »Du siehst bekümmert aus, Nina.«

»Quatsch. Mir geht es gut.«

»So? Kein Kummer mit der Familie? Die Schwiegermutter gesund, der Hund nicht krank, der Sohn auf dem Tugendpfad?«

»Ich habe keinen Hund.«

»Aber?«

Mein Blick schweifte über das Chaos – die leeren Weinflaschen, die benutzten Gläser, die herumliegenden Kleidungsstücke, die zerfledderte *Stuttgarter Zeitung*. »Mir macht die Jahreszeit zu schaffen.«

Er hob die Augenbrauen. »Frühlingsgefühle, Nina?«

»Ich nicht. Mein Mann.«

»O Herrjemine! Er ist Frührentner, nicht wahr?«

Rob stand auf und deutete auf die leeren Weinflaschen. »Hab zu viel gesoffen. Bist du mit saurem Sprudel zufrieden?«

»Klar.«

Als die Gläser gefüllt waren, legte Rob die Hand auf meine Schulter und schüttelte mich. »So wie ich dich kenne, findest du dich nicht damit ab. Was hast du vor, Nina?«

»Die Frage ist: Soll ich etwas unternehmen? Hat das überhaupt einen Wert? Wenn ich daran denke, wie verliebt ich damals in Alex war, hätte mich nichts und niemand von einer Affäre abhalten können.«

»Damals warst du jung und ungebunden. Heute sieht die Sache völlig anders aus: Dein Mann ist alt und gebunden.«

»Schon; aber wie ich ihn kenne, will er das eine nicht aufs Spiel setzen und vom anderen nicht lassen. Er ist ein Mann, er will alles. Aber –« Ich reckte das Kinn vor. »Da spiele ich nicht mit.«

»Typisch Frau ...« Rob ließ den Sprudel im Glas kreisen. »Lass ihm das Vergnügen. Warte ab; das gibt sich wieder.«

Noch nie hatten wir seine Ehe erwähnt. »Was ...« Ich zögerte. »Was wäre gewesen, wenn deine Frau damals abgewartet hätte?«

Er setzte das Glas ab. Dann fuhr er sich mit beiden Händen durch die Haare. Schließlich stand er auf und stellte sich ans Fenster. Das hätte längst geputzt werden sollen; seine Putzfrau machte einen miesen Job. Wie lange war sie denn schon krank?

»Ein Mann«, sagte er langsam, »kommt meist erst dann zur Vernunft, wenn er mit den Konsequenzen seines Handelns konfrontiert wird.«

»Wenn er die aber einkalkuliert?«

»Hast du Pech, Nina.«

Plötzlich fand ich die Situation völlig absurd: Hier saß ich bei Rob und wollte mir von ihm bestätigen lassen, was ich längst wusste. Warum? Wollte ich etwa eine zweite Meinung? Als ob ich vor der Wahl stünde, mir einen Zahn ziehen oder ihn doch lieber noch mal flicken zu lassen? »Ich habe unsere Ehe immer mit Mutualismus verglichen: Die Ameisen ziehen mit dem Nektar der Akazien ihre Jungen auf, die Ameisen wiederum vertreiben infolge ihrer Beißfreudigkeit die Giraffen und Elefanten, wenn sie zu viele Blätter vom Baum rupfen. Akazien, Elefanten, Giraffen und Ameisen profitieren voneinander. Fehlt ein einziger Faktor, bricht das gesamte System auseinander. Mein System Ehe plus Großfamilie kracht zusammen, wenn Alex seinen Spätfrühling auslebt. Was mich betrifft –« Ich hämmerte mit beiden Fäusten auf meine Knie. »Im Gegensatz zur Symbiose können beim Mutualismus alle Arten unabhängig voneinander existieren.«

Rob stopfte die Hände in die Hosentaschen und zog die Schultern hoch. »Existieren ja. Aber leben?«

»Natürlich! Die Elefanten gehen einfach zur nächsten Akazie.«

»Bist du ein Dickhäuter?« Rob lachte. »Komm, Nina, lassen wir die Viecher im Zoo und die Kirche im Dorf. Was hast du vor?«

Ich holte die Tüte mit den Brezeln aus der Handtasche. »Kochen wir erst mal einen Kaffee.«

Während Rob den Esstisch freiräumte, setzte ich die Kaffeemaschine in Gang. »Die muss entkalkt werden. Was bezahlst du eigentlich deiner Putzfrau?«

»Zehn Euro auf die Hand.«

»Was?« Wir unterhielten uns über Vorhänge, die gewaschen werden mussten, über ungeputzte Ecken und Staubmäuse unterm Sofa. Dann war der Kaffee durchgelaufen, wir saßen am Tisch und schmierten Butter auf die Brezelhälften. »Meine Schwiegermutter sagte immer, nur die untere Hälfte darf gebuttert werden.«

»Ha!« Ich hielt das Messer in die Höhe. »Meine Ida ist genussfreudiger. Die schmiert Butter auf die obere und untere Hälfte und sogar auf die Knöchele! Wobei wir beim Thema wären, Robert Calander.«

»Du redest, ich esse.«

»Nichts im Leben ist umsonst – nicht mal frische Brezeln, geschweige denn allerfeinste Butter vom *Böhm*. Um ganz ehrlich zu sein, Rob, bin ich hier, um dein männliches Urteil über den von drei Weibern ausgeheckten Plan zu hören.«

»Bist du eine der drei?«

»Ja. Ich, meine Schwiegermutter und meine zukünftige Schwiegertochter.«

»Ihr habt einen gemeinsamen Plan entworfen? Alle Achtung«, spottete er.

»Das ist nicht zum Lachen! Hör zu, Rob! Erstens: Wir müssen wissen, mit wem sich Alex trifft.«

»Ach ne! Und dann holt ihr's Gewehr aus dem Schrank und knallt die Person ab?«

»Natürlich nicht; aber ist's nicht so, dass man seinen Feind kennen muss, um ihn bekämpfen zu können?«

»Na ja ... Und dann?«

»Nehme ich mir die Person vor.«

»Das reicht, um sie in die Flucht zu schlagen?«

»Davon bin ich überzeugt.«

»Ich nicht. Nina, ich hätte dich für klüger gehalten. Überleg doch: Dein Mann hat eine Affäre –«

»Ich vermute es, Rob.«

»– du erwischst ihn und sie in flagranti, du knallst ihr eine, reißt ihr ein oder auch zwei Büschel Haare aus, brüllst:

›Verschwinde, du Unholdin!‹ – und erwartest, dass dein Mann den Schwanz einzieht und belämmert zuschaut, wie sie aus seinem Leben entschwindet? Das ist nicht dein Ernst!«

»Doch. Ist es.«

»Dann, meine Liebe, hast du es verdient, dass sich dein Mann für die Klügere entscheidet.«

»Woher willst du wissen, dass sie klüger ist als ich?«

Er tippte sich an die Stirn. »Lebenserfahrung.«

»Sag schon!«

»Ich will erst meine Brezel essen!«

Ich zog ihm den Teller weg. »Nein. Rede.«

»Du weißt doch«, wand er sich, »Frauen können schlecht einparken, Männer können nicht reden.«

»Du kannst reden. Du musst, Robert!«

»Mein Gott, Nina ... Damals, als ich die Affäre hatte, ging meine Frau genauso vor, wie du es jetzt planst. Sie überraschte uns, stellte die andere zur Rede und hoffte, damit wäre alles geklärt. Aber so war es nicht; als Mann nimmst du die andere – und dich selbst! – in Schutz. Im Klartext: Du zwingst den Mann, zur anderen zu halten. Die männliche Eitelkeit verlangt das, Nina.«

»Aha. Und?«

»Der erste Schritt ist in Ordnung; sieh zu, dass du weißt, wer die andere ist. Aber dann muss ein richtiger Knaller her. Einer, der deinem Mann zeigt, was du draufhast. Was die andere denkt, ist Nebensache.«

Ich schob ihm den Teller wieder zu. »Ein Knaller? Wie soll der aussehen?«

»Keine Ahnung. Nur du kennst deinen Mann. Wozu hat dir der liebe Gott ein kluges Köpfchen auf den Hals gesetzt?«

»Warum hat er mich nicht schöner gemacht?«

»Bei einer Affäre geht es doch nicht um Schönheit! Der Reiz des Neuen, das Prickeln des Verbotenen, die Herausforderung des Sieges – das zählt. Schönheit muss nicht unbedingt sein, das ist nur ein Bonus und schmeichelt der männlichen Eitelkeit. Du bist eine kluge, intelligente, attraktive Frau, Nina. Obwohl er das weiß, gehörst du zu seinem Alltag wie das Glas Wein am Abend. Oder's *Dinkelacker*, wenn er lieber Bier trinkt.«

»Soll ich mich etwa neu erfinden?«

»Warum nicht? Setz dich mit einem Paukenschlag in ein anderes Licht. Du wirst staunen, was das bringt.«

»Ein Knaller! Ein Paukenschlag!« Ich warf die Hände in die Luft. »Darf's ein bisschen mehr sein, Robert Calander?«

Er kaute, schluckte und ließ sich eine Menge Zeit. »Was willst du eigentlich, Nina? Willst du deinen Mann für dich haben? Oder möchtest du nur, dass sich das Leben in deiner Großfamilie nicht ändert?«

»Blöde Frage. Ich will beides.«

»Meine Frau wollte das damals auch.«

»Aber –?«

»Manchmal muss man auf etwas verzichten, um anderes nicht auch noch zu verlieren.«

»Das wäre?«

»Den Job.« Er runzelte die Stirn. »Die Selbstachtung. Oder beides.«

Plötzlich lächelte er. »Zum ersten Mal nach fünf Jahren hat mir meine Frau eine Ansichtskarte geschickt. Das ist doch was, oder?«

»Klar. Freut mich für dich, Rob.«

Er lächelte versonnen, dann wandte er sich wieder mir zu. »Also, Nina! Was habt ihr drei Hexen euch noch ausgedacht?«

In Erinnerung an den Nachmittag fing ich zu lachen an. »Gegen meine Schwiegermutter sind Mitzi und ich die reinsten Hexenbabys!«

13. Kapitel

Um diese Tageszeit war der Verkehr nicht besonders dicht. In Gedanken versunken gab ich Gas, düste die Weinsteige runter – und da! Verdammt aber auch! Gab das etwa einen Punkt in Flensburg? Ich schielte auf den Tacho – grenzwertig. Na super … Plötzlich lachte ich los. So wie mich der rote Blitz gerade aus dem Fahrersitz gelupft hatte, müsste der Paukenschlag meinen Alex, den Depp, den Seggel, den Volltrottel, den Grasdackel! aus den Fängen seiner Liebschaft katapultieren.

Nur: Wie sah die Pauke aus? Welche Klöppel wären geeignet? Brav tuckerte ich bei fünfzig Stundenkilometern aus Stuttgart hinaus. Vorm Kappelbergtunnel staute sich der Verkehr, und nachdem es am Morgen zu regnen aufgehört hatte, fing es jetzt wieder zu tröpfeln an. Das regte mich zusätzlich auf, denn bei Regen würde Alex nicht im Garten schaffen – wie ich jetzt wusste, war das »Schaffen« ein dehnbarer Begriff – , und Ida oder Alois wären umsonst die drei Kilometer zum Stückle geradelt.

Ich täuschte mich.

Kaum stand der Golf in der Garage, rief Mitzi nach mir.

»Komm schnell, Nina! Es gibt Neuigkeiten!«

Mitzi und Alois saßen in Idas Wohnzimmer, und die stellte gerade vier Gläschen und ihren Hochprozentigen auf den Tisch. »Menschenskinder! Wenn das so weitergeht, müssen wir uns bald bei den Anonymen Alkoholikern anmelden.«

»Halt den Schnabel, Nina. Du wirst ein Gläschen brauchen«, sagte meine Schwiegermutter und drückte mich energisch auf einen Stuhl. »Oder sogar zwei. Der Alois hatte nämlich heute ein Mordsglück.«

»Trotz des Regens?«

»Wegen des Regens«, sagte Ida genüsslich und zeigte auf ihr Handy, das vor Alois auf dem Tisch lag.

Ich bewunderte meine Schwiegermutter; sie hatte als Erste die Gefahr, die von Alex' angeborener Umtriebigkeit, verbunden mit freier Zeit und relativer Jugendlichkeit, ausging, richtig eingeschätzt. Aber das war's nicht allein; nachdem sie vor ein paar Tagen ihren Schwips ausgeschlafen hatte, war sie nämlich ins Wohnzimmer gewankt und hatte sich zu Mitzi und mir an den Tisch gesetzt. Nach zwei Tassen extra starken Kaffees war sie zur Hochform aufgelaufen. »So. Da bin ich wieder. Gut, dass ihr noch da seid«, hatte sie gesagt. »Erstens: Das Haus gehört noch immer mir. Das Stückle auch. Zweitens: Nina, ich lasse nicht zu, dass du aus dem Haus geekelt wirst. Du gehörst hierher und da bleibst du auch. Drittens: Mitzi! Du wohnst mit Felix im dritten Stock, bis ihr Kinder habt und euch die Wohnung zu eng wird. Aber da bin ich dann vielleicht schon tot und ihr könnt in den ersten Stock ziehen. Viertens: Alex ist zwar mein Sohn, aber wenn er auf seine alten Tage Dummheiten macht, muss er sehen, wo er bleibt. Meine Unterstützung hat er nicht. Klar?«

Mitzi und ich hatten verblüfft geschwiegen, aber Ida war noch nicht fertig gewesen. »So. Was habt ihr beschlossen?«, hatte sie gefragt.

»Wie?«

»Na, ihr plant doch etwas!«

»Ja«, hatte Mitzi gesagt, »aber was Zündendes ist uns noch nicht eingefallen.«

Ida hatte den Zeigefinger erhoben und Schiller zitiert. »Ich sei, gewährt mir die Bitte, in eurem Bunde der Dritte.«

Mitzi und mir war klar, dass wir Alex möglichst in flagranti erwischen mussten. Das Dumme war nur, dass sie bis auf einen freien Mittag arbeitete, dass ich oft in der *Wilhelma* war, und dass alle unsere Freundinnen nicht so verlässlich, verschwiegen oder auch verfügbar waren, um ihre Hilfe in Anspruch zu nehmen.

Ida hatte uns ungläubig angeschaut. »Seid ihr noch bei Trost? Ist doch klar, dass Alois oder ich oder wir beide zusammen die Überwachung übernehmen. Ich hab ein Handy, ich kann damit fotografieren – wir brauchen Beweise, Mädels! – und dem Alois bringe ich das schon noch bei.« Sie hatte die Stirn gerunzelt. »Das Auto müsste ich in einiger Entfernung parken; da ist's doch einfacher, wir radeln gleich zum Stückle raus.«

»Mensch, Ida! Du bist total cool«, hatte Mitzi gesagt.

Ida hatte gelächelt. »Was heißt da cool? Ich kämpfe um die letzten schönen Jahre meines Lebens; wenn ich nur an ein Altersheim denke, bricht mir der kalte Angstschweiß aus. Wir drei müssen zusammenhalten; schwört mir das!«

Wir hatten die Schwurfinger in die Höhe gehalten, dann hatten wir uns an den Händen gefasst und feierlich »Wir schwören!« gesagt. Wir waren uns vorgekommen wir die drei Hexen bei *Macbeth*.

Und jetzt hatte Alois einen Treffer erzielt. »Es hat noch ein bisschen geregnet heute Morgen«, begann er stolz. »Aber die Ida hat gesagt, das macht nichts, das hört schon bald auf. Na, da bin ich rausgeradelt. Der Regen hat aufgehört, und ich hab mich in meinen Winkel gesetzt.«

»Der Winkel« – das war der überdachte Platz vor Eugen Wagners Gartenhäuschen. Zwischen ihm und unserem wuchsen Eiben, Buchs und Forsythien, aber der verborgene Beobachter konnte locker zwischen den Zweigen durchgucken. Genau das, was Alois heute getan hatte.

»Der Alex hat das Gartenhaus gekehrt. Er ist immer wieder auf die Terrasse rausgekommen, und man hat gesehen, dass er auf jemand gewartet hat. Er hat sogar die Sektgläser mit einem Geschirrtuch ausgerieben! Immer rein und raus, die ganze Zeit. Er hat mich ganz nervös gemacht«, beschwerte sich Alois.

»Du machst mich auch ganz nervös«, fuhr ich ihn an.

»Pst!« Ida legte ihre Hand auf meinen Arm. »Berichte weiter, Alois!«

»Ja«, sagte er bedächtig. »Um die Mittagszeit sind sie dann gekommen.«

»Sie? Im Plural?«

»Sie und ihr Mops.« Mitzi griff nach dem Handy. »Das ist sie, Nina.«

»Ich seh nur Zweige ...« Mitzi rief das nächste Bild auf. Ich schnappte nach Luft. »Das ist ja die Grüne!«

»Genau«, sagten Ida und Mitzi. »Die, die damals am Zaun stand, als wir das Hochbeet mit der Grillparty einweihten. Die ist's.«

Ich starrte auf das Foto. Die Frau sah nicht übel aus; sie trug eine schickes Wickelkleid, das die Figur und den Busen ins vorteilhafteste Licht setzte, sie lächelte, der Wind blies ihre schwarzen Haare nach hinten – sie sah aus wie ... ja, wie sah sie aus?

»Wenn ich sie damals nicht am Zaun gesehen hätte, hätte ich sie für ein junges Mädchen gehalten«, fuhr Alois fort. »Aber so jung ist sie nicht. Mittelalter, schätze ich.«

»Und dann?«, drängte ich ihn.

»Der Alex wollte sie gleich ins Häuschen ziehen, aber sie hat sich geziert. ›Nein, nein, mein Lieber!‹, hat sie gerufen. Zuerst hat sie mit ihrem Mops gespielt; sie hat ihm zu fressen gegeben, der Alex musste ihm Sprudel in einen Teller gießen –«

»So eine Verschwendung«, kommentierte Ida kopfschüttelnd. »Warum hat er nicht das Gießwasser genommen? Das reicht doch für den Mops.«

Alois stieß sie mit dem Ellbogen an. »Ich bin noch nicht fertig, Ida.«

»Mach weiter, Alois«, drängte ich.

»Dann hat sie aus einer weißen Tragetüte vom *Böhm* ein paar Plastikschüsselchen rausgeholt. Unter der Pergola haben sie gegessen und Sekt dazu getrunken. Und immer, wenn der Alex ihr den Arm um die Schultern legen wollte, hat sie gelacht und ›Nicht so stürmisch!‹ gerufen. Das ist vielleicht ein Luder! Die weiß, wie sie einen Mann auf Touren bringt, aber wirklich!«

»Du bringst mich zur Weißglut, Alois«, warnte ich ihn. »Wann ist sie wieder gegangen? Nach dem Essen?«

Er schüttelte den Kopf. »Sie hat zuerst den Mops angebunden. Dann ist sie mit Alex ins Gartenhaus gegangen. Nein, das stimmt nicht. Sie hatte ein paar Sachen dabei, Kissen und so. Die hat sie ihm gezeigt. Dann hat es zu tröpfeln angefangen, der Alex hat gesagt: ›Gleich wird es richtig regnen.‹ Erst dann sind sie verschwunden.«

»Und?«

Er kratzte sich am Kopf. »Zuerst habe ich mich wegen dem Mops nicht getraut, ich meine, er hätte ja mit seinem Bellen die zwei warnen können, aber dann bin ich doch ans Fensterchen geschlichen. Ida, zeig ihr die Bilder.«

Alois hatte gute Arbeit geleistet: Die Fotos waren zwar etwas verwackelt und daher unscharf, aber mit etwas Fantasie und gutem Willen sah man schon, was im Gartenhäuschen geschehen war. Ich biss die Zähne zusammen und griff nach der Flasche. »Verdammt aber auch!«

Alois hielt mit. »Weil der Mops bellte, bin ich dann gegangen. Jetzt wissen wir, was wir wissen wollten. Stimmt doch, oder?«

Wir nickten.

»Wie geht es jetzt weiter?«, fragte Mitzi.

»Wir zeigen Alex die Fotos«, sagte Ida entschieden. »Dann sage ich ihm: Entweder du hörst sofort mit dem Unsinn auf, oder Nina und ich wuchten dir als letzte Liebesgabe die gepackten Koffer ins Auto. Und dann tschüss, mein Lieber!«

Noch am Morgen hätte ich Idas Vorgehen für gut und richtig befunden; jetzt, nach dem Gespräch mit Robert Calander, hatte ich meine Meinung geändert. »Damit«, widersprach ich hitzig, »jagen wir Alex aus dem Haus und geradewegs in die Arme der Mopsfrau. Wir müssen anders vorgehen.«

»Wie denn?«

»Ich weiß es noch nicht«, entgegnete ich hilflos und hob den Kopf. »Da! Er kommt! Sagt nichts und zeigt ihm um Gottes willen nicht die Fotos. Tut so, als sei alles in Ordnung. Bitte!«

Und Alex kam: Fröhlich und mit dem unschuldigsten Gesicht der Welt. »Aber hallo! Was geht hier vor?«

Wir schwiegen.

Er setzte sich und schenkte sich ein Gläschen ein. »Prost, meine Lieben!«

Wir schwiegen eisern. Er stand auf und pfiff *Morgen, Kinder, wird's was geben, heute werden wir uns freun ...*

»Ist Weihnachten und ich weiß nichts davon?«, fragte Alois. »Oder wird dir was Schönes geschenkt, Alex?«

Der stand schon an der Tür, drehte sich aber noch mal um. »Ach, dass ich's nicht vergesse, Nina. Nächstens fahre ich für ein paar Tage auf die Mainau. Wegen der Gärten, weißt du. Ich muss mich schlau machen, wie man richtig düngt und so. Bin auf diesem Gebiet ja leider ein völliger Autodidakt.«

Und weg war er.

»Mein lieber Herr Gesangsverein«, sagte Ida erschüttert. »Dass ich das noch erleben muss!«

Nach zwei fast schlaflosen Nächten neben meinem friedlich schnarchenden Seitenspringer wurde mir zweierlei klar. Erstens: Ich musste mich unbedingt mit meiner Schwester Suse treffen. Und zweitens: Es ist eine absolut fiese Lüge, dass nur ein ruhiges Gewissen ein gutes Ruhekissen ist. Mein Mann hatte nie besser geschlafen als jetzt, wo ihn eigentlich sein rabenschwarzes Gewissen hätte zwicken sollen.

Meine lieben Leserinnen!

Ahnen Sie eigentlich, wie viele Mails und Briefe ich täglich von Ihnen, meine lieben Leserinnen, erhalte? Es ist eine solche Menge, dass ich sie unmöglich selbst beantworten kann. Inzwischen hat mir die Redaktion der Victoria! eine tüchtige Frau zur Seite gestellt, der ich meine Antworten diktiere.

Ihre Kommentare zu meiner Kolumne sind köstlich; sie reichen von vernichtender Kritik bis zu grenzenloser Begeisterung. Ich zitiere:

»Sie sind eine Hexe, Marie Liebe! Mir ist unbegreiflich, warum Ihre Kolumne in der Victoria! erscheinen darf …«

»Spießig bin ich nicht, aber wenn Sie es auf meinen Mann abgesehen hätten, würde ich Ihnen den Hals umdrehen …«

»Haben Sie eigentlich kein Gewissen? Machen Sie vor gar nichts halt? Ihr Opfer ist doch verheiratet …«

»Ich bewundere Sie! Sie sind mein Vorbild! Ich wollte, ich wäre so mutig wie Sie!«

»Bleiben Sie dran, schildern Sie uns Schritt für Schritt, wie Sie vorgehen! Meine Freundinnen und ich machen's Ihnen nach!«

»Nur weiter so, Marie Liebe! Durch Sie erfahre ich, was möglich ist!«

»Am liebsten würde ich Ihnen hundert rote Rosen schicken! Ich bin genauso vorgegangen wie Sie, liebe Marie Liebe, und habe mir endlich den Mann fürs Leben gekrallt! Danke! Danke! Danke!«

Meine lieben Leserinnen! Ich versichere Ihnen, dass die begeisterten Stimmen die kritischen bei weitem überwiegen. Das bestärkt mich in meinem Vorhaben, denn ist es nicht so, dass wir Frauen viel zu lang demütigen Hauptes auf die Streicheleinheiten eines gnädigen Herrn und Gebieters warteten?

Es ist höchste Zeit, das zu ändern!

Ich bin die Frau, die die Streicheleinheiten verteilt!! Ich mache es Ihnen vor, und ich sage Ihnen: Plötzlich befinden Sie sich in einer Position der Macht, die Sie sich selbst in Ihren kühnsten Träumen nicht vorstellen konnten!

Erinnern Sie sich, wie ich mit der Vorspeise den Appetit des MANNES anheizte? Wie ich mich dann rarmachte, wie ich Arbeit vorschützte und ihn auf die Folter spannte? Dazu braucht's ein bisschen Fingerspitzengefühl, um den Zeitpunkt fürs Einlenken abzuschätzen. Aber das schaffen Sie, meine lieben Leserinnen, das versichere ich Ihnen hoch und heilig! Und so geht es:

Wählen Sie eine unverfängliche Zeit, also bitte nicht den Sonnenuntergang oder den sternenübersäten Himmel bei Vollmond, denn unweigerlich wird der Mann die Nacht mit den Nächten in seinem Eheleben assoziieren.

Ich wählte die Mittagszeit, ich erschien mit meinem Möpschen, köstlichen Schlemmerbissen und etlichen Kissen in seinem Paradies. Ich war heiter und fröhlich, ich regte seinen Appetit an, ich fütterte ihn mit Häppchen, ich widerstand seinem Balzruf … bis ihm der Himmel zu Hilfe kam und er mich, jetzt ganz der erfolgreiche Verführer, ins Gartenhäuschen locken durfte. Sie ahnen es: Der Regen drohte!

Der MANN enttäuschte mich nicht, aber auch ich gab mein Bestes. Das ist nicht wenig, glauben Sie mir!

Meine lieben Leserinnen, die Minuten danach sind die entscheidende Zeit, denn nach einer stürmischen Performance muss sich jeder MANN erholen. In wonnevollem Dämmerzustand hält er Sie im Arm, und während sich sein Herzschlag und seine Atemzüge beruhigen, flüstern Sie ihm ins Ohr, wie toll er war, wie sexy, wie ... na, Sie wissen schon! Sparen Sie nicht mit Lob. Jetzt ist die Phase der sweet little lies gekommen. Glauben Sie mir – er wird vor Behagen schnurren wie ein süßes kleines Katerchen!

Und dann schlagen Sie zu. Sagen Sie ihm, was Sie sich wünschen. Aber denken Sie daran: Gerade hat er die Hauptspeise zu sich genommen; er darf nicht völlig gesättigt sein und deshalb auf den Nachtisch verzichten wollen.

Also: Kommen Sie nicht gleich mit einem kompletten Urlaub! Ein Wochenende genügt! Und bitte: Verschonen Sie ihn mit unsinnigen Forderungen wie etwa einem Ring. Obwohl wir Frauen wissen, dass diamonds a girl's best friends sind, ist's dafür noch zu früh. Seien Sie bescheiden und wünschen Sie sich von ihm, was ER sich wünschen würde.

Das Hobby von meinem MANN ist der Garten. Ich wünschte mir, mit ihm durch einen schönen Garten zu schlendern. War nicht die Mainau das perfekte Ziel? Exotische Pflanzen, heimisches Gemüse, Sonne, Wasser, eine liebliche Gegend, wunderbares Essen, köstliche Weine, und obendrein noch Spargelzeit. Die Mainau?, sagte er. Nur die Mainau? Ich denke an Paris!

Der Appetit auf den Nachtisch war geweckt. Ich hatte den Köder ausgelegt, der MANN schluckte ihn, ohne zu zaudern. Doch noch steht das Ziel der Reise nicht fest: Er wünscht sich Paris, wo uns niemand kennt.

Das passt nicht in mein Konzept.

Warum?

Auf der Mainau ist die Wahrscheinlichkeit groß, dass uns jemand begegnet, der den MANN kennt. Genau das beabsichtige ich, denn die Zeit der Daumenschrauben ist gekommen, schließlich will ich keine unverbindliche Affäre, ich will den MANN fürs Leben. Da das Goldstück verheiratet ist, führt der schnellste Weg über die Ehefrau. Sie verstehen: Eine biedere Schwäbin jagt ihren untreuen Mann unweigerlich zum Teufel ...

Die Saat ist gelegt.

Wie er die Reise seiner Frau verkaufen wird, ist seine Sache. Er wird auch die vielen weichen Kissen erklären müssen, die ich im Gartenhaus zurückgelassen habe. Und das hübsche Bettelarmband, das mir versehentlich vom Handgelenk rutschte und ich mitzunehmen vergaß.

14. Kapitel

Zum ersten Mal, seitdem wir uns kannten, war Ida sauer auf mich. Um nichts in der Welt wollte sie kapieren, weshalb ich Alex nicht sofort mit den Handyfotos konfrontierte.

»Eindeutige Beweise waren das«, jammerte sie. »Taufrisch und topaktuell! Nur ein Volltrottel lässt sich so was entgehen! Hätte ich nur nicht auf dich gehört, Nina, dann wäre die Sache jetzt ausgestanden. Aber so ... Weißt du eigentlich, dass ich nicht mehr schlafen kann? Nicht mal mit Schnaps, und schon gar nicht mit *Klosterfrau Melissengeist* auf einem Zuckerle! Und weißt du, dass wir, Alois und ich, uns eine kleine Wohnung im *Augustinum* angeguckt haben? Du lieber Himmel! Weißt du, was die dafür an Miete verlangen? Und weißt du, was die Mitzi mir sagte? Sie sagte, der Felix sei so saublöd wie sein Vater, sie überlege sich ernsthaft, ob ...«

An diesem Punkt war meine Geduld eindeutig zu Ende. »Ida! Ich hab dir doch erklärt –«

»Erklärt, erklärt!«, schnaubte sie. »Was nützen mir deine Erklärungen, wenn ich mir nicht mal ein anständiges Altersheim leisten kann? Weißt du, was mir droht, wenn ihr alle auszieht? Dann –« Sie fuchtelte mit dem Gemeindeblättle vor meiner Nase herum. »Dann muss ich da inserieren!«

»Das verstehe ich nun wirklich nicht! Was suchst du denn?«

»Eine Pflegerin! Was denn sonst?«, schrie sie mich an. »Und weißt du, was das für euch bedeutet?«

So aufgeregt hatte ich meine Schwiegermutter in all den Jahren nicht erlebt. Vorsichtig legte ich ihr die Hand auf den Arm. »Hör mal –«

»Eine private Pflegerin kostet ein Vermögen! In Nullkommanix ist euer Erbe futsch!«, brüllte sie. Dann sank sie auf einen Stuhl, schlug die Hände vors Gesicht und heulte.

»Du denkst ja nur an dich! Du hast ja nur Schiss, den Alex endgültig zu verlieren, wenn er die kompromittierenden Fotos sieht!«

»Das Gegenteil ist der Fall«, widersprach ich und setzte zu einer längeren Erklärung an – der wievielten, wusste ich schon nicht mehr –, als Alois aus der Küche kam. Er trug ein Tablett, setzte es vorsichtig auf den Tisch, nahm ein kariertes Geschirrtuch von der Schulter und eine Flasche *Dinkelacker* aus Idas mit warmem Wasser gefüllten gelben Rührbecher. Sorgfältig trocknete er die Flasche ab und hielt sie an sein Auge. »Hat genau die richtige Temperatur, Ida.«

Lauwarmes Bier zur Beruhigung!

Natürlich hatte ich mich auch gefragt, ob es nicht doch sinnvoll gewesen wäre, wenn Alex die Fotos sofort gesehen hätte. Aber sie waren verwackelt; so, wie ich ihn kannte, hätte er vor Lachen gebrüllt und alles abgestritten. »Das soll ich sein? Ich seh nur einen Po! Wer sagt, das sei meiner?«

O ja, ich kannte Alex! Der brauchte wirklich einen Donnerschlag, um zur Besinnung zu kommen.

15. Kapitel

Die schlaflosen Nächte hatten mich auf eine Idee gebracht. Aber ob sie funktionieren würde? Schwer zu sagen; inzwischen war ich nämlich so durch den Wind, dass ich meinem Urteilsvermögen nicht mehr traute. Ich musste unbedingt meine Schwester Suse treffen. Suse hatte Fantasie, Suse lief bei einem verrückten Plan zur Hochform auf. Bedenkenträger metzelte sie nieder, Schwierigkeiten forderten sie heraus, und widrige Umstände regten sie nur an – ich verabredete mich mit ihr.

Bevor ich an diesem Morgen aus dem Haus ging, hielt Alois mich zurück. »Nina, was ist eigentlich mit deinem Felix los?«

»Wie bitte?«

»Ja, hast du denn nichts gemerkt? Er geht früh und kommt spät. Genau wie dein Alex.«

Ehrlich gesagt war ich so mit mir beschäftigt, dass mir nicht das Geringste aufgefallen war. »Felix studiert. Er wird Prüfungen machen müssen.«

Alois verzog das Gesicht. »Das glaubst auch nur du, Nina. Schau dir doch die Mitzi an –«

Du lieber Himmel! Auch das noch! »Haben die beiden Streit?«

Alois blies die Backen auf. »Wenn's nur das wäre! Die Mitzi spricht nicht mehr mit dem Felix. Deshalb hat Ida doch solche Angst! Wenn die Mitzi auszieht und du auch noch – mein lieber Herr Gesangsverein!«

Mir wurde ganz kalt vor Schreck. »Seit wann …?«

Ida kam aus dem Wohnzimmer gewankt; ihre Augen waren glasig, sie lehnte sich an die Wand. »Nina, du bist meine einzige Hoffnung. Tu was! Enttäusch mich nicht! Bring die Männer zur Vernunft!«

Ach ja? Nichts leichter als das!

Ich klemmte mir die Handtasche untern Arm, griff nach dem Autoschlüssel und fuhr erst mal zur *Wilhelma*.

An diesem Tag stand zwar keine Führung auf meinem Programm, aber auf der Schwäbischen Alb war ein Luchs gesichtet worden – angeblich jedenfalls. Ich wollte Genaueres wissen, außerdem sollte ich mich um Herrn Kümmerle, einen neuen »Wilhelmabegleiter«, kümmern, der künftig ehrenamtlich Führungen machen sollte. Auf der Suche nach Herrn Kümmerle eilte ich zum Bärengehege hinauf und stellte fest, dass nicht nur bei meinem Alex und vermutlich auch bei Felix der Frühling ausgebrochen war: Die *Wilhelma* war ein einziges Paarungsparadies. Ein Braunbär hing über den Rücken einer geduldigen Bärin. Die hatte die Augen geschlossen, während sich das Männchen abmühte. Die Leute am Zaun schauten gebannt zu, applaudierten dann, und ein Mann sagte mitfühlend, als der Bär ermattet verharrte: »Ach du Scheiße! War das alles, Kumpel?«

Herr Kümmerle war Rentner, hoch motiviert und teilte mir sofort mit, dass den Bibern seine ganze Liebe gehöre. »Wisset Se«, sagte er, »i war dabei, als sich in Geislinge an dr Schtoig a Biber in d' Inneschdadt verirrt hot und von dr Polizei aufklaubt und in d' Fils gsetzt worre isch. Im Abril 2009 isch des gwä. Und wisset Se, worum mr bibergeil seggt?«

Ich wusste es, aber Herr Kümmerle klärte mich trotzdem auf. »Des kommt doher, weil dr Biber a Drüsesekret hot, mit dem 'r sei Revier markiert. Friher mol hot mr des mit Gold aufgwoge.« Er lächelte wissend. »Kann i verschdande; hot dozumal ja no koi Viagra gebe, oder?«

Schon wieder das Thema!

Es verfolgte mich mit einer Hartnäckigkeit, die mir den schönen Frühling verleidete. Überstürzt verabschiedete ich mich von Herrn Kümmerle, verzichtete auf die Infos bezüglich des ins Schwäbische immigrierten Luchses und rannte den ganzen Weg bis zum Auto: Lieber Feinstaub in der Luft als explodierendes Testosteron!

In Stuttgart parkte ich in der sauteuren *Friedrichsgarage*, was ich nur in absoluten Notfällen tat, rannte an den Zebrastreifen bei Rot über die Straße, joggte am *Subway* vorbei, die Bolzstraße runter und weiter bis zum *Café Künstlerbund*. Für Suse, die im Großen Haus Kostümbildnerin war, lag das günstig, sie musste in der Mittagspause nur am Eckensee vorbei, an der Anlage vorm Neuen Schloss ein paar Stufen hoch und war da.

Als ich angeschnauft kam, hatte sie bereits ein großes Mineralwasser und zwei Tagesessen bestellt – Risotto mit grünem Spargel und Austernpilzen –, schob die Sonnenbrille in die Haare und musterte mich. »Siehst ja aus, als hätte dich ein Laster gerammt. Willst du gleich reden? Oder erst essen?«

»Nicht der Laster. Das Laster meines Alex hat mich niedergewalzt. Fast. Nur beinahe. Aber ich werde es mit ihm aufnehmen, dem lasterhaften Mann, das schwöre ich dir, Suse! Wie viel Zeit hast du?«

Suse lachte. »Zwei Stunden. Mindestens.«

»Hm. Vielleicht hab ich gar keinen Hunger.«

»O je!« Suse sah sich um. »Weißt du was? Wir setzen uns an den Tisch in der Ecke. Da sieht man's nicht, wenn du mit vollem Mund sprichst.«

Es geht nichts über eine Schwester, mit der man die Windpocken gezählt, den Wochendibbel betastet, ihr geheimste Geheimnisse anvertraut, Tränen gelacht und sich wütend geohrfeigt hatte. Wir wussten so gut wie alles voneinander, aber noch nie hatte eine das Vertrauen der anderen missbraucht. Das lag wahrscheinlich daran, dass wir uns nicht sehr oft sahen – und wenn, dann nur bei Familienfeiern, herausragenden Höhepunkten im Jahr wie der Einweihung eines Hochbeetes oder eben in Notsituationen.

Während sie ihre Portion und meine übriggelassene Hälfte aß, berichtete ich ihr von Alex' neuem Frühling, von

Idas Ängsten und davon, dass sie und Alois sich Kommissar Bienzle zum Vorbild erkoren hatten. Mit Erfolg. »Die Handyfotos waren wirklich nicht schlecht, aber Robert hatte natürlich Recht: Bei einem Mann wie Alex reichen keine verwackelten Bilder von zwei Pobacken. Da muss ein Knaller her.«

Suse nickte zustimmend. »Hast du schon eine Idee?«

»Na ja ... Alex sagte, er plane, Gärten zu besuchen, um sich pflanztechnisch weiterzubilden.«

»Warum geht er nicht in die *Wilhelma*? Da bekommt er doch jede Auskunft, stimmt's?« Suse schnaubte. »Eine blödere Ausrede ist dem Volltrottel wohl nicht eingefallen, was?«

»Er wird mit der Mopsdame nicht gerade meine Nähe suchen. Ich dachte mir ...« Plötzlich kam mir mein Plan völlig bescheuert vor. Undurchführbar. Zum Scheitern verurteilt. Ich würde mich zum Affen machen und mich bis in alle Ewigkeit blamieren.

»Was dachtest du dir?«, erkundigte sich Suse.

»Lach mich bloß nicht aus«, warnte ich sie.

»Nie im Leben«, beruhigte sie mich und sah auf die Uhr. »Mach schon.«

»Ich dachte, ich fahre ihnen nach, nehme mir ein Zimmer im Hotel, in dem die beiden absteigen, und ...«

»... folgst ihnen unauffällig? Nina!«

»So warte doch, Suse. Ich ...« Ich schluckte. Vielleicht war die Idee doch nicht so schlecht. »Ich«, platzte ich heraus, »würde mich natürlich verkleiden. Und du wirst mir dabei helfen. So.«

Ich lehnte mich zurück. Die Kastanien auf dem Schlossplatz blühten, ein Gärtner zupfte Unkraut aus den Rabatten, auf den Grasflächen saßen die Leute, schlotzten Waffeleis, aßen Pizza oder pickten Glasnudeln mit Stäbchen aus Pappbehältern, ein Penner lag mit dem Kopf auf dem Rücken seines Hundes und setzte die Bierflasche an die Lippen, ein paar Kinder spielten Fangen, drei Jugendliche mit grünen, lila und magentaroten Haaren ließen sich am Tisch neben uns nieder, vorm Neuen Schloss fuhr ein schwarzer Mercedes vor, der Fahrer stieg aus, öffnete die Tür für einen fülligen Mann im schwarzen Anzug, half ihm ins Jackett und reichte ihm die Aktentasche. Die Eingangstür ging auf, ein dünner Schwarzgekleideter wartete respektvoll, bis der füllige Schwarzgekleidete die paar Stufen hochgestiegen war – die drei Akteure machten das nicht zum ersten Mal.

»Du müsstest üben«, sagte Suse plötzlich. »Die Frage ist aber …«

»Ja?«

»Traust du dir's überhaupt zu, so zu tun, als wärst du nicht die Nina?«

Ich hob die Schultern. »Wütend genug bin ich.«

»Das reicht nicht. Wie lange musst du eigentlich durchhalten?«

»Drei, allerhöchstens vier Tage. Ein verlängertes Wochenende halt.«

»Und dann?«

»Dann!« Ich schlug mit der Faust auf den Tisch. »Dann reiß ich mir die Perücke vom Kopf und schrei: ›Machst gerade einen flotten kleinen Ausflug aus der Spätlife-Krise, du Saudackel?‹« O ja, was ich ihm an den Kopf knallen würde, wusste ich bereits!

»Pst«, machte Suse. »Muss doch nicht ganz Stuttgart wissen, was du vorhast. Hör mal, Nina, wenn du das tatsächlich und mit Erfolg hinter dir hast, kannst du dich locker in der *Komödie im Marquardt* bewerben. Was ich damit sagen will: Im Prinzip ist deine Idee sagenhaft gut. Sie so umzusetzen, dass dein Alex dich nicht auf den ersten Blick erkennt, wird sagenhaft schwierig werden. Nicht wegen der Verkleidung, die kriegen wir hin. Aber –«

»Aber?«

»Kann die Nina, die in der *Wilhelma* erstklassige Führungen hinlegt, auch – beispielsweise – die feurige Carmen geben?«

»Wie kommst du ausgerechnet auf Carmen?«, fragte ich verdutzt.

»Als frommes Gretchen lockst du keinen einzigen Maikäfer von einer Mainaupalme«, erwiderte Suse spitz.

»Ich geh doch nicht auf Männerfang!«

»Genau das wird dein Problem sein, Nina.« Suse legte die Arme auf den Tisch, beugte sich vor und sah mir sehr ernst in die Augen. »Du willst einen Knaller landen. Stimmt's?«

Ich nickte.

»Nehmen wir mal an, du folgst auf Schritt und Tritt den Turteltäubchen, gibst dich nach drei oder vier Tagen zu erkennen – und dann? Was hast du erreicht? Etwa einen Knaller? Ich bitte dich, Nina!«

Ich zog den Kopf ein. »Hast du eine bessere Idee, Suse?«

»Deine Idee ist in Ordnung«, beruhigte sie mich. »Sie muss nur noch aufgemotzt werden. Aber keine Sorge, dafür bin ich die richtige Person.«

»Das wusste ich. Dafür zahle ich dir auch dein Risotto. Die Literflasche Wasser übernehme ich auch.«

»Das erwarte ich von dir; guter Rat war schon immer teuer.« Suse sprang auf. »Ciao, Nina! Du hörst von mir!«

Ich war so erleichtert, dass ich mir einen Espresso macchiato bestellte, meinen Stuhl in die Sonne rückte und mir überlegte, was ich unbedingt besorgen musste. Schuhe! Eine neue Reisetasche! Eine schicke Sonnenbrille! Was noch? Ich sah auf – und sofort wieder weg: Das Pärchen zwei Tische weiter verharrte im Dauerkuss. Wollten die ins Guinness Buch der Rekorde aufgenommen werden? Oder litten sie nur unter der frühlingsbedingten Explosion ihrer Hormone? Ihre aufeinanderklebenden Lippen erinnerten mich stark an zwei sich paarende Weinbergschnecken. Eklig. So was ertrug man nur, wenn man selbst verliebt war. Wie die zwei zum Beispiel, die ebenfalls dauerküssend über den Rasen schlenderten. Aber ... der junge Mann war ja mein Felix! Eindeutig; als Mutter hat man einen Blick für den eigenen Nachwuchs. Der blonde

Hungerhaken dagegen war, ebenso eindeutig, nicht die Mitzi. Ich sprang auf und rannte los. »Felix! Was soll das! Bist du bescheuert?« Fest hätte ich ihm eine geknallt; in letzter Sekunde wendete ich mich an die Bohnenstange. »Hat Ihnen mein Sohn nicht gesagt, dass er in einer festen Beziehung lebt? Und mit seiner Freundin in unserem Haus wohnt? Na? Hat er Ihnen das unterschlagen?« Ich beherrschte mich nur mühsam.

Die Blonde riss die Augen auf. »Stimmt das, Felix?«

»Natürlich stimmt das«, fauchte ich. »Ich weiß das, schließlich bin ich seine Mutter und wohne mit ihm und seiner Lebensgefährtin im gleichen Haus!«

»Mama …!« Ein begossener Pudel war nichts gegen meinen Felix, der nicht wusste, wie ihm geschah.

Und plötzlich, ich hätte es der Dürren ja nicht zugetraut, holte sie aus und knallte ihm eine links und eine rechts. »Du verdammter Lügner!« Dann rauschte sie davon.

Die Leute, die in der Nähe standen oder im Gras lagen, applaudierten. »Da werden Weiber zu Hyänen«, sagte einer genüsslich. »Junge, mit dir möchte ich nicht tauschen.«

»Es ist«, sagte ich so würdevoll, wie es mir in meinem gegenwärtigen Zustand möglich war, »die Aufgabe jeder Hyänenmutter, ihr Junges aus den Fängen eines Fressfeindes zu erretten.«

Plötzlich stand der Penner mit seinem Hund neben mir. »Wenn er aber lieber verspeist werden will?«

Ich fuhr herum. »Soll ich vielleicht seine verdauten Reste beweinen?«

»Beweinen?« Er hielt mir ein Tütchen für Hundescheiße vor die Nase. »Aufsammeln und entsorgen müssen Sie die Kacke.«

»Genau das will ich vermeiden!«

»Hängst an der kurzen Leine, was?« Der Penner streichelte seinen Köter. »Geh brav bei Fuß, Junge.«

Felix sah mich an, als wäre ich nicht recht bei Trost. Dann haute er ab. Damit hatte ich gerechnet. Dass er aber in eine andere Richtung ging wie der blonde Hungerhaken, erfüllte mich mit ausgesprochener Genugtuung.

Meine Tasche lag noch auf dem Stuhl und mein Geldbeutel auf dem Tisch. »Mir hen auf Ihr Sach uffbasst«, sagte der mit den lila Haaren. »Aber's wär eigendlich net needig gwä, niemand isch komme ond hot was welle.«

Der Grünhaarige lachte. »Mir send ja au em brave Schduddgart. Aber Ihre Performanz war erschtklassig. Wellt Se net mol zu ons komme? Mir spielet Kommeedie em *Marquardt.*«

16. Kapitel

Linda hatte eine heftige Abneigung gegen den Autor. Seine Larmoyanz ging ihr so auf den Geist, dass sie täglich einige Stunden länger als üblich daran arbeitete, nur um die Übersetzung so schnell wie möglich hinter sich zu bringen. Eines war klar: Hätte sich der Autor nicht durch einige wirklich gute Bücher einen gewissen Ruf erworben, wäre das Manuskript abgelehnt worden – es sei denn, der Herausgeber wäre mit ähnlich niederschmetternden Erfahrungen geschlagen wie der Autor. Linda fragte sich, wer um alles in der Welt sich die Lektüre antun würde.

Nachdem sie an diesem Tag das Kapitel zu Ende übersetzt hatte, nahm sie ihren Kalender zur Hand und überschlug die Zeit, die sie voraussichtlich noch brauchen würde. Mit Nachtschichten drohten ihr acht, allerhöchstens zehn Tage.

Sie rümpfte die Nase und rief ihre Mails auf.

Simon beklagte sich, dass sie nicht ans Telefon ging und wollte endlich wissen, ob sie seinen Vorschlag annehmen würde. »Warum hast du mir nicht geantwortet? Liegt es daran, dass dir Leipzig nicht passt? Wäre dir Stuttgart lieber? Mir ist alles recht, vorausgesetzt, du bleibst mir gewogen, Linda.«

Linda lächelte; natürlich blieb sie ihrem Lover gewogen. Simon war ein Goldstück, aber etwa die Hälfte eines Monats in Leipzig oder vielleicht auch in Stuttgart mit ungehindertem Zugriff auf Maultaschen mit Kartoffelsalat, Linsen mit Spätzle und Saiten oder Brezeln mit Butter lockte sie doch nicht so sehr, dass sie hier alles hinschmeißen wollte. London war eine aufregende Stadt, in London wehte einem die Luft der großen weiten Welt um die Nase, nur in London konnte sie mit Fiona Straßenmarkt-Schnäppchen entdecken.

Auch Fiona hatte ihr eine Mail geschickt; es war die Einladung zur ersten Modenschau einer jungen Designerin.

Ihre Kreationen sind ausgeflippte Kunstwerke. Natürlich kaum tragbar, aber sie zaubern dir ein Lächeln ins Gesicht. Begleite mich; du wirst es nicht bereuen.

Und der Nachsatz: *Gibt es neue Entwicklungen auf der Kolumnenseite???*

Linda antwortete sofort: *Komme zur Modenschau. Zur Kolumne: Es gibt Etappensiege, das Ziel rückt näher, ist aber noch nicht in Sichtweite. Du hörst von mir!*

Sie tippte auf SENDEN, lehnte sich im Stuhl zurück und gestand sich ein, dass es nicht allein der unsägliche Text des wehleidigen Autors war, der sie zur Eile trieb. Den Kopf wollte sie freihaben, sollte sich der Plan der Marie Liebe Richtung Zielgerade bewegen.

Vor zwei Tagen erst hatte ihr Kathrin die neueste Kolumne gefaxt; gut, das Luder plante einen mehrtägigen Ausflug, ein verlängertes Wochenende wohl, aber wann es losgehen würde, stand noch nicht fest. Wieder schaute Linda auf den Kalender. Ostern war vorüber. An Pfingsten wegfahren, wenn alle Autobahnen sowie die Straßen rund um den Bodensee chronisch verstopft waren? Blödsinn. Der erste Mai? Wohl eher nicht; an dem Tag konnte man nur mit einem leistungsstarken Zeiss Pflanzen begucken; näher als auf drei, vier Meter kam man an die nicht ran, denn das Gedränge auf der Mainau wäre schlimmer als bei *Harrods* vor Weihnachten. Was blieb dann noch?

Linda malte um zwei Wochenenden einen Kringel.

Ein paar Tage am Bodensee waren eine echte Verlockung: See- statt Themsewasser. Felchen mit neuen Kartoffeln und Spargel statt fish and chips and green peas. Bisquit mit Erdbeeren und Sahne statt mürber Kekse. Weißwein statt englischem Bier. Robert statt Simon …

Linda schüttelte den Kopf. Simon war perfekt. Er liebte sie und war ein Lebensgefährte, mit dem sie ausgehen, feiern, sich beruflich austauschen und nächtelang diskutieren konnte. Nur – so alt waren sie beide noch längst nicht, um in den Nächten ausschließlich zu diskutieren. Was Simon ihr ja erst neulich bis zur völligen Erschöpfung bewiesen hatte.

Linda stopfte sich drei Ingwerstäbchen auf einmal in den Mund. Die Schärfe rief ihr die alte Erkenntnis ins Gedächtnis, dass niemand will, was er hat. Was er aber hat, das will er leider nicht oder nicht mehr ... Wollte sie tatsächlich Simon? Oder machte sie sich vielleicht Hoffnungen auf einen Neuanfang mit Rob?

Sie schüttelte über sich selbst den Kopf und nahm das nächste Kapitel in Angriff.

Eine Stunde später hatte sie endgültig genug von der Nabelschau des Autors, außerdem spukte ihr immer wieder Robs Zeichnung im Kopf herum. Wen er mit dem Machoaffenmännchen gemeint hatte, war ja klar; aber wer war das Weibchen? Das musste sie einfach wissen!

Wieder eine Ansichtskarte zu kaufen fand sie zu fantasielos, außerdem saß sie ja am PC – ob Rob noch seine alte E-Mail-Adresse hatte? Auf einen Versuch kam es an.

Sie überlegte, zögerte, überlegte wieder, dann tippte sie schnell entschlossen:

Wer ist das Affenweibchen mit dem sexy Po?
Linda

Sekunden später las sie:

Die gewünschte Auskunft ist nur mündlich und in Stuttgart erhältlich.
Rob

Mistkerl! Obwohl der Himmel tief und britischgrau über den Docklands hing, schloss Linda die Augen, als hätte sie ein Sonnenstrahl geblendet.

17. Kapitel

Anstatt nach Hause zu fahren, besorgte ich beim *Breuninger* in der Confiserie zehn Macarons in verschiedenen Farben sowie etliche Erdbeertörtchen. Dann marschierte ich, den feinen weißen Karton schlenkernd, die Eberhardstraße hoch bis zum Tagblattturm, überquerte die Straße, ging durch die Passage, stand kurz danach vorm *Health-and-Beauty-Pool* in der Sophienstraße, ging eine Treppe hoch und verlangte an der Rezeption Mitzi zu sprechen.

»Mitzi ist beschäftigt«, sagte die junge Dame hochnäsig und musterte mich von oben bis unten. Offensichtlich entsprach ich nicht ganz dem modischen Standard ihrer Kundschaft. So was ärgert mich, außerdem ähnelte sie dem Hungerhaken, den ich gerade eben von Felix' Arm gescheucht hatte.

»Ich warte.«

Plötzlich wurde die Hochnäsige umgänglicher. Sie schaute zuerst auf die Uhr, dann in ihren Terminplaner und näselte: »Wie ist denn Ihr Name? Ich sehe gerade, dass eine Kundin ihren Termin bei der Mitzi abgesagt hat. Ich könnte Sie –«

»Nicht nötig«, unterbrach ich sie. »Ich wäre nicht hier, wenn es sich nicht um einen privaten Notfall handeln würde.«

»Herrjemine! Hot Ida nomol a Schlägle griegt? Odr dr Alois?«

Verdutzt registrierte ich, dass sie die Namen meiner Familienmitglieder kannte und ihr gestelztes Hochdeutsch flüssigem Schwäbisch gewichen war, und schon fand ich sie richtig sympathisch. Ich beugte mich vor und las den Namen auf dem Anstecker.

»Sie heißen Ljubica?«

Ljubica nickte heftig. »I be a Schwäbin mit serbische Wurzle. Aber jetzt lauf i los ond hol d' Mitzi. Mein Gott, an zwoiter Schlagafall! Des derf doch net wohr sei!«

»Ein Notfall! Kein Schlaganfall«, rief ich ihr hinterher.

Als Mitzi um die Ecke bog, verglich ich sie unwillkürlich mit der blonden Dürren. Mitzi, klein, dunkle Locken, sanft gerundete Kurven – der Apfel fiel wirklich direkt untern Baum. Wie sein Vater war mein Sohn ein absoluter Grasdackel.

»Nina!« Normalerweise strahlten Mitzis Augen; heute waren sie glanzlos. »Ida liegt im Krankenhaus?«

Ich schüttelte den Kopf. »Können wir irgendwo ungestört reden? Dauert nur ein paar Minuten.«

»Klar.« Mitzi zog mich in einen Raum, der entfernt dem Wartezimmer eines Arztes glich, nur dass er um Welten eleganter eingerichtet war. »Deine Kollegin hat mich falsch verstanden. Niemand liegt im Krankenhaus, also beruhige dich. Aber –« Ich schilderte ihr kurz und knapp, wie ich meinen Sohn in den Senkel gestellt hatte. »Mitten auf dem Schlossplatz hat ihn die Blonde geohrfeigt«, sagte ich anerkennend. »Weißt du, wie lange das schon geht?«

»Nicht länger als eine Woche«, antwortete Mitzi bestimmt. »Ich weiß das von Timo. Er hat den Felix mit der Blonden in der Mensa gesehen und ist dann gleich zu mir gekommen.«

»Er hat seinen Freund verpetzt?«

»Nicht so direkt. Er hat nur gesagt, der Felix wäre wohl kurz davor, sich unkorrekt zu benehmen.«

»Und dann?«

»Hab ich mir in der nächsten Mittagspause eine Perücke übergestülpt und in der Mensa Bubenspitzle mit Sauerkraut gegessen.« Sie zog die Schultern hoch. »Vier Tische weiter saß der Felix mit der Blonden. Die –«, Mitzi schluckte trocken, »hat ihn immer wieder geküsst. Keine Ahnung, was er an ihr findet. Da –« Sie hielt mir ihr

Handy vor die Augen. »– siehst du? So hat sie sich an ihn rangeschmissen.«

Alle Achtung! Ich brauchte den Rückhalt meiner jüngeren Schwester, sie handelte sofort und konsequent. »Mitzi, von dir kann ich noch allerhand lernen«, sagte ich voller Hochachtung. »Auf jeden Fall dulde ich nicht, dass dich mein Sohn betrügt. Wir –«

»Du bist wie die Ida!« Mitzi fiel mir um den Hals. »Wir drei Weiber halten zusammen, was?«

»Wie die Hexen bei *Macbeth*«, versicherte ich und drückte ihr den schicken *Breuninger*-Karton in die Hand. »Da. Gönnt euch auch mal was.«

Mitten in der Nacht rüttelte mich Ida wach. Gespenstergleich stand sie an meinem Bett, allerdings trug sie nicht den Kopf unterm Arm und auch kein weißes Flattergewand, sondern ein neckisches Hemdchen mit Spitzenhöschen. »Nina, wach auf!«

Der Seitenspringer neben mir schnarchte.

»Warum?«

Sie zog mir die Decke weg. »Komm in die Küche, Nina!«

Alex drehte sich auf die andere Seite. Ich tappte ins Bad und schlüpfte in meinen Bademantel, der seine gute Zeit längst hinter sich hatte; war das abgetragene Stück daran schuld, dass mich Alex nicht mehr sexy fand?

Auf den ersten Blick sah ich den großen Topf mit siedendem Wasser, und in dem Wasser standen drei Flaschen *Dinkelacker Pils*.

Auf den zweiten Blick sah ich Mitzi. Heulend saß sie am Tisch und schluchzte, jetzt sei schon zwei Uhr, der Felix sei noch immer nicht gekommen, und wenn sie die Ida nicht davon abgehalten hätte, hätte sie schon längst die Polizei angerufen.

»Absolut unnötig. Ich schätze, er hat sich einen oder zwei hinter die Binde gekippt und schläft bei einem Kumpel seinen Rausch aus. Ist doch klar, dass er nach der Niederlage auf dem Schlossplatz eine Auszeit braucht«, sagte ich mitleidlos.

»Genauso ist es«, bestätigte Ida. Sie holte die Flaschen aus dem Wasser, trocknete sie ab, hielt sie wie Alois ans Auge, öffnete sie und stellte sie schwungvoll auf den Tisch. »Braucht ihr Gläser oder geht's ohne?«

Wir tranken das lauwarme Bier aus der Flasche. Es prickelte nicht und schmeckte auch nicht besonders, aber die Wirkung war phänomenal.

Für tatkräftiges Zupacken eignete sich der Alois nicht; als Aufpasser war er unschlagbar. Den ganzen Morgen harrte er geduldig auf der Bank vorm Haus aus, und als mein Sohn endlich erschien, ungewaschen und unrasiert, wie er später berichtete, hustete er so laut, dass Ida es hören musste. Sie wieselte ans angelehnte Fenster und rief mich übers Handy an. Ich stand mit Herrn Kümmerle bei den Affen, und während sich ein Gibbon mal kurz ein Weibchen schnappte, wiederholte sie ohne jegliche Gewissensbisse die Unterhaltung der beiden. »Der Felix sagt gerade, er sei versumpft und habe bei einem Freund genächtigt. Sorgen habe er nicht ertränken wollen, aber wenn man mit einer kontrollsüchtigen Mutter geschlagen sei, habe man echt nix zu lachen. Und mit der Mitzi sei natürlich, ganz klar, alles paletti, keine Ahnung, wie sie meinen könne, es gebe da 'ne andere«, berichtete sie mir.

»Aber jetzt«, flüsterte Ida ins Handy, »jetzt macht der Alois hmhmhmmm und sagt, Frauen würden eben alles gleich auf die Goldwaage legen; aus jedem kleinen Muckenspässle würden sie einen Heidenelefanten machen ... na warte, dem setz ich den Kopf zurecht ... jetzt lachen die Männer dreckig, jetzt haut der Alois dem Felix auf die Schulter ... jetzt hat der Alois gesagt, es wäre ewig schade, wenn er die Mitzi verlieren würde, jetzt sagt der Felix, das würde er im Traum nicht wollen ... jetzt sagt der Alois, darauf müsse man ein oder zwei Bierle stemmen – Nina, ich mach Schluss!«

Als ich auf die Aus-Taste drückte, legte ein Mann den Arm um die Frau an seiner Seite und deutete mit dem Kinn auf den Gibbon. »So ischs no au wieder. Kurz ond schmerzlos ond ruckzuck vorbei.«

Meine lieben Leserinnen!

Für die vergangene Woche versprach mir mein Horoskop die schönsten Tage des Jahres und legte mir ans Herz, sie auch zu nützen.

Welches Versprechen, welche Aufforderung! Meine lieben Leserinnen, nicht nur kalendarisch gesehen befinde ich mich im Wonnemonat!

Diejenigen unter Ihnen, die mich für ein böses Mädchen halten, werden missbilligend die Stirn runzeln. Tun Sie's nicht, das macht Sie nur hässlich, und – es stimmt ja auch nicht; gerade die Braven sind die ewigen Verliererinnen.

Der MANN, Sie wissen es, wünschte sich Ferien mit mir: Paris – eine Fahrt auf der Seine, Bummel durch Montmartre, heiße Nächte unter den Sternen Frankreichs und der (überflüssigen!) Decke auf dem breiten Lotterbett. Gut. Aber nicht gut genug.

Das Geheimnis liegt darin, dass sich eine Frau rarmachen muss; niemals darf der Mann den Verdacht hegen, sie wolle ihn an die Kette legen. Und – sie muss ihm vermitteln, dass seine Wünsche auch die ihren sind.

So einfach ist das.

Ein voller Terminkalender ist eine unschätzbare Hilfe. Mein Terminkalender »erlaubte« mir nur ein verlängertes Wochenende. Zu kurz für Paris, sagte ich und erwähnte mit keinem Wort seine Frau oder die Familie. Wozu auch? Als Bedenkenträgerin bin ich nicht geeignet; ich weiß, was ich will!

Und wie ich es bekomme.

Ich empfahl ihm, Nützliches mit Schönem zu verbinden. Statt abgasgeschwängerter Luft, holprigem Schulfranzösisch, mühsamem Metroplanstudium und überteuertem Essen eine

Autofahrt durchs blühende Schwaben. Plus badischem Wein, fangfrischen Felchen, köstlichem Spargel, Pflanzenstudium und Blümchengucken in gesunder Luft.

Näher, besser und billiger – Argumente, die einen Schwaben immer überzeugen. Dem MANN ging vor Freude das Herz auf und strömte über, als ich mich sogar noch zu einer Nacht mehr überreden ließ: Von Freitag- bis Sonntagabend also.

Da ich aber, meine lieben Leserinnen, nichts dem Zufall überlasse, wird am Sonntag, dem Tag meines Triumphs, auch mein tüchtiger Fotograf auf der Mainau sein. Manchmal, Sie wissen es, muss einem das große Ziel ein kleines finanzielles Opfer wert sein: Falls uns nämlich keine klatschbereite Nachbarin über den Weg läuft, braucht's für die betrogene Ehefrau eindeutige Beweise.

Überhaupt die Ehefrau!

Weder die häufige Abwesenheit ihres Mannes noch die Kissen im Gartenhaus und auch nicht das Bettelarmband, das ich zufällig zwischen den Polstern der Liege abstreifte und zurückließ, beunruhigen sie. Natürlich hat sie nach so vielen Ehejahren das Interesse an ihrem Mann verloren. Ein paar hübsche Fotos reichen aus, um der Ehe den Todesstoß zu versetzen.

Und ich, die liebe böse Marie Liebe, erweise den beiden damit sogar einen Gefallen: Ich erleichtere ihnen die Trennung.

Meine lieben Leserinnen! Bald genieße ich leidenschaftliche Liebesnächte in einem erstklassigen Hotel am Bodensee. Ich befinde mich auf der Zielgeraden! Freuen Sie sich mit mir!

Wie immer Ihre Marie Liebe

18. Kapitel

Alex war der lebende Beweis dafür, dass Liebe blind macht. Und obendrein auch noch dumm. Fadenscheinige Ausreden für häufige Abwesenheiten sowie Behauptungen wie etwa die, er habe den geschlagenen Nachmittag lang die Wiese gemäht, obwohl auf allerhöchstens schlappen zwei Quadratmetern die Grashalme am Boden lagen, hätten auch beim gutgläubigsten Eheweib Misstrauen erregt. Doch mein Cleverle tänzelte beschwingt durch die Wohnung und meinte allen Ernstes, keinem Familienmitglied würde sein veränderter Zustand auffallen.

Von Tag zu Tag wurde ich wütender; wäre er mir nachts zu nahe gekommen, ich glaube, ich hätte ihn mit dem Wecker erschlagen. Wirklich, es gab Sekunden, in denen ich mich verfluchte, Alex nicht sofort die Fotos unter die Nase gehalten zu haben! Bevor mir das Versäumnis und Idas Klagen den letzten Nerv raubten, lenkte mich Mitzis beherztes Einschreiten in Sachen Felix ab.

Und wieder bewunderte ich ihr kluges Köpfchen. Anstatt meinem Sohn Vorwürfe zu machen, klärte sie ihn sachlich über ihre Aktion in der Mensa auf und stellte ihn, ohne zu jammern oder gar Tränen zu vergießen, vor die Wahl: »Sie oder ich.«

Die beiden versöhnten sich, und wenigstens eine der beiden dunklen Wolken, die über unserem Mehrgenerationenhaus dräuten, löste sich ins Nichts auf.

Trotzdem! Mit zusammengebissenen Zähnen harrte ich in dem Schwebezustand aus, obwohl mein Geduldsfaden, das wusste ich, jeden Augenblick reißen konnte.

Aber dann, nur zwei, drei Tage nach dem Treffen mit meiner Schwester Suse und den Ohrfeigen im Stuttgarter Schlossgarten, kamen die Dinge ins Rollen.

Beim Abendessen verkündete Alex ganz beiläufig, er würde nächstens, also schon bald, auf der Mainau Gartenkunde betreiben. Ida sprang auf und knallte ihm die *Winnender Zeitung* auf den Tisch. »Die Fahrt kannst du dir sparen. Im Seniorenzentrum Welzheim gibt's eine Veranstaltungsreihe *Was unsere Großeltern noch über Bäume und Kräuter wussten*.«

Alex wieherte vor Lachen. »Im Seniorenzentrum? In Welzheim? Im Schwäbischen Wald, wo sich Fuchs und Has Gute Nacht sagen? Ida, das tu ich mir nicht an!«

Er ließ sich auf keine Diskussion ein, setzte sich vor den Fernseher, guckte *Tatort* und tat mal wieder so, als wären wir die Blöden.

Jetzt war die Zeit gekommen: Ich winkte Ida, holte Mitzi und erklärte den beiden in Idas Küche meinen Plan. »Suse wird mir helfen. Wir müssen nur noch herausfinden, in welchem Hotel Alex mit der Mopsfrau absteigen wird. Freiwillig wird er mir das nicht verraten.«

»Ne, muss er ja auch nicht. Er wird sagen, er sei ständig übers Handy zu erreichen«, stellte Mitzi fest.

Ida lachte uns aus. »Was ist, wenn ich einen Herzinfarkt bekomme, Alois mein Handy nicht findet und ihr nicht zu erreichen seid? Lasst mich nur machen!«

An diesem Abend waren wir absolut euphorisch. Vor allem Ida. »Alex muss sich in Sicherheit wiegen«, verkündete sie. »Aber im Gegensatz zu den Politikern haben wir Frauen aus der Geschichte gelernt: War nicht die geheime Landung der englischen Truppen in der Normandie der Anfang vom Ende des letzten Kriegs gewesen? Nina, du hast Recht gehabt; ein gut geplanter Vernichtungsschlag ist tausendmal besser als ein paar lausige Handyfotos.«

Ida, James-Bond-Leserin und theoretisch mit allen Geheime-Mission-Aktionen vertraut, präsentierte uns erstens zwei neue Beweisfotos aus dem Garten und bat Mitzi, sämtliche auf dem Handy befindlichen Aufnahmen auf dem Computer in ihrem *Health-and-Beauty-Pool* auszudrucken. Und zweitens holte sie die Rohrzange und eine Taschenlampe aus dem Keller. »Mädels, die Zeit für einen kleinen Einbruch ist gekommen. Obwohl – ist es ein Einbruch, wenn man sich Zugang zu seinem Eigentum verschafft?«

Sie nahm ihre dunkelrosa Strickjacke vom Stuhl, ich fuhr den Golf aus der Garage, und in Nullkommanichts waren wir im Garten. Während Alex *Tatort* guckte, zwickten wir das Hängeschloss auf und leuchteten mit der Taschenlampe das Innere des Häuschens aus.

»Das ist ein Liebesnest«, stellte Ida sachlich fest.

»Die Kissen haben ein Vermögen gekostet. Samt, Seide und Brokat – woher hat sie die? Wohl von *Merz und Benzing*; das sind alles Designerstücke. Die Messinglampe auch. Voll der Wahnsinn; die Frau hat Knete.« Mitzi ließ sich aufs Lager fallen. »Wir im *Health-and-Beauty-Pool* trösten unsere betrogenen Kundinnen immer damit, dass einem Mann im Grunde genommen eine Schönheitskönigin mit Professorentitel samt üppigem Privatvermögen vorschwebt – anschmiegsam und ohne eigene Meinung natürlich – aber dass wir einer solchen Traumkombination noch nie begegnet sind. Dein Alex, liebe Nina, hat es zumindest mit einer hübschen Reichen zu tun, und dass sie nicht unintelligent ist und dich auch nicht fürchtet, beweisen die vielen Kissen. Die will, dass du von ihr weißt.« Mitzi hob eines der Kissen hoch – und stieß auf ein Bettelarmband. »Modeschmuck. Auch von *Merz und Benzing*«, stellte Mitzi fest. »Na ja, etwas ›absichtlich‹ liegen zu lassen ist auch eine Möglichkeit, sein Revier zu markieren.«

»Das ist immer noch mein Revier«, schimpfte Ida und verwies kühn auf Hitler, der auch »einfach so« in Polen einmarschiert war und nach anfänglichen Siegen letzten Endes doch alles verlor. »Geschah ihm recht«, meinte Ida. »Wer den Rachen zu voll nimmt, erstickt daran.« Weil Mitzi den Vergleich nicht sofort kapierte, setzte sie zu einer Erklärung an, die ich aber deshalb nicht mitbekam, weil mich das Wort »Revier« auf eine Idee gebracht hatte. Hunde und Katzen markierten ihr Revier mit ihrem ganz speziellen Duftstoff. Okay, daran würde ich denken …

Wir legten die Kissen wieder aufs Lager, Ida drückte mir das Bettelarmband und das geknackte Vorhängeschloss als Beweismittel in die Hand, Mitzi holte drei Flaschen *Dinkelacker* aus der Kiste in der Ecke, wir zogen die Tür zu, setzten uns in die Hollywood-Schaukel und hielten Kriegsrat.

»Wenn wir davon ausgehen, dass Alex an einem Freitag wegfährt, haben wir noch genug Zeit für die Vorbereitungen. Ich kümmere mich um die Hotel-Adresse«, sagte Ida.

»Und ich mich um meine Vertretung. Freitag und Samstag … Mal sehen, vielleicht kann Herr Kümmerle die Führungen übernehmen.«

»Du musst schnellstens zu deiner Schwester«, ermahnte mich Mitzi. »An welche Verkleidung habt ihr denn gedacht?«

»Wir … eigentlich an nichts Bestimmtes«, gab ich zu. »Suse sagte was von einer Carmen, aber das finde ich blöd. Ich und Carmen! Ich bitte euch!«

Ida und Mitzi dachten nach. »Was willst du bezwecken?«, überlegte Ida laut. »Du willst Alex beschatten und dann, sozusagen in letzter Minute, gibst du dich zu erkennen und beweist ihm damit, dass du ihn der Lüge überführt hast. Du überreichst ihm die Fotos, das kaputte Hängeschloss und das Armband. Und dann?«

»Sagst du genau das, was ich auch gesagt habe: Sie oder ich«, meinte Mitzi.

»O nein!« Ich stand auf und lehnte mich an den Stamm eines Pflaumenbaums. »Alex ist nicht Felix. Alex ist ein Tiger, den man so brutal in die Enge treiben muss, dass er nicht mal mehr den Feind angreifen will, geschweige denn kann. Ein Tiger hat nämlich einen so überwältigenden Selbsterhaltungstrieb, dass er sich nur einem absolut überlegenen Gegner unterwirft.«

»Das bedeutet was?«

»Punkt eins: Das Netz muss sich langsam und für ihn nachvollziehbar zuziehen.

Punkt zwei: Währenddessen muss er sich mehr und mehr verunsichert fühlen.

Punkt drei: Er hat kein schlechtes Gewissen. Ein Tiger im Paarungsrausch ist ausschließlich hormongesteuert.

Punkt vier: Ich akzeptiere nur eine einzige Änderung in unserem Leben – nämlich die, dass Alex auszieht, falls er sich nicht sofort von der Mopsfrau trennt. Unser Leben im Haus bleibt wie gehabt.

Und dabei, das ist jetzt Punkt fünf, müsst ihr mich unterstützen.«

»Keine Frage; das tun wir ohne Einschränkung. Wie stellst du dir das vor?«

Mit der Bierflasche deutete ich aufs Gartenhaus. »Mitzi, du hast den Nagel auf den Kopf getroffen: Die Frau will, dass wir von ihr wissen. Was sagt uns das?«

»Na, dass sie es wirklich auf Alex abgesehen hat«, antwortete Mitzi prompt. »Würde es sich nämlich nur um eine nette Affäre handeln, würden sie und Alex alles tun, um sie geheim zu halten.«

»So sehe ich es auch. Deshalb muss ich Alex verunsichern, schließlich wissen wir nicht, ob er schon so weit denkt wie die Mopsfrau. Ich jedenfalls nehme immer noch an, dass er die Familie nicht wirklich verlieren will.«

»Er wird anrufen«, bestätigte Ida. »Er wird sich nach mir erkundigen. Er wird dich sprechen wollen, Nina. Aber du bist nicht zu Hause. Wie machen wir das?«

Mitzi lachte. »Du wirst krank werden müssen, Ida. Alois hat dein Handy verlegt oder war zu deppert, es aufzuladen. Und du, Nina, bist in deiner *Wilhelma*. Ausgerechnet an dem Wochenende hat du eine Menge Führungen –«

»O nein! Ich werde ihm sagen, dass Rob und ich ein gemeinsames Projekt planen: Künstler in der *Wilhelma*. Ida, du musst sagen, dass sich Robert an diesem Projekt beteiligt. Das wird Alex eifersüchtig machen, und wenn ich dann zu Hause nicht zu erreichen bin und bei meinem Handy nur die Mailbox anspringt, wird ihn das sicher verunsichern. Aber damit nicht genug!« Ich kam richtig in Fahrt. »Mitzi, du musst Alex über Idas Gesundheitszustand auf dem Laufenden halten, Alois muss ihm die Ohren volljammern, und Felix –« Ich zögerte. »Hält er zu mir oder zu seinem Vater?«

»Keine Sorge. Den nehme ich mir vor«, sagte Ida prompt. »Die Angelegenheit mit dem Telefon ist kein Problem. Immer wenn Alex angerufen hat, schicken wir dir eine SMS. Dann nimmst du dein Handy und löffelst ihm den fürchterlichen Stand der Dinge um die Ohren. Aber nun sag uns endlich, in welcher Verkleidung du auftauchen wirst.«

»Das weiß ich einfach noch nicht!«

»Du bist schlank und der sportliche Typ. Du trägst vorzugsweise Hosen, Blusen oder Pullis und flache Schuhe. Deine Haare sind kurzgeschnitten und blond«, stellte Mitzi fest. »Also solltest du eine schwarze Lockenperücke tragen und Kleider, die dich fülliger erscheinen lassen, als du tatsächlich bist. Typ Carmen wäre tatsächlich ideal, vor allem, wenn du noch baumelnde Ohrringe trägst und jede Menge Ketten um den Hals. Und natürlich eine tolle Sonnenbrille.« Sie legte den Kopf schief. »Du hast zwar Temperament, aber du bist kein Vamp. Ich dachte eher in Richtung alternative Tussi.«

»Wie? Möglichst mit einem kleinen Rucksäckchen auf dem Rücken inklusive Söckchen und Birkenstock-Sandalen? Niemals! So weit kommt's gerade noch!«

»Hm. Wie wäre es mit ... O, ich weiß! Bei *H&M* hab ich was hippiemäßig Durchgeknalltes gesehen!«, rief Mitzi. »Erinnerst du dich an die langen, weitschwingenden Röcke der Sechzigerjahre? Dazu ein simples T-Shirt, ein gehäkeltes Jäckchen, Espadrilles, Sonnenhut, Sonnenbrille und –«

»– Schmollmund«, ergänzte Ida. »Das wird den Alex an seine wilden Jugendjahre erinnern. Aber eines gefällt mir nicht.« Ida stellte die leere Bierflasche auf den Boden. »Die Mopsfrau ist schwarzhaarig. Wie wäre es mit einer Perücke in Irischrot? Oder Haselnussbraun mit kupfernen Strähnchen?«

»Das passt auch«, stimmte Mitzi ihr zu. »Morgen ist mein freier Nachmittag. Nina, ich begleite dich, falls deine Schwester morgen Zeit für dich hat.«

»Ich«, sagte Ida genüsslich, »komme natürlich auch mit.«

19. Kapitel

Am nächsten Tag parkte ich den Golf im Parkhaus des *Breuninger*, und damit die Ermäßigung nicht verfiel, kaufte Mitzi im Untergeschoss ein Paar grasgrüne Leggings. Wir ließen das Parkkärtchen lochen und gingen dann durch die Anlagen vorm Neuen Schloss und am Landtag vorbei zum Hintereingang des Großen Hauses.

Suse wartete beim Portier auf uns und führte uns durch die langen Gänge und einige Treppen hinauf bis zu ihrem Reich. Dort hingen an fahrbaren Ständern Kleider, Röcke, Blusen, Perücken und sonst noch allerlei, das ziemlich merkwürdig aussah.

Zwischen zwei Sesselchen stand ein Tischchen. Mitzi und Ida nahmen Platz, meine Schwiegermutter holte ein Fläschchen mit selbstgemixtem Eierlikör – die Eier kamen vom Hof ihrer Freundin und waren selbstverständlich »voll bio« – aus der Tasche samt vier Gläschen, schenkte ein und lehnte sich erwartungsvoll zurück. »Suse, wir sind bereit.«

»Ich habe Vorarbeit geleistet.« Meine Schwester zeigte auf den Kleiderständer und auf einen Spiegel. »Nina, zieh dich aus.«

Bis auf die Strapse hatte ich meine neue Reizwäsche angezogen, auf die ich wirklich stolz war.

Ida nickte anerkennend mit dem Kopf und kippte das erste Gläschen. »Was hab ich gesagt? Mein Sohn ist ein Allmachtsdackel!«

»Finde ich auch; aber sag das mal zu einem Mann im Spätfrühling. Da gilt nur: Alles neu macht der Mai!« Suse legte den Kopf schief. »Zuerst die Perücke, Nina.«

Sie zerrte mir eine mit langen, schwarzen glatten Haaren aufs Haupt. »Suboptimal.«

Die nächste hatte Locken, die übernächste war braun und auch lockig, die dritte kupferrot mit langen Wellen, die in Löckchen endeten und mir knapp über die Schultern fielen.

»Krass«, sagte Mitzi. »Aber sie verändert dich wie keine andere.«

»Moment mal.« Suse nahm zwei Gegenstände vom Tisch, die Ähnlichkeit mit Schulterpolstern hatten. »Steck dir die Wangenpolster in den Mund.«

»Igitt!«

»Nix igitt; die Dinger sind waschbar und absolut keimfrei.«

Ich steckte sie mir links und rechts in den Mund. »Wie soll ich damit essen?«

Ida öffnete eine Tüte mit Löffelbiskuits von *Nast*. Ich liebe das Gebäck von *Nast*!

»Man muss Opfer bringen, um Großes zu erreichen«, verkündete meine Schwiegermutter kauend. »Tagsüber bist du auf Nulldiät.«

Mitzi kicherte. »Und Wein oder Bier saugst du aus einem Röhrchen.«

»Leute, das ist kein Spaß!« Suse drückte mich auf einen Hocker, zog mit einem dunklen Stift meine Augenbrauen nach, betonte die Augen mit Kajal und grünlichem Lidschatten und schminkte die Lippen in dunklem Orange – eine Farbe, die ich im normalen Leben nicht mal anschauen würde. Zur Perücke passte sie einwandfrei.

Ida und Mitzi gafften mich an. »Wer ist das?«, erkundigte sich meine Schwiegermutter.

Suse reichte mir ein langes Hängerkleid in Lindgrün mit gelben Ranken und weißen Margeriten. »Zieh das mal an, Nina.«

Ich streifte das Lindgrüne über den Kopf, Suse schlang einen geflochtenen Gürtel um meine Taille und warf mir Espadrilles in genau der richtigen Größe zu – na ja, sie war ja auch meine Schwester. »Und jetzt zeig dich mal!«

Ich stellte mich vor den Spiegel.

»Augenblick!«, rief Suse. »Wir haben was Wichtiges vergessen!«

Inzwischen hatte ich Spaß an der Sache bekommen und schlüpfte grinsend in die fleischfarbene Hose mit den eingenähten Polstern. Die Wirkung war umwerfend.

»Der Busen muss größer sein. Mindestens 80 E …«, murmelte meine Schwester. »Komm mit, Nina!«

Hinter einem Wandschirm probierte ich verschiedene Modelle an. Der am meisten ausgepolsterte BH passte am besten, sodass Suse mir eine noch »hüftigere« Hose aufzwang. Als ich wieder Kleid und Gürtel anhatte, drückte sie mir eine richtig schicke Basttasche in die eine Hand und drapierte einen langen Chiffonschal in Gelb um meine Schultern. »Und jetzt wackelst du gehörig mit dem Po«, sagte sie und schubste mich vor den Wandschirm.

Mitzi sprang auf. »Das glaube ich jetzt nicht! Nina, bist du das?«

»Heiligs Blechle!« Ida hickste und flüsterte dann ganz andächtig: »Heb mi uff, i be im Turnverei …«

Hüftschwingend und strohtascheschwenkend drehte ich eine Runde. »Na, kennt ihr mich noch?« Als ich am Spiegel vorbeikam, traute ich meinen eigenen Augen nicht. Die sportliche, patente, schwäbisch-nüchterne Nina war komplett verschwunden. Was ich sah, war ein Weibchen mit üppigen Rundungen an den angesagten Stellen. Ich lächelte mich an: Hoppla! Jetzt komme ich, Penélope Cruz!!!

»Wie fühlst du dich, Nina?«, erkundigte sich Suse.

Ich überlegte. »So, wie ich mich schon immer fühlen wollte«, antwortete ich ehrlich. »Als hätte ich noch nie vernünftig sein und Geld verdienen müssen. Als könnte ich jeden Mann um den Finger wickeln. Als müsse ich nur mit dem Finger schnippen und mir läge zu Füßen, was ich nur wollte.« Ich drehte mich vorm Spiegel. »Als hätte ich noch nie was von Mutualismus gehört, noch nie ein Lehrbuch aufgeschlagen, nie Examen gemacht, nie einen Käfig ausgemistet, Geschirr gespült, einem Sohn die vollgeschissene Windel gewechselt, meinem Mann die Hemden gebügelt. Wie die leibhaftige Gabe einer guten Fee komme ich mir vor. «

»Alles neu macht der Mai – Prost!« Ida hielt mir das Gläschen mit Eierlikör vors Gesicht.

»Und wisst ihr was – so, wie ich jetzt aussehe, kann ich essen, was und wieviel ich will!«

»Nichts da!« Suse wackelte mit dem Zeigefinger. »Du trägst Wangenpolster im Mund!«

»Nur tagsüber; nachts nehme ich sie heraus und rufe den Zimmerservice!« Das Kleid war schick, die Espadrilles waren bequem, die kupferroten Wellen und Locken eine Pracht.

»Du brauchst einen neuen Namen«, sagte Mitzi plötzlich.

»So was wie Melusine.«

»Oder Brischitte – französisch ausgesprochen«, meinte Suse. »Oder Amélie – nein, das klingt zu brav. Du brauchst einen Namen, den dein Alex sofort mit einer verruchten Frau assoziiert.«

»Zum Beispiel?«

»Wenn ich das so auf die Schnelle wüsste!«

»Angélique«, sagte Ida, die Vielleserin, wie aus der Pistole geschossen. »Oder Anaïs. Die hatte ein Sexleben – olàlà! Von der hätte Oswald Kolle was lernen können!«

Mitzi kicherte. »Oswald Kolle? War das einer deiner Liebhaber, Ida?«

»Er war der Aufklärer meiner verklemmten Generation«, antwortete sie prompt und lächelte geschmeichelt, als Suse meinte: »Ida, du bist einfach eine Wucht!«

»Ich weiß, ich weiß. Also wenn ihr mich fragt: Ich bin für Angélique.«

»Mein Französisch ist nicht mehr besonders flüssig«, gab ich zu bedenken.

»Na und? Du hast eine französische Mutter und einen deutschen Vater, bist in Stuttgart aufgewachsen und kommst gerade aus der Schweiz, wo du ... Ja, was hast du in der Schweiz gemacht, Nina?« Ida tunkte ein Stückchen Löffelbiskuit ins Gläschen. »Was außer *Wilhelma* kannst du?«

Plötzlich wurde mir bewusst, dass mein Horizont reichlich begrenzt war – außer *Wilhelma* »konnte« ich nicht mehr viel. Kochen, den Haushalt führen, mich um den Garten kümmern, einen verunglückten Alex aufpäppeln und ihm den Lebensmut zurückgeben ... aber Kunst? Literatur? Musik? Für alles, was übers Tagtägliche hinausging, hatte ich im Laufe der Jahre das Interesse verloren. Ich schaute wieder in den Spiegel, bewunderte die niedlichen Pausbäckchen und machte eine Schnute wie Brischitte Bardot, als sie noch jung und knusprig war. »Was soll ich in der Schweiz schon ›gemacht‹ haben? Ich war in Geldangelegenheiten unterwegs. Das hat den Vorteil, dass kein Mensch mehr als nur ein geheimnisvolles Schulterzucken erwarten darf. Im Übrigen bin ich kinderlose Witwe, Alleinerbin und daher in der glücklichen Lage, nichts ›schaffen‹ zu müssen.«

»Klingt gut«, fand Mitzi. »Aber natürlich musst du durchblicken lassen, dass du zwar Witwe, aber nicht ›alleinstehend‹ bist.«

»Muss ich das?« Ich lächelte sie an. »Ich könnte ja auch auf der Pirsch sein – vergiss nicht, es ist immer noch Frühling!«

Energisch setzte Ida das Likörgläschen ab. »Ich will hier nicht den Teufel mit dem Beelzebub vertreiben, hörst du? Komm mir bloß nicht auf dumme Gedanken, Nina – und überhaupt, mit nur einem Kleid bestreitest du kein verlängertes Wochenende. Suse, mach weiter im Text!«

Nach einer Weile hatten wir dann alles beieinander: Eine Jacke, einen echten *Burberry*-Regenmantel, zwei Röcke mit Blusen und T-Shirts, ein Kleid, das als Abendkleid durchgehen und für »alle Fälle« gedacht war – aber keine einzige

Hose. Dazu Schuhe, einen Sonnenhut, eine normale sowie eine Abendtasche, passend zum Kleid natürlich.

Ich hieß Angélique mit Vor- und Kleber mit Nachnamen, weil man den deutsch und französisch aussprechen konnte: Kléber. Angélique Kléber.

Schick.

»Du musst dich lässiger bewegen«, schärfte Suse mir ein. »Du musst den Eindruck erwecken, als hättest du noch nie im Leben einen wichtigeren Termin als den bei deinem Friseur gehabt. Und bleib locker. Halt die Schultern gerade und streck den Busen raus. Und kauf dir eine Sonnenbrille von *Dior*. Oder *Chanel*. Eine richtig große, hörst du?«

Mitzi wickelte eine Locke um den Finger. »Ich beneide dich, Nina, weißt du das?«

»Warum denn? Weil ich Theater spielen und mich vermutlich bis auf die Knochen blamieren darf?«

Sie schüttelte den Kopf. »Nein. Ich beneide dich, weil du aussiehst, als hättest du dich neu erfunden. Das Erstaunliche daran ist, dass du echt wirkst und nicht, als würdest du zum Fasching vom Liederkranz *Eintracht* gehen. Irgendwie stimmt alles ...«

Wer hatte gesagt, ich müsse mich neu erfinden? Ich krauste die Nase und probierte ein paar Hüftschwünge; dank des Hula-Hoop-Trainings in meiner Jugend gelangen sie mir einwandfrei. »Ich fahre euch heim, dann mache ich bei Rob einen Besuch!«

»Warum?«, erkundigte sich Ida misstrauisch.

»Um festzustellen«, ich drehte mich ein letztes Mal vor dem Spiegel, »ob er mich erkennt.«

20. Kapitel

Weil Frühling Heuschnupfenzeit und daher die Praxis ihres Mannes völlig überlaufen war, legte Kathrin Maries neueste Kolumne mit ein paar Tagen Verspätung und folgendem Kommentar aufs Fax:

Die kürzeste Schiffsverbindung zur Mainau ist die von Litzelstetten aus. Geht aber auch problemlos zu Fuß. Konstanz ist nur zwanzig Autominuten entfernt. Linda, ich hab im Internet nachgeschaut; in dieser Region kannst du die Sterne-Hotels an einer Hand abzählen, und da das Luder so versessen auf Luxus ist, kommt eigentlich nur das Inselhotel *in Konstanz in Frage.*

Linda mailte zurück: *Wie geht das »zu Fuß«? Wandle ich wie Jesus über die Wellen?*

Es gibt einen Damm, du Dussel!, mailte Kathrin zurück. *Wehe, du kneifst!*

Zwei Tage später hatte Linda die Übersetzung fertig und schickte sie, ohne den Text noch einmal durchzulesen, so satt hatte sie den Autor, an den Verlag zurück. Sollten die Leute sich doch dort das Hirn verbiegen. Nichts Besseres hatten sie verdient, wenn sie das Manuskript einer so himmelschreienden Heulboje annahmen! Heulboje war ja eigentlich nicht das exakt treffende Wort; im Schwäbischen gab es eines, das die Befindlichkeit des Autors besser traf ... Aber sie kam nicht drauf. Erst als sie am Fenster stehend eine Tasse Tee trank, fiel es ihr wieder ein: Bähmulle – genau das war der Mann: ein Bähmulle. Einer, der die Hände in den Schoß legte und voll Selbstmitleid vor sich hinplärrte.

Sie räumte ihren Schreibtisch auf, füllte eine Waschmaschine, warf den verwelkten Strauß von Simon in den Müll, machte überhaupt Ordnung, stellte sich dann wie schon ein paar Tage zuvor vor den großen Spiegel am Eingang und hob, über sich selbst lächelnd, die Schwurfinger. »Ich,

Linda, gelobe mir, das Ding durchzuziehen, koste es, was es wolle.«

Beschwingt suchte sie im Internet eine Flugverbindung nach Leipzig und eine von dort nach Stuttgart, buchte sie online und tippte schließlich Rob eine Mail.

Bin kommendes Wochenende in Schwaben.

Schon wollte sie ihren Namen daruntersetzen und auf SENDEN drücken, als ihr Robs Antwort einfiel. Sie setzte hinzu:

Auskünfte über WO und WARUM werden nur mündlich erteilt. Linda.

Während sie die gewaschene Wäsche in den Trockner häufte und eine zweite Maschine startete, achtete sie auf eingehende Mails. Eine halbe Stunde später war die gewünschte da.

»Gut. Erwarte mündlich erteilte Auskünfte. Rob.«

Genau, wie sie es sich gedacht hatte! Linda lachte laut heraus: Rob wollte sie treffen – aber würde der Kerl das zugeben? Und wie stand es denn mit ihr? Gestand sie sich etwa ein, dass sie sich auf ein Wiedersehen mit ihrem Mann freute, obwohl sie gleichzeitig davor zurückschreckte? Warum schreckte sie denn zurück? Wegen der miesen Erinnerungen natürlich. Und weil sie fürchtete, wieder verletzt zu werden, falls sich ihre Erwartungen – ja, es waren Erwartungen! – nicht erfüllen würden. Verdammt, weshalb tat sie sich das Kuddelmuddel an, wo sie doch endlich ihren inneren Frieden gefunden hatte!? Plötzlich bekam sie eine richtige Wut auf Simon. Hätte er sie nicht mit seiner Leipzig-Idee überfallen, hätte sie die Sache am Bodensee durchgezogen und wäre glücklich und zufrieden nach London zurückgeflogen. Nur seinetwegen versuchte sie doch, sich über ihre Gefühle für ihn und

Rob klar zu werden – und was kam dabei heraus? Dass sie beide Männer am liebsten auf den Mond geschossen hätte, das kam dabei heraus!

Trotzdem: Sie musste Simon informieren. Sie hatte ihn abgewimmelt, das Manuskript des Bähmulles vorgeschoben und behauptet, erst wenn die Übersetzung fertig sei, wäre sie in der Lage und bereit, über sein Angebot ernsthaft nachzudenken. Jetzt hatte sie die Übersetzung abgeschlossen, aber ernsthaft nachgedacht hatte sie nicht. Im Grunde genommen, gestand sie sich ein, sprach alles gegen einen Ortswechsel: In London hatte sie neu angefangen, hier waren ihre Freunde, hier hatte sie ihre Arbeit, nicht jedoch ihre Erinnerungen. Hier war sie glücklich. Das stimmte doch, oder etwa nicht?

Obwohl – London war natürlich nicht Stuttgart. Leipzig vermutlich auch nicht.

Kurz entschlossen griff sie zum Telefon und sagte, als sich Simon meldete: »Die Übersetzung ist fertig. Jetzt kümmere ich mich um dein Angebot, fliege nach Deutschland, sehe mir Leipzig an und schaue, ob ich mich dort wohlfühlen könnte. Anschließend mache ich ein paar Tage Urlaub – wo genau, weiß ich noch nicht –, und fliege nach London zurück. Dann weiß ich hoffentlich, ob ich dein Angebot annehmen kann. Simon«, warnte sie, als er sie unterbrechen wollte, »frag mich nicht nach Einzelheiten. An Deutschland habe ich so miese Erinnerungen, dass es mir schwerfällt, überhaupt dort hinzufliegen.«

Wären nur ihre Eltern nicht schon längst gestorben, hätte sie einen Besuch vorschieben können, dachte Linda. Sie biss sich auf die Unterlippe. »Simon, wir treffen uns, wenn ich zurück bin. Du erreichst mich natürlich immer übers Handy.«

»Was ist los, Linda? Du bist so kurz –«

»Simon«, unterbrach sie ihn erneut, »ich habe die Flüge schon gebucht.«

»Warum können wir nicht gemeinsam –«

»Ich muss erst die Gespenster der Vergangenheit bannen.«

»Bannen?«

»Wie du weißt, kann man sie leider nicht töten.«

»Stimmt. Man muss sie erlösen. Erst dann finden sie ihre Ruhe im Grab.«

Wieder biss sich Linda auf die Lippe: Sie hätte wissen müssen, dass Simon, belesen wie er war, sofort an Oscar Wildes *Gespenst von Canterville* denken würde! »Okay«, gab sie zu, »von mir aus auch erlösen.«

»Was, wie wir beide wissen«, setzte Simon hinzu, »nur durch Liebe geschehen kann. Linda, ich möchte dich wirklich nicht verlieren. Du würdest mir das Herz brechen.«

»Herrgottnochmal!«, brauste sie auf. »Ich fliege nach Leipzig und nicht zum Mann im Mond!«

»Dann«, erwiderte Simon betont ruhig, »ist ja alles in Ordnung. Gehab dich wohl und komm bald zu mir zurück.«

Gehab dich wohl! Linda schnaubte. Warum war sie eigentlich so zickig?

Sie fuhr sich durch die Haare und meldete sich bei ihrem Friseur an.

21. Kapitel

Ich parkte meinen Golf ein ganzes Stück von Robs Haus entfernt, klappte den Kosmetikspiegel überm Fahrersitz herunter, kontrollierte den Sitz der Perücke, zog den Lippenstift nach und hoffte, mein Herzschlag würde sich normalisieren. Weil mir das zu lang dauerte, stieg ich schließlich aus und ging so anmutig, wie's mir nur möglich war, auf den hohen Espadrilles den Gehweg entlang, klinkte das Gartentörchen auf, schritt mit schwingenden Hüften und wackelndem Po zur Tür und klingelte.

In verwaschenen Hosen und einem alten Hemd, die Heckenschere in der Hand, kam Rob um die Ecke und stellte sich vor den Rhododendronbusch, der neben dem Eingang blühte. »Ja?«

Meine Stimme! Siedendheiß fiel mir ein, dass wir, Ida, Mitzi, Suse und ich an alles gedacht hatten, nur nicht daran, dass Rob – und Alex natürlich auch! – mich an meiner Stimme erkennen würden. Da muss ich jetzt durch, dachte ich energisch und räusperte mich. »Ich möchte Herrn Calander sprechen.«

»Der steht vor Ihnen. Wollen Sie mir etwas verkaufen?«, erkundigte er sich ohne sonderliches Interesse.

Seine Antwort erinnerte mich an den Witz über die beiden Schwaben, die in eine Gletscherspalte gefallen waren und ihrem Retter, der »He, Sie da unten!« rief, antworteten: »Mir gäbet nix!«

»Ich bin keine Vertreterin. Ich bin nicht von der Heilsarmee, und einen Staubsauger von *Vorwerk* drehe ich Ihnen auch nicht an.«

»So? Was wollen Sie dann?«

Die Sache machte mir Spaß. Ich brach eine hellrosa Rhododendronblüte ab und steckte sie carmenmäßig hinters linke Ohr. »Das ist ein Test, Herr Calander.«

»Tests lehne ich grundsätzlich ab«, blaffte er. »Vor allem solche, die mir aufgezwungen werden.«

Ich wurde immer verwegener: Rob erkannte mich nicht! War das zu fassen? »Seien Sie doch nicht so unkommunikativ. Schauen Sie mich doch an«, forderte ich ihn auf. »Fällt Ihnen denn gar nichts auf?«

Jetzt schaute er mich genauer an. Mein Herz klopfte wie rasend.

Er runzelte die Stirn. »Ich kenne Sie nicht.«

»Natürlich kennen wir uns! Ich bin die Frau aus der *Wilhelma*, Angélique Kléber!«

Er kratzte sich am Kopf. »Der Name sagt mir nichts. Um was geht es denn? Soll ich Ihren Hund malen? Oder Ihre Katze? Ihr Pferd? Ihren Hamster oder Wellensittich?«

Da hielt es mich nicht mehr länger. Ich lachte los. »Mensch, Rob! Ich bin's doch, die Nina!«

»Hören Sie …«

»Rob!« Ich nahm die Wangenpolster aus dem Mund und zerrte an der Perücke. Sie saß ziemlich fest, also ließ ich sie da, wo sie war.

»Nina?!« Er ließ die Heckenschere fallen. »Das glaube ich jetzt nicht!«

»Ich sagte doch, es sei ein Test«, erklärte ich triumphierend. »Und ich muss sagen, er ist zu meiner Zufriedenheit ausgefallen: Du hast mich nicht erkannt.«

Er hob die Heckenschere auf. »Komm auf die Terrasse, Nina. Da erklärst du mir, was das Ganze soll.«

»Du sagtest doch, ich solle mich neu erfinden«, erwiderte ich, als wir ums Haus herumgingen.

Er holte zwei Gläser und eine Flasche Weißwein. »Das ist dir gelungen. Prost! Und jetzt berichte.«

Er hatte die Wiese gemäht und sogar das Gras zusammengerecht. Ein Drittel der Hecke zum Nachbargrundstück hatte er, ich wollt's nicht glauben, auch schon in Form gebracht.

»Erwartest du Besuch?«

»Zuerst du, dann ich. Was hast du vor, Nina?« Er legte den Kopf schief. »Ich muss sagen, die Verkleidung steht dir. Bist du etwa ganz anders als die Nina, die du zu sein vorgibst? Kokett statt sachlich? Weiblich und raffiniert statt einfach nur sportlich, nett und beruflich kompetent?«

»Kann durchaus sein«, entgegnete ich zufrieden. »Auf jeden Fall macht's mir Spaß, die Rolle zu spielen.« Der Flieder duftete, der alte Apfelbaum trug noch ein paar Blüten, und die blauen Dolden der Glyzinie an der Hauswand schaukelten sachte im Wind. »Ich werde Alex das Fürchten lehren«, begann ich und berichtete ihm von meinem Vorhaben. »Und weißt du was, Rob? Jetzt, wo nicht mal du mich mit deinen Maleraugen erkannt hast, gehe ich die Sache locker an.«

Er lachte und streckte die Beine aus. »Du wirst mit dem Feuer spielen, Nina.«

Ich stutzte. »Wie das?«

»Na! Der Mann muss erst noch geboren werden, der die Frau da –«, er streckte den Zeigefinger nach mir aus, »nicht kennen lernen möchte.«

»Selbst dann, wenn er mit seiner Geliebten unterwegs ist?«, erwiderte ich verständnislos.

»Besonders dann, Nina. Denn ist's nicht so, dass sich dein Alex gerade in einer Phase großer Unsicherheit befindet? Er ist doch der Esel zwischen den zwei Heuhaufen: Auf der einen Seite wartet seine Frau im trauten Heim auf ihn, auf der anderen lockt ihn die Geliebte. Wie soll er sich entscheiden? Eine Möglichkeit wäre, an den zwei Heuhaufen vorbeizugaloppieren und sich an einem dritten gütlich zu tun. Ich jedenfalls kenne einige Männer, die genau das getan haben. So, wie du aussiehst, Nina, bist du durchaus eine oder auch mehrere Sünden wert.« Er taxierte mich und nickte. »Ja, das bist du. Vielleicht geht die Sache ja ganz anders aus.«

»So? Wie denn?«

»Dein Alex könnte sich in dich verlieben.«

»Was nur beweisen würde«, antwortete ich eisig, »dass er jedem Rockzipfel nachläuft.«

Rob lachte. »Er wird es dir anders erklären! Er wird sagen, du warst und bist die Richtige. Wie gut, wenn er das durch ein paar Probiertage mit der Falschen erkannt hat. Das Mittel heiligt den Zweck, liebe Nina!« Er stand auf und füllte die Gläser nach. »Weißt du, was Marilyn Monroe gesagt haben soll?«

Ich schüttelte den Kopf. »Sicher etwas Tiefschürfendes«, vermutete ich ätzend.

»Durchaus! Sie sagte: Es ist nicht wahr, dass Männer immer an Sex denken. Nur wenn sie denken, denken sie an Sex.«

»Das legst du einer pietistisch erzogenen Schwäbin aus dem Rems-Murr-Kreis ans Herz? Rob, du bringst meine bisherige Welt ins Wanken!«

»In deinem Alter ist's an der Zeit, den Tatsachen des Lebens ins Auge zu sehen«, entgegnete er genüsslich.

Ich rümpfte die Nase. »Vielleicht will ich doch lieber die Augen zumachen.«

»Ach nee! Nina, du enttäuschst mich: Jetzt willst du noch kneifen, wo du dich dem Kampf schon gestellt hast?« Er zupfte an meiner Perücke herum. »Du willst Klarheit. Klarheit für dich. Also zieh die Sache durch.«

Ich trank das Glas auf einen Rutsch aus. »Okay, lieber Rob. Ich tu's. Aber eines sage ich dir: Meinen Alex zerfleische ich in der Luft! Dem wird Hören und Sehen vergehen, der wird sich wünschen, nie das Licht der Welt erblickt zu haben, der ist für mich nur noch –«, ich packte die Weinflasche am Hals, »eine Laus auf dem Blatt eines Weinstocks! Eines Simsenkräbslers, keines Trollingers, wohlgemerkt!« Ich füllte mein Glas. »Prost! Und jetzt sagst du mir, warum du plötzlich die Wildnis vorm Fenster in einen Garten verwandelst. Weil du Besuch bekommst?«

Er wiegte den Kopf hin und her. »Vielleicht? Nix gwieß woiß mr net«, sagte er auf Schwäbisch, was mir bewies, wie unsicher er sich fühlte.

»Hast du eine Neue?«, erkundigte ich mich vorsichtig. »Komm schon! Von mir weißt du alles, also hab dich nicht so und spuck's aus: Wer besucht dich?«

Er warf die Hände in die Luft. »Ich weiß doch nicht, ob sie mich wirklich besuchen wird!«

»Wenn ja, willst du einen guten Eindruck machen«, vermutete ich und wies auf die Heckenschere. »Es ist jemand, der dir wichtig ist. Hast du dich verliebt?«

»Im Grunde genommen habe ich mich nie entliebt.«

»Herrschaftssechser! Hör endlich auf, in depperten Rätseln zu sprechen! Wer wird dich besuchen?«

»Meine Frau. Linda. Aber nur vielleicht, Nina.«

Ich starrte ihn an. »Ihr habt wieder Kontakt? Das freut mich.«

Er hob die Schultern und wuschelte sich durchs Haar. »Wir mailen uns vorsichtige Botschaften. Warum sie nach Deutschland fliegt, weiß ich nicht. Aber sie tut's, und vielleicht, das sagte ich bereits, kommt sie auch nach Stuttgart.«

»Wann denn?«

»Wahrscheinlich kommendes Wochenende. Aber selbst das ist nicht sicher.« Er ging ins Haus und kam mit seiner Pfeife zurück. »Du solltest sie kennen lernen.«

Ich nickte. »Kannst du mir ein Foto von ihr zeigen?«

Er schüttelte den Kopf. »Als sie auszog, hab ich alles, was mich an sie erinnerte, zusammengepackt und auf die Bühne getragen.«

»Schade. Ruf mich an, wenn sie hier ist und nichts gegen ein Treffen hat.« Ich stand auf. »Nein danke, keinen Wein mehr. Ich bin mit dem Auto hier.«

Er umarmte mich vorsichtig. »Ich wünsche dir Glück, Nina.«

»Ich dir auch! Und Rob – ich ruf dich mal an, ja? Nur um dir zu berichten, wie sich mein Mann, der Hornochs, so verhält.«

Beschwingt ging ich zum Auto und fuhr bis zur übernächsten Kreuzung, wo ich so eine Vollbremsung hinlegte, dass der Fahrer hinter mir vor Schreck auf die Hupe drückte. Ich Volltrottel musste mich umziehen!

Zurückzufahren hatte ich keine Lust, also parkte ich kurz nach Schwaikheim und verwandelte mich hinter heimischem Gebüsch wieder in Nina, die Frau mit dem Spezialgebiet Mutualismus.

22. Kapitel

Wir Frauen des Hauses hatten es geahnt: Um nichts in der Welt gab Alex den Namen des Hotels preis, in dem er mit der Mopsfrau absteigen würde. Ehrlich gesagt hätte ich es auch nicht getan, wenn ich mich mit einem Liebhaber hätte vergnügen wollen.

Zuerst rief Mitzi nacheinander die Hotels an. Ohne Erfolg; die Leute waren so diskret, als hinge ihr Überleben von ihrer Schweigsamkeit ab. Was es ja auch tat.

Also musste Ida die Notbremse ziehen. Sie tat das so gekonnt und überzeugend, dass selbst Mitzi und ich unsicher wurden und Angst um sie bekamen.

Wir wussten, dass Alex am Freitag fahren wollte. Ida wartete, bis Mitzi und ich am Morgen des Donnerstags aus dem Haus gegangen waren, dann schickte sie Alois in die Stadtbücherei, wo er für sie etliche Bücher ausleihen sollte – eine Aufgabe, die ihn eine Weile beschäftigen würde.

Kaum war er verschwunden, trank sie eine Tasse extrastarken Kaffee und schluckte ihre Herztropfen – mit dem Ergebnis, dass ihr der Schweiß ausbrach und ihr Herz zu rasen begann. Mit dem Besenstiel klopfte sie an die Zimmerdecke, was für alle im Haus das Signal war, dass sie Hilfe brauchte. Alex rannte die Treppe herunter, sah Idas roten Kopf, den Schweiß auf ihrer Stirn und die zitternden Hände. Da Felix nach den Ohrfeigen im Schlossgarten morgens ziemlich herumtrödelte, bevor er sich endlich zur Uni begab, brüllte er ihn sofort herunter. Die zwei Männer standen um Ida herum, rieben ihre Hände, fühlten ihren Puls und riefen schließlich unseren Hausarzt an.

Doktor Epple kam, warf zuerst einen Blick auf Ida und schickte dann die Männer aus dem Zimmer. Die setzten sich auf die Bank vorm Haus und fingen Alois ab, der uns später getreulich den Inhalt des Männergesprächs berichtete. »Ausgerechnet dann, wenn ich mal ein Wochenende studienhalber außer Haus bin«, hatte sich Alex beklagt, worauf Felix ihn darauf hinwies, dass er damals, als sein Vater den Motorradunfall hatte, eigentlich mit ein paar Kommilitonen nach Bali zum Tauchen fliegen wollte. »Jetzt ist's an dir, Rücksicht zu nehmen«, hatte Felix gesagt, worauf Alex den Kopf eingezogen und genuschelt hatte: »Vielleicht ist alles halb so wild.«

Nach einer Weile war Herr Epple erschienen. »Sie schläft jetzt. Aber Sie sollten Nina rufen. Und vielleicht auch die Mitzi. Ich hoffe zwar nicht das Schlimmste, aber im Alter von Ida ...«

Als die Männer aufsprangen, hatte er sie zurückgehalten. »Stören Sie sie jetzt nicht. Ida braucht ihre Ruhe.«

Alex hatte mich und Mitzi angerufen. Ich war zuerst zu Hause, spielte die besorgte Schwiegertochter, schlich leise in Idas Schlafzimmer und musste mir wieder mal das Lachen verkneifen: Ida war einfach unschlagbar, denn sie hatte vorgesorgt. Sie hatte einen Stöpsel im Ohr und hörte den neuesten Fall von Commissario Brunetti. Auf dem Nachttisch sah ich den Eierlikör sowie ein Tütchen Pralinen; es waren die handgefertigten aus der *Breuninger*-Confiserie. »Hab ich es nicht schön?«, flüsterte sie und legte den Finger an die Lippen. »Falls Alois lauscht!«

Ich nickte. »Was hat Doktor Epple gesagt?«

»Was denkst du wohl?« Ida verdrehte die Augen. »Den hab ich gestern in unseren Plan eingeweiht, schließlich will ich ja nicht im Krankenhaus landen.«

»Du hast ihn eingeweiht? Bist du noch bei Trost?«

Ida kicherte. »Er weiß nur, dass ich mit dem Theater Alex zur Vernunft bringen will. Übrigens – zieh doch mal die Nachttischschublade auf.«

Ich zog die Schublade auf.

»Jetzt gibst du mir das Fläschchen mit dem roten Schraubverschluss.«

»Das ist für dich«, flüsterte Ida. »Ein Tröpfchen ins Weinglas, und Alex macht schlapp ... du weißt schon, Nina: Rien ne va plus.«

»Ne!«

»Doch. Mitzi sagte, ein Tropfen sei geruchlos und ungefährlich, aber hochwirksam. Steck das Fläschchen ein, Nina. Es ist für den Notfall gedacht. Nur für den äußersten Notfall!«

Ich küsste Ida auf die Wange. »Hast du die Tropfen von Epple?«

Sie verdrehte die Augen. »Bin ich blöd? Das sind K.o.-Tropfen. Sie sind von Mitzi, die sie von einer Kundin hat, die einem gewissen Gewerbe nachgeht. Mitzi hatte was gut bei ihr.« Ida kicherte wie ein junges Mädchen. »Ich hab Mitzi gesagt, die Frau würde ich gerne kennenlernen. Sie arrangiert mal ein Treffen. Möchtest du mitkommen, Nina?«

Ich steckte das Fläschchen in die Jeanstasche. »Ida, du lässt aber auch nichts anbrennen, was? Klar komme ich mit.«

Meine Schwiegermutter lächelte mich verschmitzt an. »Von der Frau können wir wahrscheinlich noch was lernen, wetten?«

»Ida, du bist unschlagbar. Und wahnsinnig raffiniert!«

»Natürlich bin ich das. Das wärst du auch, meine Liebe, wenn du in meiner Lage wärst. Denk daran«, sie hob den Zeigefinger, »es geht nicht nur um dich. Es geht mir auch um mein fröhliches Alter. Kein Siechtum im Seniorenheim! Mitzi versteht mich«, fügte sie selbstzufrieden hinzu.

Doktor Epple kam zum zweiten Mal zur Mittagszeit, tätschelte Mitzi die Hand, warf mir einen ernsten, sehr besorgten Blick zu und beschwor uns, Idas Schwächeanfall nicht auf die leichte Schulter zu nehmen.

Wir nickten und wunderten uns nicht, dass er am Abend ein drittes Mal erschien.

Nachdem er eine Zeitlang bei Ida gewesen war, rief er uns alle ins Wohnzimmer. »Ich höre«, sagte er zu Alex, »dass Sie eine Reise planen?«

»Nur bis zum Bodensee. Ich kann jederzeit in zwei, drei Stunden wieder hier sein.«

Dortor Epple nickte. »Vorausgesetzt, Ihre Familie kann Sie erreichen.« Er wandte sich an mich. »Haben Sie eine Liege, die Sie in Idas Zimmer aufstellen können? Ida sollte während der Nacht nicht allein sein.«

Mitzi schrie auf. »Ist's denn so schlimm?«

Doktor Epple war sehr sachlich. »Mir wäre es natürlich lieber, Ida würde ein paar Tage zur Beobachtung ins Krankenhaus. Aber davon will sie, stur wie sie nun mal ist, nichts wissen. Deshalb –«

Mitzi legte mir die Hand auf den Arm. »Ich löse dich ab, Nina.«

»Ich auch«, sagte Felix. »Ist doch selbstverständlich.«

Doktor Epple hustete und schaute Alex an. »Vergessen Sie nicht, Ihr Handy aufzuladen und laut zu stellen. Sie würden sich Ihr Leben lang Vorwürfe machen, wenn Sie nicht rechtzeitig ... na ja, ich will den Teufel nicht beschwören, aber es ist so eine Sache mit den Handys. Mal hört man sie nicht, mal hat man keinen Empfang. Alex, Sie müssen wissen, was Ihnen Ihre Mutter wert ist. Ehrlich gesagt wäre mir wohler, wenn Sie erst in der kommenden Woche fahren würden.« Er griff nach seiner Tasche und legte die Hand auf die Türklinke. »Auf jeden Fall legen Sie Adresse und Telefonnummer an eine gut sichtbare Stelle. Wenn sich Idas Zustand verschlechtern sollte, liegen die Nerven blank, da darf man nicht noch lange suchen, bis man weiß, wo Sie zu erreichen sind.«

Doktor Epple öffnete die Tür, drehte sich aber noch mal zu Alex um. »Wenn ich daran denke, wie Ihre Familie zusammengestanden ist, als Sie den schweren Unfall hatten ...« Er schüttelte den Kopf. »Wie gesagt, Sie sollten gerade jetzt nicht an sich denken.«

Epple war nahe daran, zu übertreiben.

23. Kapitel

Unter meinen Kollegen hatte es sich herumgesprochen, dass Ida mit einem Schlägle darniederlag. Herr Kümmerle sah es als willkommene, vom Himmel gesandte Chance, groß ins Ehrenamt einzusteigen und übernahm nur zu gerne die Vertretung. Meine Kollegen klopften mir auf die Schulter und trösteten mich: »Das wird wieder, Nina!«

Während ich noch in der *Wilhelma* war, nahm sich Mitzi meinen Alex vor. »Natürlich«, hatte sie zu ihm gesagt, »sind wir dir dankbar, dass du wichtige Infos zum Anbau des gesunden Gemüses einholst, das uns ja allen zugutekommt. Aber wenn sich Idas Zustand verschlechtern und du das Handy nicht hören solltest, müssen wir eine Suchmeldung im Radio durchgeben lassen. Ich hab mir vorsorglich schon mal die Telefonnummer besorgt.« Sie hatte ihm den Zettel vor die Nase gehalten, worauf er sich auf das kleinere Übel einließ und ihr widerstrebend die Adresse seines Hotels mitteilte: *Inselhotel Konstanz.*

Sofort hatten wir uns im Internet kundig gemacht. Die Spucke war uns weggeblieben, als wir die Preise sahen.

»Jetzt schlägt's dreizehn! Der verprasst sein Erbe!« Ida war fuchsteufelswild geworden. Ich aber auch. Ich hätte Alex am liebsten gleich die K.o.-Tropfen ins abendliche Bier geträufelt!

Wir Frauen hatten weder Felix noch Alois in unseren Plan eingeweiht. Sie wussten nur so viel, dass Mitzi die ganze Zeit im Haus bleiben würde, da ich am Wochenende leider eine Menge in der *Wilhelma* zu tun hätte, aber jederzeit erreichbar und im äußersten Notfall auch abkömmlich wäre.

Das teilten wir Alex mit. »Sie wird die ganze Zeit mit Robert zusammen sein«, sagte Ida. »Alex, pass auf deine Frau auf. Der Künstler ist sehr attraktiv.«

»Ach«, antwortete mein Mann leichthin, »ich gönne Nina einen Verehrer!«

Am liebsten wäre ich meinem Alex an die Gurgel gefahren!

Als ich Freitagmittag das Auto in die Garage fuhr, verstaute Alex gerade sein – zum ersten Mal ohne meine Hilfe! – gepacktes Köfferchen im Auto. Es war ihm sichtlich unangenehm, dass ich so zeitig heimgekommen war. Als er nochmals ins Haus ging, um sich von Ida zu verabschieden, holte ich mein *Diorissima* aus der Handtasche, nebelte das Wageninnere tüchtig ein und malte mit meinem Lippenstift einen Kussmund auf den Kosmetikspiegel überm Beifahrersitz – wenn schon, denn schon, dachte ich und lehnte mich dann dekorativ an den linken Kotflügel. Alex hauchte mir zum Abschied einen flüchtigen Kuss in die Nähe des linken Ohrs, stieg in unseren Mercedes, rümpfte die Nase, schnüffelte – und war weg.

Mistkerl, elender!

Ida schickte ihren Alois in die Apotheke, zum *Rewe* und zum Friseur, obwohl er protestierte und meinte, ein neuer Haarschnitt sei erst in zwei Wochen wieder fällig.

»Nanana«, widersprach sie ihm. »Alois, du bist nicht mehr der Jüngste. Du weißt doch, dass dich dein Gedächtnis immer mal wieder im Stich lässt!«

Er strich sich über die Haare und zottelte los. Ich packte die Kleider von Suse, mein Nachthemd – ein pinkfarbenes langes T-Shirt mit rotem Herz auf der linken Seite, auf dem in goldener, leider schon verwaschener Schrift *A herzige Grodd* stand, sowie mein Waschzeug zusammen und verwandelte mich in Angélique Kléber.

Die Perücke war ein Kapitel für sich. Plötzlich saß sie nicht mehr richtig, denn immer wenn ich den Kopf bewegte, rutschte sie ein kleines bisschen zur Seite weg. Aber um eine solche Kleinigkeit kümmerte ich mich nicht. Ich trug sorgfältig das Make-up auf, tuschte viermal die Wimpern und malte die Lippen an.

Und dann, fast hätte ich es vergessen, sprühte auch ich mich kräftig mit *Diorissima* ein und steckte den Flakon in die Handtasche.

Schließlich verabschiedete ich mich von Ida. »Schau zu, dass du dein Handy eingeschaltet hast«, ermahnte ich sie, worauf sie mich vorwurfsvoll ansah. »Schon vergessen? Es geht um meine Zukunft. Du hast doch die Tropfen dabei?«

Das Fläschchen war das Erste gewesen, was ich eingepackt hatte. Wo und wie ich Alex ein Tröpfchen in seinen Wein geben würde, war mir allerdings schleierhaft. Aber auch darüber machte ich mir noch keinen Kopf.

Ich lud mein Gepäck ein und fuhr den Golf gerade aus der Garage, als jemand hupte: Meine Schwägerin Ursel Hufnagel.

Sie brachte ihr Auto direkt hinter meinem zum Stehen und stieg aus. Mir fiel das Herz in die Hose. Was für ein Schlamassel! Was hatte Ursel hier zu suchen? Und wie viel Zeit blieb mir noch, bevor Alois zurückkam? Verdammt, verdammt, verdammt ... Um Ida zu warnen, drückte auch ich kräftig auf die Hupe.

Ursel klopfte ans Autofenster. »Nina? Nina ... Na so was! Wer sind Sie?«

Ich tat, als hätte ich sie nicht verstanden und ließ die Scheibe runter.

»Hallo! Wie kann ich Ihnen helfen?«

»Wer sind Sie?«, blaffte sie mich an.

»Ich«, sagte ich so gefasst wie nur möglich, »unterstütze die Gemeindeschwester. Und wer sind Sie?«

Ursel beäugte mich misstrauisch. »Für eine Gemeindeschwester sehen Sie aber reichlich aufgedonnert aus, und Ihr Parfüm –«, sie rümpfte die Nase, »– ist ausgesprochen aufdringlich, würde ich mal sagen.«

So viel zu meinem eleganten *Diorissima*! »Ich bin ehrenamtlich tätig«, erklärte ich kühl. »Würden Sie mir jetzt bitte Ihren Namen nennen?«

»Ich bin die Tochter«, antwortete Ursel und sah dabei so hochnäsig aus wie unsere Kamele in der *Wilhelma*.

»Ach ja? Gut, dass Sie sich um Ihre Mutter kümmern.« Ich machte die Tür auf, blieb aber sitzen.

Ursels Blick wanderte von mir zu meinem Golf. »Das ist aber nicht Ihr Auto.«

Scheiße!

»Stimmt«, bestätigte ich und fluchte innerlich, was das Zeug hielt. Warum musste meine Schwägerin auch ausgerechnet jetzt antanzen! Gottlob öffnete Ida in diesem Augenblick das Küchenfenster. »Ursel! Warum bist du nicht in deiner Schule? Dein Auto versperrt die Ausfahrt!«

»Alex hat mich angerufen! Er hat gesagt, du –«

Mit einem Satz stand ich im Freien. »Frau Kick! Ich sagte Ihrer Tochter, dass ich der Gemeindeschwester zur Hand gehe und sehr in Eile bin!«

»Aber sie sitzt in Ninas Auto!«, protestierte Ursel.

»Natürlich sitzt sie in ihrem Auto! Sie hat Nina in die *Wilhelma* gefahren, dann hat sie mir meine Medizin gebracht, und jetzt bringt sie Nina das Auto zurück.« Ida schaute gen Himmel und griff sich ans Herz. »Ich ... mir wird so schwummerig ... ich muss wieder ins Bett. Ursel, kommst du?«

Vor Begeisterung über ihre schier unerschöpflichen Ressourcen hätte ich meine Schwiegermutter gerne abgeküsst! Ich verbiss mir das Grinsen und stieg wieder ein.

Mit verkniffenem Gesicht rangierte Ursel ihren Wagen aus der Einfahrt. Ich winkte, hupte und gab übermütig zu viel Gas: Welcher Miesepeter behauptet eigentlich, das Leben beschere einem Menschen jenseits taufrischer Jugend keine Abenteuer mehr? Ha! Das Gegenteil war der Fall!

24. Kapitel

Lindas Flug von London nach Leipzig/Halle war problemlos verlaufen, ihr Zimmerchen in einer Pension am Rande der Innenstadt allerdings war ein Schock: Es war klein und winkelig und mit Rüschen an den Vorhängen, Spitzendeckchen überm Tischchen und Sessel, der rosa Tagesdecke und den vielen Nippes bis zum hellen Wahnsinn überdekoriert – nach ihrem weiträumigen Londoner Loft kam sie sich hier vor wie eine Praline in einer Bonbonnière und machte vor Schreck erst mal die Augen zu. Dann aber riss sie energisch das Fensterchen auf, packte nur das Notwendigste aus, wusch sich Gesicht und Hände im – natürlich rosa! – gekachelten Bad, ignorierte auch hier die ausgestellten Schäferchen und Lämmchen und Döschen und machte sich schnellstens auf den Weg in die Stadt.

Zwei Stunden später hatte sie die pastellfarbenen Palmwedelsäulen in der Nikolaikirche bestaunt und pflichtschuldigst die Thomaskirche besichtigt, in der Johann Sebastian Bach Kantor gewesen war, war durch die Mädler-Passage geschlendert und hatte in den Seitenstraßen durch die Fenster etlicher Antiquitätenläden gelinst und sich ihre Freundin Fiona hergewünscht. Nun saß sie in *Auerbachs Keller* vor einem Teller mit Rotkraut, Knödel und einer riesigen Roulade, bei deren Anblick sie der Mut verließ – ja, Leipzig war eine schöne, eine sehr schöne Stadt. Aber ob sie hier einen Teil ihres Lebens verbringen wollte? Nach dem interkulturellen Gewusel Londons, nach der Weite und Großzügigkeit der Docklands erschien ihr Leipzig doch etwas kleinstädtisch. Wie gut, dass sie sich nicht sofort entscheiden musste, dachte sie erleichtert, griff nach Messer und Gabel und nahm sich die Roulade vor.

Vielleicht, überlegte sie, sollte sie ein zweites Mal hierherfliegen; nicht mit Simon, sondern mit ihrer Freundin Fiona, die ein sicheres Gespür fürs Besondere hatte.

Aber warum sollte sie sich überhaupt ins unbekannte Leipzig einleben, dachte sie plötzlich und spürte, wie sich Sehnsucht nach Stuttgart in ihr ausbreitete. Die Stiftskirche! Die Markthalle! Die Stäffele und Weinberge! Wibele und Maultaschen! Kartoffelsalat und Fleischküchle! LKW mit Senf und Gaisburger Marsch!

Und dann das Umfeld! Die Alb! Das Remstal! Der Schönbuch und der nahe Schwarzwald, das Allgäu und der Bodensee ...

Linda schob den Teller beiseite und war sich sicher: Sollte sie auf Simons Angebot eingehen, kam, trotz der Messe und der vielen Verlage in dieser Stadt, für sie nur Stuttgart in Frage. Das war, neben London natürlich, ihre Heimat; in ihrem Alter hatte sie keine Lust mehr, sich in eine neue Stadt einzuleben. Vielleicht würde Simon das spießig nennen, aber das war ihr egal. So.

Am nächsten Tag flog sie nach Stuttgart. Ihr Sitznachbar, er trug einen Anzug von Boss und ein exakt gebügeltes Hemd und roch nach einem teuren Rasierwasser, las die Stuttgarter Zeitung; Linda versuchte immer wieder einen Artikel mitzulesen, bis es dem Herrn zu dumm wurde und er ihr großzügig den Feuilleton-Teil überließ. »Ich war so lange in der Fremde«, erklärte sie bereitwillig.

»I war au oi Woch net dahoim ond han emmer denkt, eigentlich müsst ich en meim Stückle d' Wies mähe«, meinte er und wechselte dann ins Hochdeutsche. »Eine Woche Hongkong und dann Leipzig. Ich freue mich auf Saiten, Linsen und Spätzle.« Er griff in seine Aktenmappe und drückte ihr eine kleine Tüte mit Pralinen in die Hand. »Stuttgarter Rossbolle. Lassen Sie sich's schmecken.«

Als sich der Flieger der Stadt näherte, wurde ihr richtig wehmütig zumute: Da sah sie ein blaues Band – war das der Neckar? Und da – ein Fels zwischen Grün – das könnte die Schwäbische Alb sein! Die Autobahn, die Felder, die Wälder, die Dörfer ... und dann Stuttgart! Da WAR der Neckar! Und die Weinberge! Linda drückte sich fast die Nase platt und bekam vor lauter Vorfreude feuchte Hände.

Kathrin holte Linda am Flughafen ab. Sie verstaute ihr Gepäck im Kofferraum und ließ sich erleichtert auf den Beifahrersitz sinken. »Ich hätte auch ein Taxi nehmen können.«

»Blödsinn. So komme ich wenigstens mal aus der Praxis heraus«, entgegnete Kathrin munter. »Immer wenn ich zum Flughafen fahre, ärgere ich mich darüber, dass wir auf der falschen Seite von Stuttgart wohnen. Alle Städte haben eine Ringstraße, nur unsere nicht.«

»Es gibt Schlimmeres«, entgegnete Linda leise. »Ich freue mich sogar, dass du quer durch die Stadt fahren musst.«

Das Haus von Kathrin und ihrem Mann stand auf dem Luginsland, die Praxis befand sich mitten in Untertürkheim. »Gleich zu uns? Oder soll ich lieber beim *Breuninger* parken, und wir trinken irgendwo einen Kaffee? Oder«, Kathrin warf ihr einen schnellen Blick zu, »soll's zu Rob gehen?«

»Bist du wahnsinnig?« Linda presste die Hände im Schoß zusammen. »Bei dir im Garten trinken wir den Kaffee, schauen dabei auf die Weinberge und halten endlich mal einen Schwatz, an dem keine Telefongesellschaft was verdient.«

Kathrin lachte. »Einmal Schwäbin, immer Schwäbin, was?«

»Wegen der Sparsamkeit? Nein, darum geht es mir nicht. Ob du's glaubst oder nicht, aber in Leipzig bekam ich plötzlich Sehnsucht nach hier. Ich kam mir richtig spießbürgerlich vor ... Na, vielleicht bin ich ja eine Spießbürgerin.«

»Oder du spürst das Alter und willst dahin zurück, wo du herkommst.«

»Noch wohne ich in London.«

»Ja«, bestätigte Kathrin bereitwillig. »Noch.«

Am Abend lieh sie sich Kathrins Auto, fuhr am Daimlerstadion vorbei und über den Neckar, ordnete sich am Gaskessel in die Fahrbahn Richtung Innenstadt ein, passierte den Wagenburgtunnel, ließ das Alte und Neue Schloss sowie den Landtag rechts liegen und tuckerte dann langsam und zum Ärger der schnellen Fahrer die Weinsteige hoch, bog am Bopser links ab, wurde noch langsamer, schlich geradezu, und hielt schließlich zwei Häuser weit vor dem, in dem sie mal mit Rob glücklich gewesen war.

Und so unglücklich, dass sie die Flucht ergriffen hatte.

Sie blieb erst mal sitzen.

Die Gärten, jedenfalls das, was sie vom Fenster aus sah, waren so absolut unenglisch: Gepflegt, brav, ordentlich, mit immer demselben Buchs und Efeu – pflegeleicht! –, den Pfingst- und sonstigen Rosen. Auch die Häuser und Villen waren so solide. Nichts war übertrieben schick oder gar protzig. Nix Narrets. Schwäbisch eben.

Hier hatte sie gewohnt.

Sie kämmte die Haare, zog die Lippen nach und stieg aus: Ein unverbindliches Hallo, ein Glas Wasser, ein kurzer Gang durchs Haus, ein schneller Blick in den Garten. So plante sie die erste Begegnung nach fünf Jahren mit ihrem Mann.

Sie stieß das Gartentörchen auf. Rob hatte Ordnung geschaffen, oder er hatte einen Gärtner angestellt. Würde er das über sich bringen? Wohl eher nicht. Linda drückte auf die Klingel.

Nichts rührte sich.

Sie klingelte ein zweites Mal.

Wieder nichts.

Sie ging zum Auto zurück und schrieb, den Block auf den Knien liegend:

Du warst außer Haus.

Von morgen an bin ich am Bodensee. Wie lange, hängt von den Umständen ab.

Grüße Linda.

Sie riss das Blatt ab und steckte es in den Briefkasten, an dem immer noch das Schildchen *Linda und Robert Calander* klebte. Das war's, dachte sie und wusste nicht, ob sie erleichtert sein oder sich über das verpasste Wiedersehen ärgern sollte. War ja auch unnötig. Und völlig nutzlos. Rob war nicht da gewesen, morgen war sie am Bodensee. Schluss, aus, basta. Alles Weitere stand in den Sternen.

Hätte sie ihm mitteilen sollen, dass sie bei Kathrin wohnte? Linda hob die Schultern: zu spät.

Eine halbe Stunde später fuhr sie deren Auto in die Garage, klinkte auch hier das Gartentörchen auf, ging ums Haus herum, sah zwei Gestalten auf der Terrasse mit Weingläsern in der Hand, hörte Kathrin, die jemanden ausschimpfte, dass er nicht angerufen hatte – und dann ... dann machte ihr Herz einen Satz: Sie stand Rob gegenüber.

»Na, die Fahrt hätte ich mir ja sparen können«, sagte sie verdutzt und so, als hätten versehentlich beide den Sauerbraten fürs Sonntagsessen gekauft, weil sie sich nicht richtig abgesprochen hatten: Für Linda war ihr Gegenüber so vertraut wie eh und je.

»Eben«, schimpfte Kathrin. »Warum HAST du dich nicht angemeldet, Rob? Verrate uns das.«

Unschlüssig drehte er den Stiel des Weinglases in den Fingern. Dann gab er sich, Linda sah das ganz deutlich, einen Ruck. »Ich wollte dich treffen, Linda.«

»Aber du wusstest doch nicht, wann ich wo zu finden bin.« Sie funkelte Kathrin an. »Oder hast du getratscht?«

»Ne!« Kathrin hob drei Finger. »Großes Ehrenwort! Ich bin Rob seit ewigen Zeiten ja nicht mal mehr begegnet!«

Arnd, Kathrins Mann, reichte Linda ein Glas.

»Danke. Also, Robert Calander? Woher wusstest du, wo du mich findest?«

»Das WO war nicht schwer zu erraten. Kathrin hätte es niemals zugelassen, dass du in einem Hotel übernachtest.

Und was das WANN betrifft: Es gibt Listen der Fluggäste. Ein Anruf genügt, wenn man für eine Person in der richtigen Position den Lieblingshund porträtiert hat.«

Arnd räusperte sich. »Wie hättet ihr's denn gern? Essen wir noch zusammen, bevor ihr allein sein wollt? Oder stören wir euch?«

»Quatsch«, antworteten Linda und Rob wie aus einem Munde.

»Dann setzt euch«, meinte Arnd munter. »Linda, Kathrin hat dir zu Ehren ihren berühmten Salzkuchen gebacken.«

»Hmmm!« Kathrin kam aus dem Hohenlohischen und fand den Salzkuchen aus der Gegend um Schwäbisch Hall schon immer viel feiner als den ordinären schwäbischen Zwiebelkuchen. »Und zum Nachtisch gibt's wohl warme Schottensauce mit Beeren?«

»Erraten. Zusammen mit den besten Erdbeeren der Welt – sie kommen aus dem Garten unseres Nachbarn.«

Arnd hob die Augenbrauen. »Der Nachbar hat eine Plantage und züchtet die Erdbeeren geschäftsmäßig. Von wegen ›Er hat einen Garten‹!«

»Sag ich doch«, verteidigte sich Kathrin.

Das Gespräch übers Essen hatte das Eis – falls es überhaupt eines gegeben hatte – gebrochen; Arnd erkundigte sich nach dem Buch, das sie gerade übersetzt hatte, Linda schilderte den Inhalt und die Befindlichkeit des bähmulligen Autors, und dann wollte Arnd leider wissen, weshalb sie an den Bodensee weiterreisen wolle.

»Das ist eine lange Geschichte«, wich Linda erschrocken aus. Hätte sie denn sagen können, sie wolle Marie Liebe, die schließlich für ihre Trennung von Rob verantwortlich war, das Handwerk legen?! Das ging ja nun wirklich nicht.

»Linda besucht einen Autor, dessen Werke sie vielleicht übersetzen wird«, half Kathrin ihr aus der Patsche. »Das ist auch so ein Seelchen, was?«

»O ja!«, rief Linda erleichtert aus. »Deshalb kann Kathrin mich auch nicht begleiten, obwohl wir beide es in Erwägung gezogen haben!«

»Statt dessen besuche ich dich über Pfingsten«, ergänzte Kathrin, womit das Thema Gott sei Dank erledigt war.

»Aber«, Rob legte Messer und Gabel auf den Teller, »du kommst nach den paar Tagen am Bodensee doch wieder nach Stuttgart?«

»Vermutlich«, wich Linda aus.

Robert runzelte die Stirn. »Das reicht mir nicht. Kommst du oder kommst du nicht?«

»Hängt davon ab –«

»Natürlich kommst du zu uns, bevor du wieder nach England fliegst«, meinte Kathrin energisch. »Wäre ja noch schöner, wenn du wenigstens nicht einmal Maultaschen in der Brühe und mit Kartoffelsalat essen würdest.«

»Vielleicht möchtest du ja auch mal wieder durch dein altes Haus gehen«, fügte Rob leise hinzu. »Und sehen, was im Garten so alles blüht und wächst.«

Er wedelte eine Mücke beiseite, die um seine Nase schwirrte. Linda schaute über die Weinberge zur Grabkapelle hoch, die sich auf dem Rotenberg als dunkle Silhouette gegen den hellgrünen Abendhimmel abhob. Schön sah das aus, und so friedlich ... »Ja«, sagte sie leise. »In wenigen Tagen bin ich wieder hier.«

Kathrin stellte ein paar Teelichter auf den Tisch und zündete sie an. Das Licht tanzte über Lindas Gesicht; plötzlich hielt Rob den Atem an und klopfte, wobei er sie nicht aus den Augen ließ, sämtliche Taschen ab. Ihr schien, als würde er sie in diesem Augenblick zum ersten Mal sehen: Nicht als die Frau, die er mit Lockenwicklern im Haar, mit roter, laufender Schnupfennase, mit verquollenen Augen nach einer durchfeierten Nacht oder auch fein herausgeputzt zum Ausgehen kannte – nein. In diesem Augenblick SAH er sie. Und war so hin und weg, dass er ...

»Was suchst du?«, erkundigte sich Arnd.

»Papier«, sagte Kathrin sofort, sprang auf und kam mit einem Block zurück, auf dem groß und in schräger Schrift *Weleda* stand.

Mit den Augen hielt Rob Linda fest. Wie festgenagelt saß sie auf dem Stuhl und bewegte sich keinen Millimeter, als er ihr Gesicht mit wenigen sicheren Strichen auf den Block warf.

Das ist mein Mann, dachte sie plötzlich, MEIN Mann. Herrschaftssechser ... wie habe ich es nur fünf Jahre lang ohne ihn ausgehalten?

Rob legte den Stift beiseite. »Ich fahre dich.«

Linda zuckte zusammen. »Wohin?«

»Na, du musst doch zum Bodensee. Wo wohnt denn der Autor?«

»Auf ... auf der Höri«, stotterte sie. »Aber da muss ich alleine hin.« Um diese Marie Liebe fertigzumachen, setzte sie in Gedanken hinzu. Jetzt erst recht!

»Wieso? Ich bin dein Chauffeur und warte im Wagen.«

»Rob, das geht wirklich nicht!«

»So?« Er sah sie nicht mehr an. »Ist's vielleicht ein ganz besonderer Autor?«

Da griff Kathrin ein. »Du brauchst nicht eifersüchtig zu sein, Rob. Wenn Linda sagt, sie hat zu tun, dann ist das so. Du hast nämlich nicht mitbekommen, wie hart sie gearbeitet hat und wie erfolgreich sie in ihrem Job als Übersetzerin ist. Und – es ist ein schwieriger Mensch, dieser Autor. Launisch und mimosenhaft. Linda wird's mit ihm nicht leicht haben.« Sie lächelte Rob an. »Wir haben längst alles geplant; sie nimmt meinen kleinen Smart, denn übers Wochenende steht der bloß in der Garage.«

Rob fasste nach Lindas Hand und drückte sie. »Aber dann wohnst du im Haus.«

Welches Haus? Das musste Linda nicht fragen.

Arnd griff nach dem Blatt und reichte es an Kathrin weiter. »Wir machen's wie die Wirte bei ihren mittellosen

Künstler-Gästen«, meinte er großspurig. »Für den Salzkuchen plus Nachtisch plus literweise Trollinger Weißherbst nehmen wir die Skizze anstelle von Geld. Und um dir zu zeigen, wie großzügig wir sind, lieber Rob, verzichten wir sogar aufs Trinkgeld.«

Er zuckte nur die Schultern. »Wenn Linda einverstanden ist?«

Dann stand er auf, sagte: »Ich brauche keine Begleitung, ich weiß, wo's langgeht«, verschwand in der Dunkelheit, tauchte wieder auf und rief: »Linda, beeil dich! Hörst du? Ich warte auf dich!«

Kathrin lachte. »Einmal Macho, immer Macho, was? Dein Rob hat sich kein bisschen geändert.«

Linda lächelte versonnen. »Findest du? Ich weiß nicht so recht …«

25. Kapitel

Als ich mich durch Stuttgart hindurch und Richtung Singener Autobahn quälte, sank meine Euphorie immer mehr in sich zusammen. Auf was hatte ich mich nur eingelassen? Der ganze Plan war doch zum Scheitern verurteilt! Alex würde mich sehen und wissen, wer ich war, und dann, dann stünde ich in meiner lächerlichen Carmen-Verkleidung da wie der letzte Esel.

Noch konnte ich umdrehen ... Am Olgaeck sprang die Ampel auf Rot, ich ordnete mich auf die rechte Fahrbahn ein, hielt an und spielte ernsthaft mit dem Gedanken, abzubiegen und das Auto im Parkhaus von *Breuninger* abzustellen, einen Espresso zu trinken und dann wieder nach Hause zu fahren.

Jemand hupte. Galt das etwa mir? Ich drehte den Kopf. Der Mann im Wagen links lächelte mir zu, hob den Daumen, ließ das Fenster herunter, beugte sich über den Beifahrersitz und rief etwas, das ich nicht verstand.

Ich zuckte mit den Schultern. »Wie bitte?«

Der Mann strich über sein spärliches Haar und brüllte: »Schicke Frisur!«

Das Lob galt eindeutig den Haarkünstlern im Großen Haus, aber das musste ich dem Fremden ja nun wirklich nicht auf die Nase binden. Ich lächelte zurück. »Danke!«

Seine Lippen bewegten sich, aber da es grün wurde, fuhr ich zügig weiter – mit besserer Laune als noch Minuten zuvor. Seit einer Ewigkeit hatte mich kein Mann mehr wegen meiner Haarpracht bewundert – und nun das! Okay, es galt einer falschen Pracht, aber immerhin! Überhaupt sollte ich mir an meiner Schwiegermutter ein Beispiel nehmen; wenn sie so locker mit einer Schreckschraube wie der Ursel fertig wurde, durfte ich einfach nicht kneifen. Ich stellte mir vor, wie Ida und Alois auf dem Bänkchen saßen: Sie mussten warten, wie sich die Verhältnisse entwickelten, wohingegen ich handeln konnte! Das war doch was!

Einerseits.

Andererseits MUSSTE ich ja handeln, mein Alex zwang mich dazu. Oder war es seine Geliebte, die ihn und damit auch mich manipulierte? Ich warf die falschen Locken zurück und erinnerte mich an einen Satz, den eine Heldin neulich in einem Herz-Schmerz-Schmalz-Film im Fernsehen gesagt hatte. »Man kann nur ins Haus, wenn die Tür offen steht« – oder so ähnlich. Warum stand Alex' »Tür« ausgerechnet jetzt offen? Unberührt von der gefürchteten Midlife-Krise hatte er es doch bis in die Sechziger geschafft. Hatte ihn der Unfall plus der verfrühte Ruhestand aus der Bahn geworfen? Wie auch immer. Irgendwann war ihm das Herz vom rechten Fleck weg und buchstäblich in die Hose runtergerutscht. Da hing's jetzt fest und klopfte den Takt zu *Alles neu macht der Mai.*

Warum hatte ich ihm eigentlich nicht einfach die Koffer vor die Tür gestellt? Warum ließ ich mich auf ein Abenteuer ein, bei dem ich mich unsäglich blamieren, aber kaum mit einem entscheidenden Ergebnis rechnen konnte? Aus Liebe zu Alex? Oder wegen verletzter Eitelkeit? Wollte ich halt meinen Besitzstand wahren? Ich gestand mir ein, dass ich auf die Fressfeindin wütender war als auf meinen Mann, obwohl er doch die »Tür« sperrangelweit aufgerissen hatte.

Verdammt, warum waren Frauen so unsolidarisch? Ich trommelte mit den Fingerspitzen aufs Lenkrad und schrak zusammen: Wie war ich denn auf die Autobahn gekommen? Ich fuhr ja schon an Sindelfingen vorbei!

Ohne nachzudenken ließ ich das Fenster herunter, und natürlich wehte mir nicht nur der Wind um die Nase, er wirbelte auch meine Locken und Wellen gehörig durcheinander. Mist, die Frisur musste ein paar Tage halten!

Ich schloss also schnellstens das Fenster und fuhr auf den nächsten Parkplatz, wo ich das schicke gelbe Tuch wie Grace

Kelly in »Über den Dächern von Nizza« um die Pracht wickelte, das Schiebedach öffnete, anfuhr und meinen Gedanken nachhing.

Mein Mann Alex.

Alex, der Tiger.

War ihm einfach die Gunst eines verspäteten, netten Hormonschubs zuteil geworden? Hatte er sich schlicht artgerecht, nämlich auf Reproduktion bedacht, verhalten? Ne, dann hätte er sich an eine Jüngere halten müssen; beim Grillfest hatte ich deutlich gesehen, dass die Mopsfrau in meinem Alter war.

Warum, Alex?, schrie ich ins Auto.

Du lieber Himmel – jetzt passierte ich gerade Herrenberg! Wenn ich so weitermachte, fuhr ich glatt am Bodensee vorbei und hielt erst am Lago Maggiore an. Oder am Comer See. Oder welcher See mich irgendwo weiter südlich anlächelte. Nina, ermahnte ich mich, du passt jetzt auf!

Ich passte auf. Links und rechts der Autobahn erstreckte sich das Grün des Schönbuchs. Dann sah ich den blauen Höhenzug der Alb. Danach fuhr ich über die Mühlbachtalbrücke. Kurz darauf las ich auf dem blauen Schild *Rottweil*. Wenige Minuten später hatte sich die Landschaft wieder geändert – jetzt lag der Schwarzwald rechts, die Alb links von meinem Auto. Nun kündigte ein braunes Landschaftsschild den *Naturschutzpark Südschwarzwald* an, und prompt drifteten meine Gedanken zurück zu meinem Tiger Alex. Zähmen, hatte der Dompteur und Zirkusdirektor Gerd Siemoneit-Barum geschrieben, kann man Tiere und Menschen nicht. Aber man kann lernen, mit ihnen umzugehen. Dazu hatte er goldene Regeln aufgestellt, zum Beispiel lautete eine: *Ein guter Tierlehrer verführt zum richtigen Verhalten.* Hieß das Zuckerbrot und Peitsche? Wenn ja, war mir im Lauf der Jahre das Zuckerbrot ausgegangen. Ich hatte es wohl durch unser normales Schwarzbrot ersetzt. Und die Peitsche? Na, von der hatte ich noch nie was gehalten … Aber wie stand es denn mit mir? Hatte Alex mich etwa mit etwas Süßem gelockt oder gar verführt? Hatte er nicht. Allerdings hatte auch er keinen Gebrauch von einer Peitsche gemacht – ich hätte es ihm auch nicht geraten!

So sehr ich auch darüber grübelte – eines stand fest: Der Alltag hatte uns abgestumpft. Klar, ich jammerte auf hohem Niveau. Hätte uns ein Tsunami überrollt, wäre unser Leben durch Naturkatastrophen bedroht oder müssten wir mit finanziellen Schwierigkeiten kämpfen, würde wohl keiner von uns auf dumme Gedanken kommen.

Was folgte daraus?

Wieder tauchte rechts der Fahrbahn ein braunes Landschaftsschild auf und kündigte den *Neckarursprung* an.

Ein Grund von Alex' Abenteuerlust lag garantiert in seiner Langeweile. Langeweile ist tödlich, hieß es ja, und hatte sich Ida nicht an James Bond erinnert: Wen die Götter vernichten wollen, strafen sie zuerst mit Langeweile? So oder so ähnlich lautete doch das Zitat.

Ich Idiot hatte Alex sogar noch zum vorzeitigen Ruhestand geraten! Ich hatte die Idee toll gefunden, hatte mir Reisen vorgestellt, Einladungen, Opernbesuche und was nicht sonst noch alles. Und hatte dabei nicht bedacht, dass nichts schwerer zu ertragen war als eine Reihe von guten Tagen – Goethe wusste das offensichtlich aus eigener Erfahrung. Also waren wir beide Opfer unserer Langeweile geworden, Opfer unseres gemütlichen, fast stressfreien Lebens.

»Ich will aber kein Opfer sein!«, brüllte ich ins Auto und kam mir dabei nicht mal dämlich vor. »Ich will kämpfen! Kämpfen mit drei Ausrufezeichen!!! So! Wenn ich bei Alex schon Dompteur spielen soll, spiele ich die Rolle aber mit Schmackes! Um ein zweites Mal Siemoneit-Barum zu bemühen: Ich werde eine fantastische, überirdisch gute Dompteuse sein, denn alle schlechten überleben nicht, die landen ruckzuck auf dem Friedhof.«

Doch dafür, meine liebe Nina, bist du viel zu jung, sagte ich mir und nickte den vielen blühenden Holunderbüschen zu, an denen ich gerade vorbeibrauste.

Soleheilbad und Soline Bad Dürrheim stand jetzt zu lesen, dann wurden die *Donauquelle und das Fürstenschloss* angekündigt, die Stimme aus meinem Navi ermahnte mich kurz vor dem Abzweig nach Singen: *Bleiben Sie links, bleiben Sie links*, dann tauchte das *Donaubergland* auf. Hier hatten die Dächer Treppenstufen, und die Häuser, die ich von der Autobahn aus sah, schienen größer und herrschaftlicher zu sein als bei uns im Rems-Murr-Kreis.

Ich fuhr über die Donautalbrücke und wieder lag eine andere Landschaft vor mir: An diesem Frühsommertag tauchte die Sonne den Hegau mit seinen burgengeschmückten Vulkanen und den sanft zum Bodensee absinkenden Hängen in goldenes Licht. Wunderschön sah das aus, aber als ich das Wasser zum ersten Mal an diesem Tag aufblitzen sah, wurde mir doch ziemlich blümerant zumute.

Kurz vor Markelfingen wurde das Ende der Ausbaustrecke bekannt gegeben und Konstanz war nur noch elf Kilometer von mir und meinem Abenteuer entfernt. Verdammt, das war aber schnell gegangen. Ich steuerte das erstbeste Gasthaus an, das mit dem schönen Namen *Seeblick* lockte, um mir mit einem Espresso Macchiato Mut anzutrinken.

Ich stellte zuerst das Auto ab und dann mich auf die Zehenspitzen, konnte aber nirgendwo den See sehen; vielleicht musste man dazu ja aufs Dach steigen.

Auf der Terrasse ohne Seeblick spannte ein junger Mann gerade die Sonnenschirme auf, über den runden Tischchen lagen blauweiß karierte Decken und auf den Stühlen blaue Polster, und so, wie's aussah, war ich kurz vor elf am Vormittag der einzige Gast. Ne, das stimmte nicht; über einer Lehne lag eine Strickjacke aus Naturwolle mit irischem Strickmuster. Bisschen warm fürs Klima hier, dachte ich und setzte mich an den Nachbartisch.

Gefrühstückt hatte ich schon, fürs Mittagessen war's zu früh und selbst ein Stück Apfelkuchen lockte mich nicht.

Es blieb beim Espresso Macchiato, und der junge Kellner rauschte in Richtung Küche davon. Es war ein schöner Tag; nicht zu heiß und auch nicht zu kalt. Die Sonne schien, am Himmel segelten ein paar hübsche kleine aufgeplusterte Wolken, der Wind war angenehm kühl auf der Haut, und wenn mein Alex nicht mit der schwarzhaarigen Mopsbesitzerin zu einem leidenschaftlichen Wochenende aufgebrochen wäre, hätte ich mich rundum wohlgefühlt.

Aber so ... Ich wischte meine feuchten Hände am Rock ab.

Die Besitzerin der Strickjacke mit dem irischen Muster erschien, nickte mir kurz und ohne Interesse zu, setzte sich, machte die Augen zu und hielt das Gesicht in die Sonne.

Ich schätzte, dass sie – plus minus – in meinem Alter war. Nicht ganz so groß, aber schlank und sehr gepflegt. Teurer Haarschnitt. Sehr schick. Schick war auch die beige Hose und das Hemd aus feinem rehfarbenen Leder. Das Halstuch hätte ich auch gekauft. Und die Schuhe. Das ganze Outfit sah nicht nach Stuttgart aus.

Als hätte die Frau meinen Blick gespürt, öffnete sie die Augen und drehte sich zu mir um. »Hallo!«, sagte sie.

Ich sagte auch »Hallo!«. Der junge Kellner servierte uns beiden Espresso Macchiato. Wir lächelten uns an. In meinen Beinen krabbelten tausend Ameisen; ich spürte, wie mein Lampenfieber zunahm – Kunststück, wenn ich aus dem Stegreif die Carmen geben musste! Ich legte drei Euro auf den Tisch, sagte »Tschüss!« und marschierte mit energischen Schritten zu meinem Auto. Der lange Rock wickelte sich um meine Beine. Verdammt, ich war Jeans gewöhnt!

Ein paar Plätze weiter parkte ein Smart mit Stuttgarter Kennzeichen; am liebsten wäre ich zurückgegangen und hätte die Dame nach dem Namen der Boutique gefragt, in der sie das Lederhemd gekauft hatte. So eines wünschte ich mir nämlich schon lange.

Während ich noch unschlüssig herumstand, klingelte mein Handy.

»Ida! Was gibt's?«

»Ich bin total erschöpft, Nina! Gerade ist Ursel gegangen – weißt du, weshalb sie heute Morgen gekommen ist? Sie wollte wissen, wo sie mein Testament finden würde, wenn mich der Schlag mal wirklich ins Jenseits befördert. Weißt du, was ich denke? Ich denke, ihr Mann, der Eberhard, hat sie geschickt. Der ist doch schon immer scharf aufs Geld gewesen.«

»Hm. Möglich wär's ja«, wich ich aus.

»Was heißt da möglich? So ist es, Nina! Und weißt du was? Ich sollte meine Idee patentieren lassen. Meinst du, das geht?«

»Ida! Wovon redest du?«

»Na, davon natürlich, wie sinnvoll es doch ist, ein Schlägle vorzutäuschen!«

Ich verstand immer weniger. »Sinnvoll?«

»Was ist denn los mit dir, Nina? Du kapierst auch gar nichts«, beschwerte sich meine Schwiegermutter. »Ich werde meine Idee allen meinen Freundinnen ans Herz legen. Zur Nachahmung empfohlen, werde ich sagen. Mit nichts anderem bekommt ihr wirklich mit, wie sehr euren Lieben euer Wohl am Herzen liegt. Oder eben euer Geld. In Eberhards Fall ist es eindeutig das Geld. Nina, dass du mir ja die Mopsfrau vergraulst, hörst du?«

»Ich geb mein Bestes, Ida!«

»Das reicht nicht, Nina. Das Beste ist schlechter als das Allerbeste.«

»Gut, Ida, gebe mein Allerbestes. Und jetzt reg dich ab, sonst trifft dich wirklich der Schlag. Und das wollen wir ja vermeiden, stimmt's?«

»Nina! Du sprichst schon wie Ursel! WIR wollen jetzt mal ein kleines Schläfchen halten, WIR wollen brav die Tablette schlucken. Mein lieber Herr Gesangsverein, Nina! Komm mir bloß nicht so, ich bin nicht senil!«

»Nein, das bist du nicht. Ida, ich bin aufgeregt. Kannst du nicht ein bisschen Mitgefühl für mich aufbringen?«, flehte ich.

»Ne«, antwortete sie cool. »Das brauche ich alles für mich.« Sagte es und brach die Verbindung ab. Ich schnappte nach Luft.

»Schlechte Nachrichten?«

Ich drehte mich um. Die Dame mit der schicken Frisur und dem noch schickeren Lederhemd ging gerade zu ihrem Smart.

»Wie man's nimmt«, knurrte ich. »Meine Schwiegermutter hat mir gerade den Kopf gewaschen.«

»O je! Das scheint die Lieblingsbeschäftigung aller Schwiegermütter zu sein!«

Ich lachte. »Meine ist eigentlich ganz in Ordnung. Nur gerade jetzt neigt sie zu Übertreibungen. Sagen Sie mal«, ich räusperte mich verlegen. »Das Lederhemd, das Sie tragen – darf ich fragen, wo Sie das gekauft haben? Ich weiß, es ist unverschämt, aber –«

»Gefällt es Ihnen?« Die Frau zupfte den linken Ärmel herunter. »Ob Sie es glauben oder nicht: Ich hab's auf einem Straßenmarkt in London entdeckt. Secondhand. Ihr langer Schal ist aber auch schick«, setzte sie höflich hinzu.

»Danke. Der ist auch schon durch viele Hände gegangen. Er –« Ich zögerte. »Er stammt aus dem Fundus der Stuttgarter Oper.«

»Sie sind an der Oper?«, erkundigte sie sich.

»Ich nicht, aber meine Schwester.«

»Dann kommen Sie also aus Stuttgart?«

»Nicht direkt. Nur aus den Weinbergen zwischen Rems und Murr.« Verdammt, weshalb hatte ich »nur« gesagt? »Und Sie wohnen in London? Ihr Wagen sagt was anderes.« Ich deutete auf den Smart.

»Der ist geliehen. Ich mache gerade ein paar Tage Urlaub am See.«

Ich zögerte. »Ich ... ich auch. Sozusagen.«

Wir lächelten uns an, ich stieg ein und fuhr los. Urlaub am See! Von wegen – mich erwartete harte Arbeit!

26. Kapitel

Bis zum *Seeblick* hatte es Linda ohne Navi geschafft. Während die Dame mit dem hübschen gelben Schal in der Ferne verschwand, gab sie die Adresse ein. *Inselhotel*, Konstanz. Der Ausflug kostete eine Menge, aber hatte sie sich nicht vorgenommen, ihren Plan durchzuziehen, koste es, was es wolle?

Ist ja nur für ein paar Nächte, tröstete sie sich. Und überhaupt – seit fünf Jahren gönnte sie sich endlich mal wieder etwas. Also weg mit dem schlechten Gewissen. Klar, sie hätte sich auch eine billige Pension aussuchen können, aber Marie Liebe hatte nun mal eine Vorliebe fürs Exquisite; und nur, um ein paar Euro zu sparen, wollte sie ihr Vorhaben nicht aufs Spiel setzen.

Links und rechts der Straße führten baumbestandene Feldwege ins Grün. Linda schätzte, dass es sich mehrheitlich um Pappeln handelte, dann wies ein Schild auf Hegne hin, jetzt sah sie Apfelbäume, Weiden und tatsächlich den See. Pappeln säumten den Damm, der zur Reichenau führte; die sahen wie Ausrufezeichen aus, wie sie da in Reih und Glied wuchsen.

Die Stimme aus dem Navi führte sie jetzt zu einem Kreisverkehr, sie bog an der zweiten Ausfahrt ab, folgte vertrauensvoll der Stimme und stellte dann kurze Zeit später Kathrins Wagen vorm Hoteleingang ab.

An der Rezeption wurde ihr die elektronische Karte ausgehändigt, ein Angestellter brachte ihr Köfferchen und bot ihr an, den Wagen zu parken. Sie reichte ihm die Schlüssel und straffte die Schultern: Nimm dich vor mir in acht, Marie Liebe!

Das Zimmer, fand Linda, war ein Traum: groß und geräumig, mit hübschen Vorhängen aus englischem Leinen, ohne

Schäferchen und Lämmchen und Döschen und Väschen, aber mit einem kleinen Balkon, an dessen anmutig geschwungenem schmiedeeisernem Geländer ein Kasten mit roten Geranien hing. Sie öffnete die Flügeltüren und trat hinaus. Was für ein Blick auf den See! Und auf die Alpen! Nicht übel ... Wasser hatte sie auch in den Docklands, aber mit Bergen, auf denen noch Schnee lag, der in der Mittagssonne glitzerte, konnte ganz England nicht aufwarten. Am Ufer links standen prachtvolle alte Häuser, rechts ragte eine schmale Landzunge in den See, die langen Zweige einer großen Weide hingen malerisch ins Wasser, ein, zwei Boote waren am Ufer vertäut, ein Ausflugsdampfer näherte sich der Anlegestelle, die sich jenseits der Landzunge befinden musste, und als sie sich vorbeugte, blickte sie auf die Hotelterrasse. Die ragte auf den See hinaus und war mit einer steinernen Balustrade umgeben, auf der Töpfe mit Palmen standen. Weiße Sonnenschirme spendeten den Gästen Schatten. Nicht übel, sagte sich Linda. Ein prächtiger Schauplatz für dein süßes Wochenende der Liebe, liebe Marie Liebe! Aber das werde ich dir versalzen, verlass dich drauf!

Sie packte ihr Köfferchen aus, holte Parfüm und Cremes, Zahnbürste und Kamm aus ihrem Waschbeutel und stellte fest, dass sie hungrig war.

Da sie damit rechnete, ihrer Widersacherin jederzeit zu begegnen, kämmte sie sich besonders sorgfältig, tuschte zum zweiten Mal an diesem Tag die Wimpern, trug Rouge und Lippenstift auf, prüfte ihr Aussehen im langen Spiegel und war zufrieden mit sich.

Als die Zimmertür hinter ihr ins Schloss fiel, hörte sie die Stimme eines Mannes und einer Frau. Stocksteif blieb sie stehen – war das etwa Marie Liebe? Linda hielt den Atem an. Das Paar kam jetzt den Gang entlang. Nein, es war nicht Marie Liebe. Es war ... Linda zwinkerte. Sie war etwas kurzsichtig, trug aber eitelkeitshalber die Brille nur zum Autofahren. Nein, es war ein Mann in schwarzweißer Hotelkleidung. Und die Frau mit dem gelben Schal. Die aus dem *Seeblick*. Die wissen wollte, woher sie das Lederhemd hatte.

Linda lächelte erleichtert. Die Dame mit Schal lächelte auch, aber nur flüchtig; offensichtlich war sie etwas nervös. Obwohl Linda jetzt zügig weiterging, bekam sie doch mit, dass die Dame das Zimmer neben ihrem bezog.

Linda warf die Handtasche über die Schulter, setzte die Sonnenbrille auf, schöpfte tief Luft, ging dann gefassten Schrittes die Treppe hinunter und trat auf die Terrasse hinaus.

Ein Kellner geleitete sie zu einem Tisch an der Balustrade. Linda setzte sich so, dass sie links den See und rechts den Eingang im Blick hatte. Erst dann schaute sie sich um.

Bis jetzt waren nur wenige Gäste beim Essen: Am Nebentisch schwieg sich ein älteres Paar an, eine junge Frau sprach mit ihrem Handy, zwei Frauen in alternativen Gewändern spießten Salatblätter auf ihre Gabeln, vier Männer in dunklen Anzügen und blauen Hemden aßen Fisch. Das war's.

Linda bestellte ebenfalls Fisch – Felchen mit neuen Kartoffeln, Spargel und zerlassener Butter, verzichtete aber auf das Glas Wein, denn sie wollte Herr ihrer fünf Sinne bleiben: Was, wenn Marie Liebe auf die Terrasse käme?

Linda lächelte böse und blickte auf ihre Handtasche, in der der blutrote Ordner mit Maries Kolumne steckte. Ob ihr Opfer ahnte – oder wusste –, dass sie ihre Leserinnen über ihren Eroberungsfeldzug Schritt für Schritt informierte? Vermutlich hatte er keinen blassen Schimmer davon, schließlich war es unwahrscheinlich, dass ein Mann seine Nase in eine typische Frauenzeitschrift steckte. Der Arme! Fast hatte Linda Mitleid mit ihm. Fast, wirklich nur fast. Er war, falls Marie nicht gelogen hatte, verheiratet und hätte sich lieber nicht auf ein Techtelmechtel einlassen sollen. Selbst schuld also, wenn er Marie auf den Leim ging.

Jetzt stand die Dame vom *Seeblick* am Eingang.

Komisch, dachte Linda, warum mustert sie die Gäste wie ein Feldherr seine Truppe? Nicht dass sie jemals einen Feldherrn gesehen hätte, aber genauso streng und prüfend stellte sie sich dessen Blick vor. Und da! Nun stemmte die Dame, sie hatte sich umgezogen und trug den gelben Schal nicht mehr, sogar die Hände an die Hüften! Es fehlte nur noch, dass sie Befehle brüllte.

Irgendwie, dachte Linda, passte die Haltung nicht zum Outfit. Das war auf eine ganz besondere, eigene Art witzig und schick. Der geblümte Rock in allen Schattierungen von Gelb bis Weinrot trug garantiert das Label eines italienischen Designers, das Hemdchen in Orange passte perfekt dazu und zu den kupferfarbenen Haaren die Sandalen, die geräumige Tasche mit den Glitzersteinen und der große Sonnenhut, unter dem die Wellen und Löckchen bis auf die Schultern fielen, sprachen eine eindeutige Sprache: Die Dame war Künstlerin. Vielleicht malte sie. Oder schrieb. Oder komponierte. Linda tippte auf Malerin, schüttelte aber doch den Kopf. Auch das passte nicht ganz. Na, die Beschäftigung der Dame würde sie schon noch herausfinden. Und wenn nicht, ging die Welt auch nicht unter. Aber das Raten und Rätseln war nun mal eine Leidenschaft von ihr.

Jetzt stellte der Kellner den Teller mit dem Felchen auf den Tisch. Die Dame mit dem Sonnenhut setzte sich gleich an den Eingang. Warum?, fragte sich Linda, denn an der Balustrade waren noch Tische frei. Sie zuckte die Schultern und probierte das Felchen.

Felchen und neue Kartöffelchen statt fish and chips, Bodenseewellen statt Themsewasser, Palmen, Sonne und die Kette der Alpen in der Ferne … Linda genoss jeden Bissen. Die letzten fünf Jahre waren schlimm gewesen, manchmal hatte sie sogar gedacht, sie würde in ihrem Jammer untergehen, aber dann hatte sie sich an Münchhausen erinnert, der sich am eigenen Schopf aus dem Unheil herausgezogen hatte. Sie hatte sich geschworen, dass sie sich von einem Raffzahn, so war ihr Marie Liebe damals vorgekommen, ihr Leben nicht versauen lassen würde.

Es war unsicher gewesen, ob sie als Übersetzerin wieder Fuß fassen würde; erst als sie Simon näher kennenlernte, war es aufwärtsgegangen. Dann, eines Tages, hatte sie einen Brief von Kathrin erhalten. Sie hatte den Umschlag aufgeschlitzt, das Blatt herausgezogen und wie ein Hund geheult. Kathrin hatte ihr die Kopie des Verschens geschickt, das sie ihr in der Grundschule ins Poesiealbum geschrieben hatte:

Immer wenn du meinst, es geht nicht mehr,
kommt von irgendwo ein Lichtlein her …

Unsäglich blöd natürlich, aber peinlicherweise auch irgendwie tröstlich, hatte sie damals gedacht und das Blatt über ihren Schreibtisch gepinnt.

Tja, und nun, knappe fünf Jahre später, saß sie auf der Terrasse des *Inselhotels* in Konstanz und war bereit, dem Raffzahn an die Gurgel zu springen.

27. Kapitel

Natürlich wusste ich, dass das *Inselhotel* teuer war. Ich ahnte auch, dass es schick und elegant sein musste – ich meine, man erwartet ja was für sein Geld – aber meinetwegen hätte sich Alex nicht in solche Unkosten gestürzt. Wie hatte die Mopsbesitzerin Zugang zu seinem Geldbeutel gefunden? Mein Mann, und im Zuge meines Rückeroberungsfeldzugs auch ich, stürzten sich ja in Ausgaben, die direkt das Erbe unseres Sohnes gefährdeten!

Ich hatte ein Einzelzimmer unter meinem Fantasienamen gebucht und mit einer bescheidenen Kemenate gerechnet, aber nichts da! Das Zimmer war groß, hatte einen Holzfußboden, was ich immer angenehm finde, und ein französisches Bett mit einer Matratze, die weder zu weich noch zu hart war. Das prüfte ich als Erstes.

Auch das Bad war geräumig; als ich die Dusche betrachtete fragte ich mich, ob Alex eine Suite mit Badewanne gebucht hatte und wenn ja, ob er mit der Mopsfrau darin … Ich ballte die Fäuste, trat auf den Balkon hinaus und stellte fest, dass sich die Hotelterrasse direkt darunter befand. Das war ideal; so konnte ich im Bedarfsfall die beiden von hier aus beobachten. Ich holte das Fernglas aus meinem Köfferchen und stellte es schon mal aufs Tischchen neben der Balkontür.

Da weiße Sonnenschirme aufgespannt waren, konnte ich nicht sehen, ob Alex samt Begleiterin an einem der Tische saß; ich vermutete, dass er Halbpension gebucht hatte und die beiden erst am Abend im Hotel essen würden. So blieb mir Zeit, die Umgebung zu erkunden und Mut zu fassen.

Trotzdem zog ich mich um, schminkte mich sorgfältig und kämmte meine falschen Haare. Jetzt, wo es wärmer geworden war, saß die Perücke fest am Kopf; das war gut so. Ich rammte den Sonnenhut aufs Haupt, hängte mir die Tasche über die Schulter, setzte die neue schicke Sonnenbrille in Extragröße auf und war bereit.

Auf der Terrasse nahm ich nicht an der Balustrade Platz, obwohl es mir dort besser gefallen hätte. Ich wählte den Tisch links des Eingangs, wo ich die Mauer im Rücken und den perfekten Überblick über die Terrasse hatte. Wie vermutet, sah ich meinen Alex nicht. Waren die beiden am Ende noch gar nicht angekommen? Machten sie gleich einen Ausflug oder blieben sie im Zimmer und taten das, was Verliebte so tun?

Du schwächelst jetzt nicht, Nina, ermahnte ich mich energisch. Du zeigst Stärke!

Ich hielt die Tasche vors Gesicht und klaubte flugs die Polster aus den Backen. Dann bestellte ich Felchen mit neuen Kartoffeln und Spargel und zerlassener Butter. Wenn ich schon mal hier war und sich mein Alex anderswo herumtrieb, wollte ich wenigstens was Gutes essen! Mein Blick blieb an der Dame hängen, der ich im *Seeblick* begegnet war. Klar, sie hatte ja gesagt, sie würde Urlaub machen. Dass sie ausgerechnet im Inselhotel wohnte, war eigentlich sehr nett – normalerweise hätte ich mich zu ihr gesetzt. Normalerweise.

Die Tage waren leider völlig unnormal. Ich meine, wer macht sich schon auf, seinen Mann aus den Klauen einer Unholdin zu reißen? Blieb die Frage, ob Alex nicht lieber bei ihr bleiben wollte ... Mist aber auch!

Gerade, als der Kellner den Teller mit dem Felchen brachte, klingelte mein Handy. Ich schaute aufs Display und hielt die Luft an: Alex!

»Hallo?«

»Hallo, Nina! Ich will mich nur erkundigen, wie es Ida geht.«

Ich schluckte. Mein Blick wanderte über den See und blieb an den Zacken und Spitzen der Alpen hängen. »Unverändert schlecht. Du, ich bin noch in der *Wilhelma* und habe im Moment keine Zeit, mich mit dir zu unterhalten. Ruf Mitzi an. Oder Felix. Oder Ida. Wo bist du denn gerade? Im

Hotel?« Ich säbelte einem Spargel den Kopf ab und steckte ihn in den Mund – köstlich!

»Nein, nein«, versicherte er eilfertig. »Das Wetter ist so schön, dass ich mein Zimmer erst später beziehen werde. Ich dachte, ich nütze die Zeit und mache mich schlau. Ich bin schon auf der Mainau und habe gerade eine Führung durch die Gemüsegärten gebucht. In vier, nein, in drei Minuten geht's los. Lauter alte Säcke stehen um mich herum, Nina. Rentner, wohin ich schaue. Deprimierend ist das.«

»Klar, wenn man so jung ist wie du und ich, sind Rentner das Allerletzte, was man sehen will. Du machst dich schlau? Wie? Worüber?«

»Gartenbau. Gemüsezucht. Schädlingsbekämpfung«, erwiderte er flugs. »Du ahnst ja nicht, was hier alles angebaut wird. Und in welchen Mengen! Wie groß die Beete sind!«

»Infos über Anbau und biologische Schädlingsbekämpfung hättest du in der *Wilhelma* auch bekommen können, Alex.«

»Kann schon sein. Du, die Führung geht jetzt los. Ich melde mich wieder, ja?«

»Mach das.« Ich schaltete das Handy aus. Soso, auf der Mainau war mein Bester. Unter Rentnern. Was er nicht sagte ... Ich stopfte den kopflosen Spargel in den Mund und schaute zu, dass ich die Gräten aus dem Fisch bekam.

Ich beeilte mich mit dem Essen. Alex und die Schwarzhaarige vergnügten sich auf der Mainau, mein Auto stand in der Garage des nahegelegenen Einkaufszentrums – klar, Alex hätte sich gewundert, wenn er's auf dem hoteleigenen Parkplatz gesehen hätte. Ich würde also gleich nach dem Essen auf die Insel fahren und mich an die beiden heranpirschen, um mal abzuchecken, wie sie miteinander umgingen.

Ich bestellte noch einen Espresso, und während ich auf ihn wartete, stand die Dame im rehbraunen Lederhemd auf. Normalerweise hätte ich ihr einen Platz an meinem Tisch angeboten und sie zu einem Kaffee eingeladen. Das ging jetzt leider nicht; ich brauchte Handlungsfreiheit, vertiefte mich ganz fürchterlich in die Speisekarte und schaute nicht mal auf, als sie an mir vorüberging.

Eine Viertelstunde später saß ich mit geputzten Zähnen und gepolsterten Backen im Auto und folgte den Schildern zur Mainau.

Dort war der riesige Parkplatz absolut voll; vor mich hinschimpfend kurvte ich endlos lange herum, bis ich ein Plätzchen für meinen Golf fand und mich aus der Tür quetschte. Die Fahrer des Opels links und des BMWs rechts davon mussten schon sehr dünn sein, um in ihre Autos zu kommen!

Verdammt, wo war die Digitalkamera? Ich stopfte sie in die Handtasche und marschierte los, stolperte, weil sich der Rock wieder um meine Beine wickelte, fluchte erneut und ermahnte mich energisch, Ruhe zu bewahren.

Kunststück, wenn ich gleich meinem Mann und der Mopsbesitzerin begegnen würde!

Ich stellte mich ans Ende der Schlange am Eingang, bekam schließlich eine Karte, kaufte auch den *Inselführer – Wege über die Mainau* und schlenderte erst mal durch den Shop daneben. Dort erstand ich, aufgeregt und daher kopflos, zwecks Entschleunigung ein Himbeereis in der Waffel. Um es überhaupt schlotzen zu können hielt ich wieder die Tasche vors Gesicht und nahm die Wangenpolster aus dem Mund. Prompt kreischten neben mir zwei Frauen, als würden sie abgestochen. Galten die Schreie mir? War meine Perücke verrutscht? Oder die Hüftpolsterhose abgesackt? Der BH aufgegangen? Hatte mich jemand erkannt – du lieber Himmel! Bereit zur Flucht fuhr ich herum: Nein, das Gekreische hatte nicht mir gegolten; die Frauen hatten lediglich Blattläuse an einem Rosenstock entdeckt.

Mein Herzschlag beruhigte sich langsam, das Himbeereis schmolz in meinem Mund, ich beäugte die Lavendelbüsche in den Töpfen und fand, das Mainauklima bekomme den Pflanzen; sie blühten und dufteten wie in der tiefsten Provence.

Ich verließ den Shop und mischte mich unter die Besucher. Zuerst wagte ich kaum, mich umzuschauen; der lange Rock zwang mich zum langsamen Schreiten, die Locken plus Hut waren verdammt warm, und überhaupt fühlte ich mich fehl am Platz. War ja auch kein Wunder, wenn man sich als rechtschaffene Schwäbin in der Haut einer feurigen Angélique heimisch fühlen sollte, und das von null auf hundert. Ne, so schnell funktionierte das nicht!

Aber niemand nahm von mir Notiz, niemand blieb stehen und zeigte mit dem Finger auf mich: »Guck mal!«, und so ging's mit meinem Mut aufwärts. Ich setzte mich auf eine Bank in einer wunderbaren Allee – wirklich, eine so schöne haben wir in der *Wilhelma* leider nicht, und blätterte im Führer: Wie kam ich auf dem schnellsten Weg zu den Gemüsegärten?

Ich faltete die Karte *Blumeninsel im Bodensee* auf.

Ein/Ausgang, las ich, *Reisebuskassen, Souvenirshop mit Pflanzensortiment* – ja, da war ich gerade gewesen, *Restaurant/Café, Mainautreff* – gut zu wissen, dass es einen Treffpunkt gab –, *Dianabrunnen* ... Unter der Nummer 13 stand *Bauernhof mit Bauerngarten*, der *Zaubergarten* trug die Nummer 14, die Nummer 17 endlich waren die *Saisonalen Gärten* und die Nummer 18 *Mein Schöner Garten*. Von Gemüsegärten las ich nichts.

Aber zog nicht jede Bäuerin ihr eigenes Gemüse?

Der Bauerngarten war schnell erreicht und bestand aus einem Beet mit allerlei Kohlsorten, einem zweiten mit Salatköpfen, zwischen denen Peperoni wuchs, und einem dritten, in dem sich Salat und Paprika abwechselten. Hm. Wo wuchsen zwischen Löwenmäulchen, Ringelblumen und Dahlien die Tomaten, die Zucchini, die Bohnen und Erbsen, die Kartoffeln und Zwiebeln? Den Gärtnern hier sollte man einen Abstecher ins Remstal empfehlen – jeder Garten dort war ein glänzendes Beispiel an fantasievoller, nahrhafter Mischkultur!

Ich schlenderte durch den Kräutergarten, der, im Gegensatz zum sogenannten Bauerngarten, mit Blumen und Stauden dazwischen sehr hübsch angelegt war. Aber von einer Führung war weit und breit nichts zu sehen; die Leute, die unterwegs waren, schienen genauso enttäuscht zu sein wie ich.

Ich klapperte dann noch den Saisonalen und den Schönen Garten ab und kam schließlich zur Überzeugung, dass mir mein lieber Mann einen Bären aufgebunden hatte. Von wo aus hatte er mich angerufen?

An diesem Tag verzichtete ich darauf, die Mainau im Ganzen zu besichtigen; ich war sauer und machte kehrt.

Am Eingang fragte ich einen Mann, der offiziell aussah und ein Schildchen an der grünen Jacke trug, wie das mit den Führungen gehandhabt wurde.

»Klar, die fendet schdatt. Emmer oine zu oim schpezielle Thema. Aber da drfür misset Se sich amelde. In dem Biechle, des Se hend, fendet Se die Telefonnummre.«

Ich dankte ihm. Mein Mann war ein elender Lügenbold, fand ich und nahm mir vor, ihn tüchtig zu schröpfen.

Um den Entschluss ja nicht kalt werden zu lassen, besuchte ich noch die Schlossboutique – vielleicht hielt sich das Pärchen ja da auf.

Aber auch dort hatte ich kein Glück. Wütend verzichtete ich auf den Kauf eines Hutes oder eines kostspieligen Schmuckstücks und trabte zum Auto zurück: Vermutlich genossen die beiden ihre Zweisamkeit im Bett!

In Konstanz stellte ich mein Auto wieder in der Parkgarage des Einkaufszentrums ab, und während ich ins nahegelegene Hotel zurückging, überlegte ich mir, wie ich herausfinden könnte, in welchem Zimmer sich die beiden vergnügten. An der Rezeption konnte ich mich nicht erkundigen, ich wusste, Diskretion stand in der Prioritätsliste guter Hotels an oberster Stelle. Mich vom Zimmer aus mit meinem Mann verbinden lassen? Etwa so: Hallo, hier spricht Angélique Kléber aus Zimmer 312. Bitte verbinden Sie mich mit Herrn Kick!?

Ne, das klang unwahrscheinlich blöd. Aber vielleicht ging es ja auch so: Hallo, hier spricht Angélique Kléber aus Zimmer 312. Bitte verbinden Sie mich mit Frau Kick oder Herrn Kick. In welchem Zimmer sind sie denn untergebracht?!

Ich nagte auf meiner Unterlippe herum – auch das war nicht das Gelbe vom Ei. Was, wenn sich Herr Kick nach Angélique Kléber erkundigte oder, was wahrscheinlicher wäre, die Bekanntschaft rundweg leugnete – womit er ja Recht hatte! Als Angélique kannte er mich wirklich nicht.

Ich nahm mir vor, mich im Zimmer ein bisschen aufzufrischen und dann das Hotel zu erkunden, schließlich handelte es sich um ein ehemaliges Kloster, und laut Prospekt rühmte es sich sogar etlicher Fresken und eines Kreuzgangs.

Ich ließ mir die Karte aushändigen, ging zum Lift, und als die Tür zurückglitt, kam ein Kellner um die Ecke. Er trug ein silbernes Tablett. Auf der weißen, professionell gestärkten und gebügelten Serviette – als schwäbische Hausfrau hatte ich dafür einen Blick – standen ein spiegelblank polierter Sektkübel samt Flasche, zwei Kelche und silberne Schälchen mit Erdbeeren und Nüsschen. »Wollen Sie mitfahren?«, erkundigte ich mich freundlich und setzte, als er nickte, hinzu: »Welcher Stock darf's denn sein?«

»Der dritte.«

»Okay.« Ich drückte auf den Knopf. »Sie sind aber noch kein Kellner«, sagte ich und legte den Kopf schief. »Ich meine, das ist unwahrscheinlich, weil Sie noch so jung sind.«

»Nee, Kellner bin ich nicht«, meinte er. »Nur Azubi. Seit zwei Monaten.«

»O je. Ist's ein harter Job?«

»Klar«, sagte er spontan. »Bis jetzt bin ich eigentlich nur der Laufbursche für meine Chefs.« Er räusperte sich. »Aber natürlich ist die Stelle eine tolle Chance.«

»Natürlich«, bestätigte ich ernsthaft. Der Lift hielt, die Tür glitt zurück. »Alles Gute dann«, sagte ich. »Vor allem nette Gäste!«

»Bei uns sind alle Gäste nett«, wies er mich zurecht und eilte den Gang entlang.

Ich zögerte. Wie viele Liebespaare beherbergte das Hotel gerade? Und wie viele ließen sich am hellen Nachmittag gegen vier Uhr Schampus oder Sekt ins Zimmer liefern? Na? Ich drückte die Tasche an meinen Busen und folgte dem Azubi – den Gang entlang, an meinem Zimmer vorbei und bis zur Ecke – und hüpfte zurück. Der Azubi hatte gerade geklopft, jetzt wurde die Tür geöffnet, und – vorsichtig streckte ich den Kopf vor – eine Gestalt im weißen hoteleigenen Frotteebademantel nahm dem Jungen mit einer Hand das Tablett ab und drückte ihm mit der anderen ein Trinkgeld in die Pfote. Dabei verrutschten die Gläser. »Hoppla!«, sagte der im Bademantel. Die Stimme kannte ich; unter hunderttausend anderen hätte ich sie erkannt!

Ich prägte mir die Nummer ein, flitzte den Gang zurück und versuchte vergeblich, mit der Karte die Tür zu öffnen.

»Gibt's ein Problem?«, erkundigte sich der Azubi.

»Das kann man wohl sagen«, knurrte ich.

»Dann lassen Sie mich mal ran.« Der Junge hatte ja keine Ahnung, dass mich die Wut so dabbich machte!

Als ich dann im Zimmer stand, tat ich zweierlei: Erstens klaubte ich die Wangenpolster aus dem Mund, warf sie ins Waschbecken, holte aus der Minibar einen Cognac und kippte ihn in einem Zug runter.

Zweitens studierte ich den Fluchtplan, der an der Tür hing und den geneigten Gast darüber informierte, wie er sich im Fall einer Feuersbrunst zu verhalten hatte – genauer, wie er schnellstens in Freie gelangen würde. Das Eckzimmer, in dem sich mein lieber Mann mit der Mopsfrau der Liebe hingab, war eine feudale Suite.

So ein Lump!

28. Kapitel

So wie Linda Marie Liebe, das Luder, einschätzte, würde sie nichts anbrennen lassen und mit ihrem Fang mitnichten gleich die Mainau besichtigen; zuerst würde sie sich mit ihm in den Federn vergnügen.

Sie überlegte, wie sie sich die Zeit bis zum Abendessen vertreiben könnte. Mit einem Bummel durch die Altstadt? Einem Eisbecher in einem der Straßencafés? Unschlüssig griff sie zu den Hotelinformationen und entschloss sich, die Sache gemütlich angehen zu lassen und sich in der Sauna und im Dampfbad zu entspannen.

Das war eine gute Entscheidung gewesen, denn nachdem sie wieder in ihrem Zimmer war, legte sie sich ins Bett, schlief ein Stündchen, föhnte die Haare, und als sie ihren schicken blauen Hosenanzug mit der grünen Bluse angezogen hatte – alles Secondhand aus einer Boutique, die Fiona ihr gezeigt hatte –, war es fünf und Zeit für einen Drink auf der Seeterrasse.

In London hätte sie einen Gin Tonic bestellt, hier entschied sie sich für einen Riesling aus dem Spitalweingut Überlingen. Sie setzte sich wieder an ihren »alten« Tisch an der Balustrade, streckte die Beine aus, hielt das Gesicht in die Sonne und fühlte sich so wohl wie schon lange nicht mehr – bis ihr Handy klingelte.

Simon? Ein tiefschürfendes Gespräch zum Thema »Unsere Zukunft« war das Letzte, wonach ihr gerade der Sinn stand! Sie schaute aufs Display ... Nein, es war Kathrin.

»Ich vergehe vor Neugierde! Hast du sie schon gesehen?«

»Sie? Wen meinst du? Den Kerl, den sie sich gefangen hat?«

Kathrin schnaubte. »Sie! Mehrzahl, du Dummerle!«

»Weder sie noch ihn.« Linda nickte dem Kellner zu, der gerade die Karaffe und das Glas an ihren Tisch brachte. »Ich sitze in der Sonne und trinke Weißwein. Prost, Kathrin!«

»He! Du bist nicht zum Vergnügen unterwegs! Mach dich mal an – hallo? Hörst du mich, Linda?«

»Kathrin! Ob du es glaubst oder nicht – gerade kommt sie! Und er! Ich rufe zurück, ja?«

Linda klappte ihr Handy zu und schob die Sonnenbrille ins Haar. Ja, das war Marie Liebe, die da an der Terrassentür stand. Flott, gepflegt und kein bisschen älter als vor fünf Jahren sah sie aus. Kunststück! Hatte sie nicht in ihrer Kolumne geschrieben, sie habe sich auf einer Schönheitsfarm rundum erneuern lassen? Mit Massage, Botox und überhaupt allem Drum und Dran? Wahnsinn! Aus der Entfernung von ein paar Metern sah sie mit ihren schwarzen Haaren und dem roten Wickelkleid keinen Tag älter als dreißig aus. Dagegen wirkte der Mann an ihrer Seite ja richtig betagt! Obwohl, Linda schob die Sonnenbrille wieder herunter, er durchaus was hermachte mit seinen grauen Haaren und der sportlichen Figur. Allerdings hinkte er ein bisschen ...

Beide nahmen an einem Tischchen an der Balustrade Platz.

Linda trank einen Schluck. Und noch einen. Als sie das Glas absetzte, fühlte sie Maries Blick auf sich ruhen. Erkannte sie sie wieder? Ihr Herz klopfte schneller: Das musste sie wissen!

Wieder schob sie die Sonnenbrille in die Haare und erwiderte so ruhig, wie es ihr nur möglich war, Maries Blick. Jetzt schaute die weg, auf den See hinaus, dann legte sie ihre Hand auf die des Mannes. »Liebling! Was für eine traumhafte Aussicht!«

Er beugte sich zu ihr hinüber und küsste sie. »Traumhaft. Absolut traumhaft«, bestätigte er folgsam.

Der Schafskopf! Dass der Kerl hin und weg war von Marie, sah ein Blinder, und dass die beiden gerade aus dem Bett kamen, war auch offensichtlich: Sie lächelten sich so zufrieden an wie eine Katze den vollen Sahnekrug.

Linda war sich sicher, dass Marie sie nicht erkannt hatte, und musterte nun Maries Trophäe. Eigentlich, fand sie, sah er verlässlich aus. Nicht, weil er bieder und ein Langweiler war, nein, er schien durchaus selbstbewusst zu sein. Tüchtig. Erfolgreich. Ein Alphatier. Und, erinnerte sich Linda, verheiratet war er auch.

Weshalb hatte er sich auf eine Affäre mit Marie eingelassen? Dachte er, was alle Männer in der Situation denken? Dass seine Frau nichts mitbekam?

Prost Mahlzeit! Die Frau musste erst noch geboren werden, die unempfänglich war für die verräterischen Anzeichen einer neuen Liebe.

Die beiden steckten die Köpfe zusammen, unterhielten sich sehr leise und küssten sich immer wieder. Linda verdrehte die Augen hinter ihrer Sonnenbrille. Bei Jugendlichen oder einem jungen Paar sah sie das Geturtle gern, aber bei einem alten Sack und seiner jüngeren Geliebten war das einfach nur peinlich. Na, soo viel jünger war sie eigentlich nicht. Linda wusste, dass Marie mindestens fünfzig Jahre auf dem Buckel hatte; den Mann schätzte sie auf runde sechzig.

Bis zu diesem Augenblick hatte Linda nur an ihre persönliche Rache gedacht. Daran, wie sie diese in die Tat umsetzen und ob sie damit auch das Opfer retten würde, hatte sie keinen Gedanken verschwendet. Fiona hingegen hatte das Unternehmen aus einem völlig anderen Blickwinkel betrachtet; sie hatte gemeint, mit ihrer Rache würde sie dem Mann als solchem beweisen, dass und wie ausschließlich er doch schwanzgesteuert war. So oder so ähnlich hatte sie sich ausgedrückt. Linda runzelte die Stirn; wie schade, dass ihre Londoner Freundin nicht mitkommen konnte!

Kurz entschlossen klappte sie das Handy auf und tippte auf Fionas Nummer. Ob sie – ja, sie war zu erreichen!

»Hi, Fiona, ich sitze in der Sonne und habe die Kolumnenschreiberin im Blick. Und den Mann, den sie sich ergattert hat.«

»Und?«

»Das ist es ja gerade: Es gibt kein UND. Du fehlst mir; ich weiß nicht, wie ich vorgehen soll.«

»Hast du Töne?«, spottete Fiona. »Seit wann ist dir die Fantasie abhandengekommen?«

»Sag schon! Was rätst du mir?«

»Lohnt sich die Mühe?«

»Du meinst – dass ich mich räche?«

»Nicht nur; das ist nur ein Nebenprodukt. Wolltest du dem Mann nicht vor Augen führen, wie eselhaft er sich benimmt? Und ihn davor bewahren, dass er sich so die Ehe versaut wie dein Ex?«

»Ich habe keinen Ex«, entgegnete Linda heftig.

»Du weißt, was ich meine«, sagte Fiona ungeduldig. »Also nochmal: Willst du ihn vor seinem Untergang bewahren? Oder ist's nicht schade um ihn, wenn er ins selbstgeschaufelte Grab plumpst?«

»Ich kenne ihn natürlich nicht. Moment mal, Fiona.« Linda schob die Sonnenbrille hoch und kniff die Augen zusammen – irgendwann musste sie sich zur Brille bekennen! – und musterte Maries Opfer.

»Ist er«, half ihr Fiona auf die Sprünge, »ein Abenteurer? Ein egogesteuerter Geschäftsmann mit Knete vom Typ: Will ich haben!? Ein Softi? Nun sag schon!«

Linda setzte die Sonnenbrille wieder auf. »Wenn er sich das *Inselhotel* leisten kann, ist er nicht arm. Was er trägt, geht eher ins Solide, aber nicht ins Ärmliche. Weißt du«, setzte sie hinzu, »in Schwaben hat man, was man hat, aber man zeigt es nicht nach außen. Das hat man nicht nötig.«

Fiona schnaubte. »Komm schon! Das soll ich dir glauben? Also – wie ist er?«

Wie sollte man einer abgebrühten, lebenslustigen Londonerin die Wesensart des schwäbischen Mannes in wenigen

Sätzen erläutern? Dass er seinen Besitz, sein Gut zusammenhält, aber nicht geizig ist? Dass er gerne schafft und tüftelt, aber das Viertele oder Bier am Abend sein muss? Dass er Lobhudeleien durchschaut und blöd findet und sich vor Hochmut in Acht nimmt? Linda lachte auf, weil sie sich an einen Artikel erinnerte, den sie mal in der *Stuttgarter Zeitung* gelesen und nie mehr vergessen hatte. Darin hieß es nämlich, dass kurz nach dem letzten Krieg, als es noch am Nötigsten fehlte, ein Landtagsabgeordneter namens Tiberius Fundel den damaligen Staatspräsidenten Müller ermahnte: »Des eine musch du dir merken, Gebhard: Je öfters du in der Zeitung kommsch, umso öfters putzet die Leut den Hintere mit dir.«

Linda räusperte sich. »Der Mann ist in Ordnung«, sagte sie entschieden.

»Dann, liebe Linda, nichts wie ran an den Speck!«

»Wie bitte?«

»Schon mal was von ›Wie du mir, so ich dir‹ gehört? Sie hat dir deinen Mann ausgespannt. Jetzt zahlst du es ihr mit gleicher Münze heim, und gleichzeitig –«

»Das kann ich nicht!«, rief Linda. »Ich will's auch nicht«, setzte sie leiser hinzu.

»Tztztz«, machte Fiona. »Okay, dann steckst du Marie Liebes Kolumne in einen Umschlag, klebst ihn zu und bittest den Kellner, ihn dem netten Mann am Nebentisch auszuhändigen. Mit lieben Grüßen von dir natürlich.«

»Und dann?«

»Nichts und dann. Das genügt, Linda. So wahr ich hier in der Portobelloroad einen hölzernen Elefanten in der Größe eines Kleinkindes suche! Cheerio!«

Verdutzt schaute Linda auf ihr Handy. Na klar, die Kolumne würde ihm die Augen öffnen! Sollte sie jetzt gleich zur Tat schreiten? Wieder beobachtete sie die Turteltäubchen; ne, dafür war es noch zu früh. Wenn er sich erst im siebten Himmel eingenistet hatte, waren der Absturz und die Ernüchterung umso dramatischer. Aber nun hatte sie nicht nur ein Ziel, jetzt hatte sie auch einen Plan. Auf Fiona war eben Verlass; sie hatte einen sicheren, durchs harte Leben geschärften Durchblick.

Linda winkte dem Kellner, ließ den Wein aufs Zimmer schreiben, erhob sich – und rempelte in die Frau, die sie schon im *Seeblick* getroffen hatte. Die tappte blicklos wie eine Schlafwandlerin über die Terrasse und fragte, ohne sich zuvor zu entschuldigen, ob ihr Tisch frei sei.

29. Kapitel

Wie fühlt sich eine Frau, wenn sie ihren Mann im Bademantel gesehen hat und weiß, was er am hellen Nachmittag tun wird? Und Schampus dazu süffelt? Und keinen einzigen Gedanken an den heimischen Herd verschwendet? Der Nachmittag ließ mich um hundert Jahre altern.

Zum ersten Mal in meinem Leben sehnte ich mich nach Boxhandschuhen und einem Sandsack – wie überlebte ich die Wut, die in meinem Inneren loderte? Irgendwie MUSSTE sie heraus! Joggen? Und das in Espadrilles oder Ballerinas? Unmöglich.

Schwitzen? Ja, das ging. Ich riss die Perücke vom Kopf, schälte mich aus der Fülle vortäuschenden Hüfthose und dem gepolsterten BH, schlüpfte in einen Bademantel, wie ihn der Allmachtsdackel von Ehemann auch gerade getragen hatte und fuhr mit dem Lift ins Untergeschoss. Die Pracht in Marmor und Gold ließ mich kalt; zum Überleben brauchte ich eine solche Hitze, wie sie im Inneren eines Vulkans herrschte.

Jemand saß in der Dampfsauna, aber in der Finnischen Sauna war niemand. Gut so ... Ich setzte mich ganz nach oben, rutschte aber sofort wieder runter und goss tüchtig Wasser auf die Steine; die Hitze sengte mir zwar fast die Haut vom Leib, tat aber nach und nach ihre Wirkung. Der Schweiß floss in kleinen Rinnsalen an mir herunter, ich wurde ruhiger. Später, als ich mich so ausgedörrt wie eine Mumie fühlte, war auch die Wut weg.

Danach stellte ich mich lange unter die eiskalte Dusche, fuhr wieder hoch und legte mich ins Bett. Ich schlief ein, wachte eine ganze Weile später vom Tuten eines Dampfers wieder auf und fühlte mich fit für die Taten, die zu begehen ich mir vorgenommen hatte.

Aber zunächst rief ich Ida an.

»Die Mitzi ist bei mir«, sagte sie fröhlich. »Was dagegen, wenn sie mithört?« Natürlich hatte ich nichts dagegen. »Und? Was gibt's Neues?«, erkundigte sich meine Schwiegermutter munter, wurde aber stocksauer, als ich schilderte, was ich beobachtet hatte. »Der Lump!«, schäumte sie. »Wie kann er sich nur an ein solches Weibsbild hängen! Nina, stell dir vor, was passieren würde, wenn sich ein so schamloses Luder in unsere Familie drängeln würde!«

Weil ich mir das und noch Schlimmeres vorgestellt hatte, war ich ja in die Sauna gegangen! »Keine Sorge, Ida. Ich – Moment mal – bleib dran!«

Ich hörte Stimmen auf dem Flur, schmiss das Handy aufs Bett und war mit einem Satz an der Tür, öffnete sie einen Spalt und ... ja, da waren sie und gingen engumschlungen zum Lift. Ich schaute auf die Uhr.

»Ida? Ich glaube, sie gehen zum Abendessen.«

»Träufel ihm die K.o.-Tropfen ins Glas, Nina!«

»Später, Ida. Ich versuch's. Aber nun sag, was war bei euch los?«

»Ach, nichts Besonderes. Alois und ich waren auf dem Friedhof. Auf Annelieses Grab mussten die Stiefmütterchen raus. Wir haben Tagetes und drei Pantoffelblumen gepflanzt. Und Mitzi hat einen Apfelkuchen gebacken. Den essen wir gerade. Und süffeln ...«

»Eierlikör?«

»Nur ein oder zwei Gläschen, Nina. Aber jetzt machst du dich auf die Socken und bringst deinen Mann zur Raison!«

Meinen Mann – ihren Sohn Alex!

Ich schnallte mir den BH um, zwängte mich in die gepolsterte Hose, zog das helle Kleid mit den Ranken und Blüten an, stülpte die Perücke aufs Haupt, kämmte die falschen Locken, schminkte mich, legte auch die Wangenpolster in den Mund, versicherte mich, dass die K.o.-Tropfen in der Tasche waren, klemmte sie untern Arm, setzte die Sonnenbrille auf und war bereit für den Abend.

Mein Magen knurrte.

Essen war nicht drin; ich würde ein Glas Wein trinken und ein paar Fotos von den beiden machen, schließlich musste ich meinen Tiger in die Enge treiben.

An dem schönen Abend saßen sie auf der Terrasse. Ich war so erpicht darauf, den Tisch in ihrer Nähe zu ergattern, dass ich in eine andere Frau rempelte. Machte aber nichts. Ich bekam den Tisch, lächelte die beiden an und sagte: »Was für ein schöner Abend, nicht wahr?«

Das bestätigten sie. Erkannte mich Alex? Nein; ich glaube, das hätte er nicht mal, wenn ich ohne Perücke und in meinen üblichen Jeans erschienen wäre; der Kerl hatte nur Augen für die Mopsfrau!

Mistkerl!

Beide aßen Forelle blau. Danach ein Stück Tarte au Chocolat mit einer Erdbeere in kleinen Scheibchen und einem Klecks Sahne. Und dann Käse. Mein Magen knurrte wie wild. Mir lief das Wasser im Mund zusammen, aber ich hielt durch. Und machte Fotos.

Das ging ganz leicht: Ich stellte mich an die Balustrade und knipste den See mit den Bergen dahinter, die Terrasse mit den Palmen in ihren Töpfen – was konnte ich dafür, wenn mir auch zwei Gäste vor die Linse kamen?

Als ich zu meinem Tisch zurückging, sprach mich die Mopsfrau an. »Der Fisch war ganz köstlich. Essen Sie nichts?« Sie lächelte milde. »Das ist nicht der Ort, um Diät zu halten.«

Ich lächelte noch milder und strich mit beiden Händen über meine Hüften. »Ach, wissen Sie, von Diäten halte ich nichts. Ich liebe meine Kurven!«

Alex lachte.

Der Wein auf leeren Magen machte mich tollkühn. »Helen Vita –«, ich legte den Kopf schief, »der Name sagt Ihnen etwas? Also ich finde, Helen Vita hatte einfach recht, als sie sagte: Alle Männer möchten zwei Frauen; eine schlanke, mit der sie angeben, und eine mollige, mit der sie sich abgeben können. Ich halte es mit den Molligen.«

»So? Jedem das Seine!« Die Mopsfrau musterte mich mit hochgezogenen Brauen, aber als sich Alex räusperte, hielt sie ihn sofort mit einem Kuss vom Sprechen ab – so, wie's aussah, hätte sie ihm auch gerne die Augen zugehalten.

Ich setzte mich, schlug die Beine übereinander und wartete aufs Ende des Kusses.

Die beiden flüsterten. Dann standen sie auf. »Wir machen noch einen kleinen Bummel durch die Stadt«, informierte mich die Schwarzhaarige und setzte, triefend vor Mitleid mit der Alleinstehenden, hinzu: »Bevor wir wieder ins Bett gehen, nicht wahr, Liebling?«

Das war dem Liebling aber peinlich! Als sie auch noch den Arm um seine Hüfte legte und die Hand in seiner Gesäßtasche versenkte, bekam er einen knallroten Kopf und hätte sich am liebsten, das sah ich genau!, von ihr weggedreht. Mein Alex zeigte seine Gefühle nun mal nicht gern in der Öffentlichkeit; in diesem Punkt war er ein Schwabe. Ich zwinkerte ihm zu und wünschte ihm einen sehr, sehr schönen Abend.

Als die beiden verschwunden waren, brauchte ich einfach etwas Hochprozentigeres als Weißwein. Auf dem Weg zur Bar wackelte ich gehörig mit den Hüften, setzte mich auf einen Hocker, verlangte einen Marillenschnaps, kippte ihn und wollte schon hoch, um den Zimmerservice zu rufen, damit mein Magen endlich Ruhe gab, als ich es mir anders überlegte. Auf einem Bein stand man bekanntlich nicht gut ...

30. Kapitel

Linda war auf der Suche nach einer gemütlichen Kneipe mit einer Speisekarte ohne Pizza oder Schweinefleisch süß-sauer aus dem Wok durch die Altstadt gebummelt, war zum See hin abgebogen und in einem Biergarten gelandet, wo sie Kässpätzle mit Salat aß. Am Nebentisch saß ein Schweizer aus Thurgau, mit dem sie ins Gespräch kam. Wie sie war er auch allein unterwegs und, Linda wollte es nicht glauben, verdiente sein Geld mit Übersetzungen. Er lud sie in eine Kneipe ein, wo man ihn kenne. Dort bekäme man beste Weine und könne, falls man es wolle, auch ein Buch lesen.

»So was gibt's?«, fragte Linda.

»Warum sonst nehme ich den Weg bis nach Konstanz in Kauf?«, entgegnete er und lud sie auf ein Glas ein.

Im *Manuskript,* das ganz versteckt in einem schmalen Gässchen der verwinkelten Altstadt lag, begrüßte der Wirt ihren Begleiter tatsächlich mit seinem Namen, er hieß Hans, und forderte die Anwesenden auf, zusammenzurücken. Es war so eng, dass sich Linda richtig eingekeilt fühlte und dankbar war, als ihr Handy klingelte und sie vor die Tür gehen konnte.

Es war Rob.

»Ich möchte wissen, wie es dir geht, Linda.«

»Gut geht es mir. Ich trinke gerade ein Glas Wein mit … mit meinem Autor.«

»Trink aus und komm nach Hause.«

»Wie bitte?«

»Komm nach Hause, sagte ich«, wiederholte er ungeduldig.

Linda lachte. »Ich bin doch nicht dein kleines Hundchen, Rob, dem du ›sitz bei Fuß‹ befehlen kannst. Du weißt, ich habe zu tun.«

»Wann bist du fertig?«

»Das weiß ich nicht.«

»Scheint die Sonne?«

»Spinnst du? Es ist nach neun!«

»Ich ruf später nochmals an.«

»Nicht nötig, ich –« Er hatte die Verbindung abgebrochen. Zuerst ärgerte sich Linda, dann gestand sie sich ein, dass sie sich über den Anruf freute. Wenn er nur das blöde Machogehabe bleiben ließe!

Auf einmal war ihr das Schulter-an-Schulter-Sitzen in der engen Stube unangenehm; sicher, es war unhöflich, sich nicht von Hans zu verabschieden. Soll doch er mein Glas austrinken, dachte sie und machte sich auf den Weg zum Hotel.

Vor dem Lift traf sie die Dame mit den fuchsroten Locken. »Ich glaube, ich bin ein bisschen beschwipst«, sagte die und kicherte dabei. »Auf leeren Magen Wein und Schnaps. Das kann nicht gutgehen.«

Linda fasste sie unter und bugsierte sie in den Lift. »Hatten Sie wenigstens einen schönen Abend?«, erkundigte sie sich, während er nach oben glitt.

»Einen aufschlussreichen Abend hatte ich. Und einen verdammt blöden dazu ...« Plötzlich liefen ihr die Tränen über die Wangen. »Tschuldigung!«

Linda half ihr, die Karte in den Schlitz zu stecken. »Kommen Sie zurecht?«

»Klar. Nichts leichter als das.«

Unschlüssig blieb Linda stehen. »Brauchen Sie wirklich keine Hilfe?«

Statt einer Antwort flog eine Perücke mit fuchsroten Haaren aufs Bett, zwei unappetitlich aussehende Pölsterchen folgten, dann drehte sich die Frau um. »Kommen Sie doch herein. Ich bin gleich so weit.«

Sie verschwand im Bad. Kurze Zeit darauf erschien sie in einem weißen Bademantel: Mit kurzen, verstrubbelten blonden Haaren, ohne Lippenstift und auch ohne Spuren von

Make-up, aber um Pfunde geschrumpft. »So. Jetzt geht es mir besser. Sie haben nicht zufällig eine Brezel in der Handtasche? Oder ein Laugenweckle? Mit den Dingern im Mund –«, sie deutete auf die Pölsterchen neben der Perücke, »kann man nämlich nichts essen.«

Fassungslos starrte Linda auf die Blonde und fragte sich, ob sie einer Verrückten gegenüberstand.

»Setzen Sie sich doch.«

Linda setzte sich. Sie deutete auf die Perücke. »Warum tragen Sie das Ding?«

»Das ist eine lange Geschichte. Mineralwasser?« Die Blonde öffnete die Flasche, die als ›Gruß des Hauses‹ auf dem Tischchen stand, füllte das danebenstehende Glas und holte für sich den Zahnputzbecher aus dem Bad. »Prost! Ich heiße Nina. Mal sehen, was die Minibar bietet.«

Mit einer Tüte Salzletten und einer kleinen Dose Erdnüsse setzte sie sich Linda gegenüber aufs Bett. »Wollen Sie auch?«

Linda schüttelte den Kopf. »Ich habe Kässpatzen gegessen.«

»Ein ganzer Teller Kässpätzle ...!« Die Blonde stopfte sich eine Handvoll Erdnüsse in den Mund. »Normalerweise bringt mich so schnell nichts zum Heulen, aber der Abend hatte es wirklich in sich. Wie heißen Sie eigentlich, wenn ich fragen darf?«

»Linda.«

»Linda?«, wiederholte Nina. »Ich habe einen Bekannten, dessen Frau - «

Lindas Handy klingelte. »Sorry«, sagte sie. »Ich kann mir denken, wer anruft. Dauert nur eine Sekunde.« Sie schaute auf die Nummer, sagte: »Hallo Rob! Ich rufe dich zurück, ja?«, und schaltete das Handy aus.

»Das glaube ich jetzt nicht«, meinte Nina. »Sie sind Linda, die Frau von Robert Calander? Ich denke, Sie sind in Stuttgart und besuchen ihn!«

Sekundenlang starrten sich die beiden Frauen an. Dann sagte Linda: »Sie kennen meinen Mann?«

Nina nickte. »Er zeichnet Tiere.«

»Ja. Kennen Sie ihn gut?«

Nina wiegte den Kopf hin und her. »Er ist ein guter Bekannter, ein Freund. Aber keine Sorge, mehr ist nicht zwischen uns.«

Sie knabberte ein paar Salzstangen. »Er sagte mir, Sie würden ihn besuchen. Er freute sich darüber.«

Linda rümpfte die Nase. »Wenn Sie so viel wissen, kennen Sie ihn aber doch sehr gut.«

»Er ist ein Freund«, wiederholte Nina. »Warum sind Sie nicht bei ihm in Stuttgart?«

»Ich habe hier etwas zu erledigen«, antwortete Linda steif und setzte hinzu: »Warum ziehen Sie eigentlich das Theater ab, Nina?«

»Weil ich hier auch etwas zu erledigen habe.«

»Das hängt aber nicht mit Robert zusammen, oder?«

Nina schüttelte den Kopf. »Es geht um eine Frau. Und um meinen Mann. Er genehmigt sich gerade eine Auszeit von mir und der Familie.«

Linda deutete auf die Perücke. »Deshalb die Verkleidung?«

»Ja. Deshalb. Die Verkleidung und die Tränen. Blöd, was?«

»Blöd? Verständlich, würde ich sagen.«

Nina knüllte die Salzletten-Tüte zusammen. »Ich könnte ihn umbringen!«

Linda lachte. »Mir ging's damals auch so – ich hätte Rob auf den Mond schießen können. Und die Frau dazu. Leider war ich nicht so energisch und tatkräftig wie Sie; ich bin einfach abgereist. Ich hätte kämpfen sollen. Heute weiß ich das.« Linda trank einen Schluck Wasser. »Ich hatte ja keine Ahnung, wie raffiniert das Luder vorgegangen ist. Ich will Robs Verhalten wirklich nicht entschuldigen, aber –«

»– die Tür stand auf.«

»Wie bitte?«

»Er war bereit für eine Affäre. Genau wie mein Mann.«

»Ja. So wird's wohl gewesen sein.«

Sie schwiegen und hingen ihren Gedanken und Erinnerungen nach. Plötzlich stand Nina auf, holte die Kamera aus der Handtasche und rief ihre Fotos auf. »Das ist sie. Sie ist nicht mal jünger als ich.«

Linda warf einen Blick auf die Fotos, sagte: »Moment mal!«, stürmte aus dem Zimmer und kam mit einem schwarzen Ordner zurück. »Kennen Sie die *Victoria!*?«

»Wer soll das sein?«, erkundigte sich Nina.

»Lesen Sie Zeitschriften?!«

»Nein. Nie. Sollte ich das?«

Linda holte tief Luft. »Die Frau, die mit Ihrem Mann hier ist, heißt Marie Liebe und verfasst die Kolumne in der *Victoria!*. Marie Liebe war die, mit der mein Mann die Affäre hatte, die, wegen der ich nach London zog. So, und nun lesen Sie!«

»Jetzt?«

»Ja. Jetzt!«

Linda bewunderte Ninas Haltung. Kein einziges Mal rief sie: »Aber das ist ja die Höhe!« oder »Unglaublich!« oder etwas in der Art. Sie las die Kolumnen, klappte den Ordner zu und dachte nach. »Das heißt, Sie sind hier, um sich zu rächen, Linda?«

»Ja.«

»Sie sind sicher, dass Robs Geliebte diese Marie Liebe war?« Sie klopfte auf den Ordner.

»Ja.«

»Und Marie Liebe ist die Frau, die sich meinen Mann ausgeguckt hat?«

»Ja.«

»Sicher?«

»Ganz sicher.«

»Und vorhat, ihn zu heiraten?«

»Zuerst muss er sich ja scheiden lassen, nicht wahr? Aber so, wie ich Marie Liebe kenne, wird sie ihn dazu bringen. Sie ist ausgesprochen zielorientiert.«

»Ja, das ist sie«, bestätigte Nina und stand auf. »Aber das wird ihr nicht gelingen.«

»So?«

»Nein.« Nina ging auf den Balkon hinaus, drehte sich um und rief: »Linda, das müssen Sie sehen! Schauen Sie mal, wie schön der Mond am Himmel steht. Und wie er sich im See spiegelt.«

Sie wirbelte herum. »Linda, eines verstehe ich nicht: Wenn ich die Daten richtig im Kopf habe, müsste kommenden Montag die Fortsetzung von Maries Plan in der *Victoria!* erscheinen. Das stimmt doch, oder?«

»Vermutlich ist es so«, bestätigte Linda verdutzt.

»Dann verraten Sie mir mal, wann sie die Fortsetzung geschrieben hat. Und was darin steht.«

Linda zuckte mit den Schultern. »Ich bin kein Hellseher.«

»Aber Sie können denken«, entgegnete Nina ungeduldig. »Na?«

»Keine Ahnung. Was vermuten Sie, Nina?« Linda fröstelte. »Mir ist kalt.«

Sie gingen ins Zimmer zurück und setzten sich wieder. »Ich vermute«, meinte Nina, »dass die Fortsetzung längst geschrieben wurde. Aber da sich Marie nicht sicher sein kann, wie sich ihr Verhältnis zu Alex entwickeln wird, ob wunschgemäß oder nicht, wird sie sich alles aus den Fingern gesogen haben. Wir sollten ...«

»Was sollten wir?«

Nina holte ein kleines Fläschchen Rotwein aus der Minibar und teilte den Inhalt zwischen ihnen beiden auf. »Ob sie ihren PC dabei hat?«

Linda dachte an die Autoren, die sie kannte. »Das denke ich doch.«

»Ich auch«, bestätigte Nina. »Was bedeutet, dass wir in ihr Zimmer kommen sollten. Ich muss sowieso ins Zimmer. Nur wie – das ist die Frage.«

»Warum müssen Sie ins Zimmer, Nina?«

»Um meine Duftmarke zu setzen.«

»Duftmarke?«

»Linda, ich bin Biologin und arbeite in der *Wilhelma*. Wie Sie wissen, markieren Hunde, Katzen, Löwen, Tiger und noch andere Vierbeiner ihr Revier. Klar? Ich markiere mein Revier mit meinem Parfüm. Mit *Diorissima*. Aber was Maries Kolumne betrifft – « Sie zog die Unterlippe zwischen die Zähne. »Wir müssen uns Gewissheit verschaffen, Linda.«

»Aber es ist doch gleichgültig, was sie sich ausgedacht hat. Hauptsache ist, dass wir –«

»Nein, Linda! Stellen Sie sich doch vor, wir spielen Alex die Kolumne in die Hände, er liest, er begreift, wie er sich zum Opfer von Marie machte, liest weiter und erfährt, was sie noch vorhat und wie sie es anstellen wird, ihr Ziel zu erreichen. Kennen Sie den Menschen, der dagegen nicht rebelliert? Also ich würde schnellstens die Flucht ergreifen.«

»Auf Sie, Nina!« Linda hob ihr Glas. »Sie sind ein Genie!«

»Quatsch. Ich bin nur wütend. Sagen Sie mal – haben Sie Ihre Minibar schon geplündert? Oder können wir jetzt noch den Zimmerservice rufen? Was meinen Sie?« Ohne Lindas Antwort abzuwarten, griff Nina zum Hörer. »Eine Flasche Rotwein auf Zimmer 312 und ein paar Sandwiches; geht das noch?«

Es ging noch.

Während sie warteten, überlegte Linda laut: »Was ist, wenn ich behaupte, ich hätte meine Karte verloren und bräuchte eine neue?«

»Damit kommen wir nicht in die Suite«, entgegnete Nina prompt. »Es gibt nur zwei Möglichkeiten: Entweder klauen wir dem, der uns den Wein und die Brote bringt, die

Karte oder den Universalschlüssel oder morgen früh dem Zimmermädchen, wenn es die Betten macht.«

Es klopfte.

Nina öffnete die Tür, zeigte auf den Tisch, wartete, bis der Kellner das Tablett abgestellt hatte, unterschrieb die Bestellung mit »Angélique Kleber«, drückte ihm ein Trinkgeld in die Hand und bedankte sich.

»Übrigens«, sagte sie dann zu Linda, »hier heiße ich Angélique. Den Namen hat mir meine Schwiegermutter verpasst.« Sie füllte die Gläser und griff nach einem Brot. »Hmmm, ich sterbe vor Hunger! Greif zu, Linda! Frauen, die in einer so bescheuerten Lage sind wie wir, duzen sich.«

»Finde ich auch. Also, wie gehen wir vor?«

»Wir? Sind wir Partnerinnen? Kolleginnen, die in der Abwehr der Feindin tätig sind?«

»Sicher.«

»Gut. Dann lass uns nachdenken.«

Die Idee, an die Universalkarte zu kommen, verwarfen sie, sie war zu unsicher. Aber nach einigem Hin und Her entwickelten sie einen Plan, der so einfach, so genial und so boshaft war, dass sie ihn am liebsten gleich in die Tat umgesetzt hätten.

31. Kapitel

Als ich in der denkwürdigen Nacht endlich im Bett lag, dachte ich noch kurz darüber nach, was man landläufig Zufall nennt.

Zufall …

Zufällig traf ich Linda im *Seeblick.*

Zufällig stieg sie auch sie im *Inselhotel* ab.

Zufällig bekam sie das Zimmer neben meinem.

Zufällig war sie auch hinter Marie Liebe her.

Zufällig traf sie mich vorm Lift, und ich, die ich meistens tapfer mein Leben meisterte, heulte ihr was vor.

Zufällig rief Rob an, und von da an gab's kein Halten mehr. Jetzt waren wir per Du, waren Partnerinnen und hatten für den kommenden Morgen einen feinen Plan ausgeheckt.

Und an allem war der Zufall schuld.

Oder war's Fügung?

Lächelte mich, nach langer Durststrecke endlich mal wieder, das Glück an?

Egal, ob Zufall, Fügung oder Glück – ich drehte mich auf die Seite, schlief ein, wachte am Morgen voller Tatendrang auf und bestellte als Erstes ein großes Frühstück mit Spiegeleiern, Speck, gebratenen Pilzen, Wecken, Marmelade, Wurst und Käse und Obst. Natürlich auch mit Kuchen. Dazu Saft und eine doppelte Portion Kaffee.

Von diesem Tag hing viel, vielleicht sogar mein ganzes zukünftiges Leben ab, also musste ich bei Kräften sein. Ich stellte mich unter die Dusche und verwandelte mich wieder in Angélique.

Als der Kellner klopfte, hatte ich die Sonnenbrille auf und bat ihn, das Frühstückstablett aufs Tischchen auf dem Balkon zu stellen. Was für ein Luxus!

Obwohl mein Magen wie verrückt knurrte, legte ich das ganze Angélique-Dekor ab, zog Jeans und ein grünes Polohemd an, kämmte die blonden Haare und war wieder Nina.

Da es so früh am Morgen recht kühl war, waren die Sonnenschirme noch nicht aufgespannt; ich hatte also den vollen Blick auf die Gäste, die auf der Terrasse frühstückten. Wie abgesprochen saß Linda an der Balustrade; sie winkte mir zu.

Ich winkte zurück.

Und dann klingelte mein Handy. Es war, ich fiel fast in Ohnmacht, mein Mann. Alexander Kick.

»Hallo Liebling«, flötete er. »Wo bist du? Wie geht es Ida? Sie nimmt den Hörer nicht ab, ich mache mir Sorgen.«

»Also ich ... ich bin in der *Wilhelma*, Alex. Du weißt doch, ich arbeite an diesem Wochenende mit Rob Calander zusammen. Er ist wirklich nett. Und so aufmerksam.« Ich räusperte mich. »Er kümmert sich rührend um mich, weißt du.«

»So? Weshalb denn?«

»Er fühlt mit mir, Alex. Er weiß, wie sehr ich mich um Ida sorge. Und er weiß, dass du mir nicht zur Seite stehst.«

»So?«, wiederholte der Schafskopf. »Aber jetzt sag schon: Wie geht es Ida?«

»Na ja ... gestern war der Arzt wieder hier. Er bestand darauf, dass du zurückkommst, aber wir wollten dir den Abend nicht verderben. Was hast du gestern denn so getan, Alex?«

»Nicht viel. Ich hatte mich etwas übernommen, Nina. Das viele Gehen tut meinem Bein nicht gut.«

»Du hast dich übernommen?«, wiederholte ich. »Pass auf dich auf, Alex, du bist nicht mehr zwanzig. Und was dein Bein betrifft ... hat dir das Bein oder vielleicht doch etwas ganz anderes einen Streich gespielt?« Ich lehnte mich wieder übers Geländer, denn Linda gab mir Zeichen – sie tat so, als würde sie eine Fliege verscheuchen. Ich blickte in die Richtung – ja, da war mein Mann. Aber warum saß er allein am Tisch?

»Was meinst du damit? Warum sollte mir was anderes als mein lädiertes Bein einen Streich spielen? Ich verstehe nicht, was du meinst, Nina.«

»Nichts Besonderes, Alex. Was hast du heute vor?«

»Ich fahre auf die Mainau. Die Führung beginnt um zwei Uhr. Wie ich die Zeit bis zum Mittagessen totschlage, weiß ich ehrlich gesagt noch nicht.«

Du Idiot, dachte ich erbost, ich kann dir sagen, wie du die Zeit totschlägst! Ich hielt das Handy vom Ohr weg, klopfte ans Geländer, klapperte mit dem Besteck. »Alex? Ich höre dich so schlecht ... Alex, bist du noch da? Du musst unbedingt Ida ...«, ich wartete ein paar Sekunden, dann drückte ich auf die Aus-Taste.

Ich sah, wie er den Kopf schüttelte, das Handy auf den Tisch legte und die Zeitung aufschlug. Wo war die Mopsfrau? Schlief sie noch? War sie zickig? Brauchte sie eine Ewigkeit, bis sie angezogen war und Make-up aufgelegt hatte? Alex und ich waren immer gemeinsam zum Frühstück gegangen.

Ich ließ mir Zeit und aß mit großem Genuss. Als ich den letzten Schluck Kaffee trank, erschien die Mopsfrau auf der Terrasse. An diesem Tag war sie ganz in Gelb und Orange, was zu den schwarzen Haaren atemberaubend gut aussah. Linda gab mir ein Zeichen, ich hob den Daumen, rannte flugs ins Zimmer, holte den Geldbeutel, raste dann die Treppe runter – der Lift dauerte zu lang – und aus dem Hotel raus.

Zum Glück war's bis zur Innenstadt nicht weit, und bald hatte ich auch eine Blumenhandlung entdeckt, wo ich einen hübschen Strauß mit langstieligen Sommerblumen bestellte und sagte, ich würde ihn in zehn Minuten abholen.

Schräg gegenüber befand sich eine Schreibwarenhandlung. Dort suchte ich die größte und kitschigste Karte aus, die sie im Sortiment hatten. In riesigen verschnörkelten goldenen Buchstaben stand darauf:

HERZLICHE GLÜCHWÜNSCHE ZUR VERLOBUNG

An Scheußlichkeit war die Karte nicht zu überbieten. Frohen Herzens bezahlte ich sie sowie einen goldenen Filzer, holte den Strauß ab, prägte mir den Namen der Blumenhandlung ein und eilte zurück. Kurz vorm Hotel lehnte ich mich an die Mauer und rief Linda an.

»Sie essen noch. Du kannst kommen.«

Gut. Ich ging ins Hotel und sagte den Damen an der Rezeption, ich sei von der Blumenhandlung *Vergissmeinnicht* und müsse den Strauß in Zimmer 325 abliefern. »Geht das in Ordnung?«, fragte ich mit harmloser Miene.

Da gerade ein paar Gäste aus- oder eincheckten, so genau sah ich das auf die Schnelle nicht, nickten sie nur.

Ich fuhr mit dem Lift nach oben, versteckte den Strauß im Schrank und verwandelte mich zur Sicherheit wieder in Angélique.

Der erste Teil unseres Plans war mir einwandfrei gelungen.

Wenige Minuten später klopfte Linda.

»Ich weiß, was sie vorhaben!«, rief sie triumphierend. »Heute Morgen fahren sie auf den Arenenberg, und heute Nachmittag –«

»– sind sie auf der Mainau«, ergänzte ich. »Alex hat angerufen.«

»Ne!«

»Doch. Als er auf Marie Liebe wartete. Der Schuft hat so getan, als sei er allein. Und erschöpft. Sein Bein mache ihm Kummer, behauptete er.«

»Soso. Sein *Bein.*«

Wir lächelten uns an.

Natürlich – das *Bein* … olàlà!

Ich kramte den Zettel mit der Nummer aus der Tasche, die man zwecks Anmeldung zur Führung anrufen musste.

»Ich habe«, sagte ich, »gerade erfahren, dass heute Nachmittag um zwei Uhr eine Führung durch die Blumen- und Gemüsegärten stattfindet. Ist das richtig?«

»Schdimmt.«

»Gut. Sind noch zwei Plätze frei?«

»Jo. Sen sogar no meh Blätz frei. 's hend sich erscht agmeldet ... wartet Se oi Momentle ... also agmeldet hend sich oi Ehepaar und a paar Fraue. Se kennet also no gern komme. Wie isch Ihr Name?«

»Wir sind zu zweit; Frau Calander und Frau Kléber.«

»Frau Galandr ond Frau – wie schreibet Se sich? Mit ä? Kläber?«

Ich verbiss mir das Lachen. »Ja. Das stimmt. Frau Calander und Frau Kläber.«

»'s isch recht. Om zwoi fengt's a. Gucket Se, dass Se pünktlich send. Mir meeget koine Langweiler.«

»Wir sind pünktlich«, versicherte ich. »Ach so! Wo trifft man sich denn?«

»Ha, des isch oifach. Glei am Oigang isch dr Mainau-Träff. Kennet Se it verfehle, und wenn doch, no zeigt's Ihne a jeds Kend.«

Wir setzten uns auf den Balkon und entwarfen den Text für die Glückwunschkarte. Das dauerte, aber schließlich waren wir mit dem zufrieden, was wir uns ausgedacht hatten.

»Alex kennt meine Schrift«, sagte ich zu Linda und schob den goldenen Filzer übers Tischchen. Und Linda schrieb mit extragroßen, gut leserlichen Buchstaben:

Liebste Marie,

toll, dass dein raffinierter Plan geklappt hat: Du hast dir tatsächlich einen reichen Mann geangelt!

Schade, dass er dämlich, leichtgläubig und etwas behindert ist. Aber was soll's. Du bist getreu deines Wahlspruchs vorgegangen: Schönheit vergeht, Reichtum besteht.

Wie vernünftig!

Nun muss er nur noch geschieden werden, dann steht deiner Hochzeit nichts mehr im Weg und du, liebste Goldmarie, bist für alle Zeiten eine reiche Frau.

Die allerherzlichsten Glückwünsche senden dir zur erfolgreichen Verlobung
Deine Freundinnen

»Gemeiner geht's nicht«, sagte Linda und machte den Filzer zu. »Jetzt müssen wir nur noch warten. Ich hasse das Warten!«

»Es ist für einen guten Zweck.«

Trotzdem – die Zeit wurde uns lang: Wir warteten auf das Zimmermädchen. Leider kamen sie zu zweit, was uns zuerst einen Schrecken einjagte, bis wir feststellten, dass sich je eines ein Zimmer vornahm.

Als der Wagen mit den Putzmitteln, Handtüchern, der Seife und den Fläschchen mit Duschgel und Shampoo günstig stand, verschwand Linda in ihrem Zimmer. Ich wartete auf dem Balkon, bis Cléopâtre – der Name stand tatsächlich auf dem weißen Schildchen am linken Busen – mein Bett gemacht, das Bad geputzt und das Frühstückstablett mitgenommen hatte. Dann schloss ich die Tür ab und wurde wieder mal Nina.

10 Uhr 45 hörte ich Stimmen auf dem Flur. Ich lugte hinaus. Aha, mein Alex samt Mopsfrau waren auf dem Weg zum Arenenberg ... gut so.

Es war schon nach elf, als Linda mir endlich grünes Licht gab: Das Zimmermädchen hielt sich in 325 auf.

Mein *Diorissima* steckte in der Hosentasche, ich holte den Blumenstrauß aus dem Schrank, nahm die Glückwunschkarte in die Hand, vergewisserte mich, dass gerade niemand auf dem Flur war und ging zum Zimmer 325.

»Hallo«, sagte ich zu Cléopâtre, die gerade die Betten machte. »Ich soll hier den Strauß abgeben.« Suchend drehte ich mich um die eigene Achse. »Könnten Sie vielleicht eine Vase besorgen?«

»Warum leget Se dui Blume it oifach ens Waschbecke?«, schlug Cléopâtre vor.

»Was? Den teuren Strauß? Der ist laut Karte für eine Verlobung! Also Waschbecken geht wirklich nicht! Wie sieht das denn aus? Meine Chefin würde mir den Marsch blasen, wenn ich ihr sagen würde, dass Sie nicht mal 'ne Vase auftreiben wollten! Das in einem Nobelhotel – also wirklich!«, spielte ich die Entrüstete.

»I gang ja scho ...«

Kaum war sie verschwunden, stürzte ich mich auf die rechteckige Tasche, die neben dem Schreibtisch stand. Die musste der Kolumnenschreiberin gehören; Alex hatte einen Aktenkoffer, der stand zu Hause im Schrank.

Es war, wie ich vermutet hatte, eine Tasche für ein Notebook. Da WAR auch das Notebook, aber was nützte es uns? Wir waren keine Hacker und hatten demzufolge keine Ahnung, wie wir ans Passwort kommen könnten.

Ich öffnete sämtliche Reißverschlüsse und entdeckte die Zeitschrift ... oho, das also war die *Victoria!*. Da war auch eine sehr schmale schwarze Mappe, in der etliche lose Blätter, lauter Ausdrucke, lagen. *Meine lieben Leserinnen* stand da, und darüber ein Datum. März. Der war längst vorüber. Ich blätterte ... April, Mai, Juni, Juli, August ... Wie bitte? Wir hatten Mitte Juni!!!

»Nina! Beeil dich!« Linda stand an der Tür. »Ich höre den Lift!«

»Hier, nimm die Blätter!« Linda griff danach, ich zog das *Diorissima* aus der Jeanstasche, versprühte eine ordentliche Menge aufs Doppelbett und auf den Schlafanzug meines Mannes, flitzte auf den Balkon und lehnte mich dekorativ ans Geländer.

»Nach was schmeckt's denn uf oimal?«, fragte Cléopâtre misstrauisch und stellte eine blaue Vase auf den Tisch. »Passt die?«

»Hauptsache Vase«, entgegnete ich lässig, füllte sie mit Wasser, stellte den Strauß hinein und schob die Karte zwischen die Blumen. Das Luder musste was zu suchen haben, außerdem sollte Alex' Neugierde geweckt werden – waren die Blumen etwa von einem anderen Liebhaber?

Ich stand gerade neben dem Mädchen, als mein Handy klingelte. »Hallo Chefin!«, sagte ich und verdrehte genervt die Augen. »Klar, ich bin hier fertig. Dauert nur noch ein Momentchen, dann bin ich bei Ihnen. Und tschüss!«

»Die hält Se abr uff Trab«, meinte Cléopâtre, das Zimmermädchen, mitfühlend.

»So ist's«, bestätigte ich und seufzte, als trüge ich eine Zentnerlast auf dem Buckel. »Ich war auf dem Klo und habe ein bisschen am Parfüm der Frau gerochen. Da drin im Badezimmer sieht's aus wie im Saustall. Na, Ihren Job möchte ich nicht haben ...« Das Mädchen rannte ins Bad, ich schlenderte den Flur hinunter und verschwand in Lindas Zimmer.

Dort fiel sie mir um den Hals. »Wir haben sie! Wir haben sie!«

»Wieso? Sag schon!«

Sie hielt mir die Ausdrucke unter die Nase. »Das sind Marie Liebes gesammelte Lügen! Bis –« Linda schüttelte die Blätter, »zur Kolumne Anfang Juni hat sich vermutlich alles so oder so ähnlich zugetragen, wie sie es beschreibt. Aber die Fortsetzung plus das Happy End hat sie sich, genau wie wir es vermutet haben, aus den Fingern gesaugt. Hier! Lies mal, wie sie sich den Tag auf der Mainau vorgestellt hat!«

Meine lieben Leserinnen!

Willkommen, süßes Leben, willkommen, glühende Liebesnächte, willkommen, Glanz und Luxus!

Ich habe es geschafft, liebe Leserinnen!

Bei strahlendem Sonnenschein fuhren wir durchs liebliche Baden, erreichten am späten Vormittag Konstanz, die Stadt am Bodensee und bezogen – o nein, kein schäbiges Zimmer in einem zweitklassigen Etablissement. Für den Mann an meiner

Seite ist das Beste gerade gut genug; er hatte eine Suite im besten Hotel der Stadt gebucht. Mit großem Badezimmer, mit Balkon samt Blick über den See bis hin zu den Alpen.

Ich war entzückt, ich war ihm ja so dankbar! Wie, meine lieben Leserinnen, habe ich mich wohl erkenntlich gezeigt? Genau! Der Zimmerservice brachte Champagner, Erdbeeren und Nüsschen herauf, ich zog die Vorhänge zu, unten schwappten die Wellen ans Ufer, am Himmel oben strahlte die Sonne, drinnen aber schwelgten wir auf unsere Art.

O, mein Schatz ist potent, kann ich Ihnen sagen, und ich – ich erfüllte ihm Wünsche, die seine Frau nicht mal dem Namen nach kennt. Was will ein Mann mehr? Und wenn die Geliebte auch noch sanft und zart und anhänglich ist, zeigt er sich erkenntlich, ist's nicht so?

Auf der Terrasse stärkten wir uns mit köstlichem Capuccino, dann mussten wir uns einfach Bewegung verschaffen. Bewegung der anderen Art: Wir bummelten durch die Altstadt. Jetzt nenne ich ein Paar Manolos mein Eigen. Hübsch sind sie, sehr hübsch. Rote Riemchen, rote Sohlen, ein Nichts, das meine Beine bestens zur Geltung bringt.

Ich behielt sie gleich an und schwebte wie eine Göttin an seiner Seite. Bei Mondschein und Kerzenlicht tafelten wir auf der Terrasse und ließen den Abend mit einer Spätlese ausklingen.

Den Abend auf der Terrasse, wohlgemerkt. Was dann folgte, fand in der Suite statt.

Heute fuhren wir auf die Mainau. Mein Schatz, Sie wissen es bereits, ist Gärtner aus Leidenschaft. Er will sich bilden, er will Erfahrungen und Wissen sammeln, er will sein, nein unser! eigenes Gemüse anbauen und Blumen pflanzen, die nur für uns blühen. Wie das klingt: UNSER Gemüse. UNSERE Blumen. In UNSEREM Garten.

Wir planen UNSER gemeinsames Leben. WIR werden reisen, WIR werden feiern, WIR werden Gäste bewirten, WIR werden uns noch einen Hund zulegen, damit auch mein Möpschen einen Gefährten hat. WIR!!!

Ach, wie bedauere ich doch alle, die allein durchs Leben gehen müssen!

WIR! Wie schön das klingt!

WIR! Zwei Menschen, die sich lieben, gegen den Rest der Welt!

WIR. Ja, ich habe ihn gefunden, den Mann, der mein Ich zum WIR macht.

Ich habe hart dafür gearbeitet und gekämpft. Was noch fehlt, ist der Ring und die Urkunde – erst wenn sein Name schwarz auf weiß hinter dem meinen steht, bin ich meines Glückes sicher.

Wetten, dass die Zeit nicht mehr fern ist?

Wie immer Ihre Marie Liebe

Angewidert legte ich das Blatt auf den Tisch. »Was für ein schwülstiger Kitsch! Glaubt die blöde Kuh das, was sie schreibt?«

Linda hob die Schultern. »Woher soll ich das wissen?«

»Sie hat wirklich nur ›Ich will einen Mann!‹ im Hirn«, sagte ich und ärgerte mich maßlos über den Satz, Alex' Ehefrau, also ich, hätte keine Ahnung von nichts. Wofür hielt sich das Luder eigentlich? Für eine Beate-Uhse-Expertin?

Linda tippt auf die letzten Sätze der im Voraus geschriebenen Kolumne. »Die geht aufs Ganze, Nina. Ohne Ring und Urkunde gibt sie sich nicht zufrieden.«

»Moment mal!« Ich holte das Handy aus der Tasche und tippte auf Mitzis Nummer.

»Mitzi? Ich brauche deine Hilfe. Die Mopsfrau ist gefährlicher als ein Tsunami – wenn wir nicht hellwach sind, überrollt sie den Alex, bevor er noch weiß, wie ihm geschieht.«

»Was soll ich tun, Nina?«

»Wo ist Felix?«

»Auf dem Friedhof.«

»Wie bitte?«

»Frau Merkle – du weißt, ihr Mann liegt neben Alois' Anneliese – hat angerufen: Alle Blumen, die Ida und Alois gestern pflanzten, sind von den Schnecken gefressen worden. Der Alois hat so lange gejammert, bis sich Felix erbarmte und Geranien kaufte. Die sollen schneckensicherer sein als Pantoffelblumen und Tagetes. Jetzt ist er mit Alois auf dem –«

»Wieso habt ihr ausgerechnet Tagetes gekauft? Die sind die Leibspeise der Schnecken, Mitzi! Aber egal – wo ist Ida?«

»Sie und ich sind zu Hause.«

»Das ist gut. Du machst Folgendes, Mitzi …«

32. Kapitel

Mit wachsendem Verzücken hörte Linda dem Gespräch zu. Die Nina hatte es nicht nur faust-, sondern meterdick hinter den Ohren. Mitzi, das war ihre zukünftige Schwiegertochter, musste Alex im Abstand von einer halben Stunde anrufen und ihn über Idas Leiden auf dem Laufenden halten. Außerdem sollte sie sicherstellen, dass weder dieser Alois, bei dem es sich offensichtlich um Idas Freund handelte, noch Ninas Sohn Felix ans Telefon gingen, falls Alex zurückrufen würde. Mitzi war sich absolut sicher, dass ihr das gelingen würde. Sie beruhigte Nina und versicherte ihr, die Gefahrenstufe, Idas angeblichen Schlaganfall betreffend, mit viel Fingerspitzengefühl immer weiter nach oben zu schrauben, um sie dann zum Abend hin leicht abzuschwächen. »Er darf auf keinen Fall so verunsichert werden, dass er abreist, hörst du?«, hatte Nina Mitzi eingeschärft.

Zum Glück hatte Linda die Uhrzeit im Auge behalten. Sie zeigte aufs Zifferblatt und hauchte: »Wir müssen los, Nina!«

»Mitzi«, sagte Nina hastig. »Ich muss Schluss machen, jetzt geht's nämlich auf die Mainau. Drück mir die Daumen, dass Alex mich nicht erkennt!«

Während Linda die Autoschlüssel suchte, schob Nina die Wangenpolster in den Mund, prüfte den Sitz der Perücke, des ausgestopften BHs und der gepolsterten Hose. Zuletzt zog sie sorgfältig die Lippen nach, kämmte die falschen Locken und setzte Sonnenbrille und -hut auf.

Wenige Minuten später lag Konstanz hinter ihnen und sie steckten im Stau, der sich bis zur Mainau und noch drüber hinaus hinzuziehen schien. Ungeduldig trommelte Linda aufs Lenkrad, und Nina nagte an einem eingerissenen Fingernagel. Für die liebliche Landschaft hatten sie keinen Blick.

»Hast du«, wollte sie plötzlich wissen, »die restlichen Kolumnen gelesen?«

»Eine davon habe ich gelesen, für mehr hat die Zeit nicht gereicht.«

»Und? Was ist das Thema des nächsten Kapitels?«

Linda runzelte die Stirn. »Willst du es wirklich wissen? Es könnte dir den Nachmittag verderben.«

»Ich will's wissen«, erklärte Nina entschieden. »Also?«

Linda räusperte sich. »Das Thema lautet: Wann sind die Männer wirklich reif für die Liebe?«

»O!« Nina kroch in sich hinein. »Wann sind sie's?«

»Das liest du lieber selbst«, meinte Linda. »Ich könnte rot werden, wenn ... Hoppla, es geht weiter! Halt dich fest, Nina, die Bahn ist frei! Ich überhole die Schnecken vor uns!«

Linda gab Gas, schoss an zwei Autos vorbei und quetschte sich gerade noch hinter einen Mercedes, bevor sie mit dem entgegenkommenden Fiat kollidierte.

»Setzt du dich immer voll Todessehnsucht hinters Lenkrad?« Nina wischte die schweißnassen Hände am langen Blümchenrock ab.

»Ich leide nicht unter der Sehnsucht nach MEINEM Tod«, erklärte Linda sachlich. »Ich bin auf dem Weg, eine Wildsau zur Strecke zu bringen.« Sie hupte. »Der Fahrer im Mercedes vor uns schläft noch ein«, schimpfte sie.

Nina beugte sich vor. »Warte mal ... das Nummernschild, die Farbe des Wagens ... weißt du, wer die Schlafmütze ist?«

Linda drehte sich zu Nina um. »Dein Alex?«

»Genau.«

Linda lachte. »Dann können wir uns ja Zeit lassen. Ohne das angebliche Ehepaar und uns fängt die Führung nicht an.«

Am Kreisverkehr bei Litzelstetten fuhren sie auf den Damm, der zur Mainau führte. »Widerlich«, murmelte Nina.

»Wie bitte?«

»Hup mal kräftig, Linda. Marie frisst meinen Alex noch auf. Siehst du nicht, wie sie an seinem Ohrläppchen knabbert?«

»Mach die Augen zu«, empfahl Linda. »Oder sag mir lieber, was auf den Warntafeln links der Straße steht.«

»Betreten verboten«, las Nina. »Lebensgefahr …«

»Warum?«

»Fahr langsamer … Linda, das Gebiet ist mit Munition und sonstigen Kampfmitteln versetzt. Oho! Das eröffnet Möglichkeiten der drastischen Art. Wir kidnappen Marie und –«

»Setzen sie hier aus? Ich bin dagegen. Unsere Idee ist viel eleganter.«

Je näher sie der Mainau kamen, desto zappeliger wurde Nina.

»Sitzt die Perücke? Erkennt Alex mich auch wirklich nicht? Wir sind mindestens eine Stunde gemeinsam unterwegs, Linda!«

»Du nervst.« Linda parkte den Smart neben Alex' Mercedes.

»Es wird alles gutgehen.«

Sie folgten Alex und Marie in einigem Abstand. Die hatte wieder den Arm um Alex' Hüften gelegt und die Hand in seine Gesäßtasche gesteckt.

»Widerlich«, wiederholte Nina.

»Nun sei doch nicht so negativ. Freu dich über das herrliche Wetter, und gleich wirst du höchst interessantes Wissen erwerben«, munterte Linda sie auf. »Wir sind da.«

Hinter Alex stehend kauften sie die Eintrittskarten; Marie flüsterte ihm etwas ins Ohr, er zückte den Geldbeutel und drückte ihr ein Scheinchen in die Hand, mit dem sie zum Eisstand ging.

»Raffgieriger Schleckhafen«, murmelte Nina und ging mit Linda zum Treffpunkt.

Dort warteten drei Damen in karierten Blusen aus schnelltrocknendem Material, bequemen Hosen und festen

Schuhen, sowie ein Herr Stöckle. Das war der Führer, der missbilligend feststellte, dass sie jetzt bis aufs Ehepaar vollzählig seien.

Dann kam Alex an. Allein. Marie war nirgends zu erblicken.

Herr Stöckle runzelte die Stirn. »I mag's it, wenn mr it pünktlich isch.«

Alex' Handy klingelte; er schaute aufs Display und trat ein paar Schritte zur Seite. Nina und Linda spitzten die Ohren.

»Mitzi, du bist's! Was ... «

»Die Ursel hat was ...? Du liebe Güte! Soll ich kommen? Obwohl, ich nehme gerade an einer Führung teil. Ich rufe dich zurück, ja?«

»Du Lump! Dir geb ich's«, knurrte Nina und stellte sich vorm Insel-Shop zwischen die ausgestellten Pflanzen. »Hallo Alex! Mitzi hat mich angerufen. Idas Zustand ist besorgniserregend. Ich bin zwar noch in der *Wilhelma*, lasse jetzt aber alles stehen und liegen und kümmere mich um deine Mutter ... Nein, noch brauchst du nicht heimkommen. ... Ursel? Ida hat Ursel heimgeschickt, weil sie wissen wollte, in welcher Schublade ihr Testament liegt ... Wie? Was meinst du? Na, ist doch klar: Für den Fall, dass Ida für immer die Augen schließt ... Ja, natürlich bist du Idas Sohn; aber überleg doch: Ursel ist mit ihrem Eberhard in Nullkommanichts im Haus, während du dich auf der Mainau vergnügst. Und Eberhard mit seinem Beamtengehalt ist natürlich auf jeden Penny aus ... Ich??? Du wirst wohl nicht von mir erwarten, dass ich mich mit Eberhard um Idas Testament streite, oder? Wir machen schwere Zeiten durch, Alex; wenn Robert mich nicht immer wieder aufrichten würde, wäre ich längst zusammengebrochen. Der Felix und die Mitzi sind auch am Ende, glaub mir das. ... Alex? Alex, ich muss wirklich los. Noch stehe ich nämlich bei den Geiern. Also tschüss!«

Linda sah, wie er das Handy ausmachte und mit gerunzelter Stirn ins Leere blickte.

Die drei Frauen, Freundinnen aus dem Norden Deutschlands, teilten den Wartenden unaufgefordert mit, dass sie jedes Jahr einen berühmten Garten besichtigen würden.

»So?« Herr Stöckle schaute auf die Uhr.

Die kurze Stämmige zählte auf: »Letztes Jahr waren wir in England, im Jahr davor in Frankreich an der Loire, und davor in Oberitalien.«

»So?«, wiederholte Herr Stöckle.

In aller Gemütsruhe schlenderte Marie auf die Gruppe zu. »Warten Sie auf mich?« Sie lächelte Herrn Stöckle charmant an. Gegen aufdringliche Reize war er immun und reagierte ungehalten. »Se send schpäd dra.«

Marie hielt Alex das Eis vors Gesicht. »Willst du auch mal? Es schmeckt köstlich.«

Alex drehte den Kopf zur Seite. »Marie! Bitte!«

Das Rausgeld gab sie ihm nicht zurück; sie stellte sich aber auf die Zehenspitzen und küsste ihn zärtlich.

Die norddeutschen Damen drehten sich weg. Herr Stöckle kam aus dem Stirnrunzeln nicht heraus. »So. Mir ganget jetzt los. Verschdandet Se mi?«, fragte er die Damen in den karierten Blusen. »I schwätz a bissle schwäbisch.«

Alle drei nickten.

»Guat. Also: Des isch jetzetle a schpezielle Führung durch de Kräutergarte ond Aalag ›Der scheene Garte‹. Ond da ganget mr au glei na. Kommet Se. Allez hopp!«

Herr Stöckle war sehr gut zu Fuß und verschwendete keine Informationen an die Besonderheiten, an denen sie vorbeikamen. Nur als eine der Damen am Schwedenkreuz wissen wollte, warum das Kreuz nicht in einer Kirche stünde, machte er halt. »Em Grieg, der dazumals dreißig Jahr hot dauret, war des mol a Griegsbeute von de Schwede. Bloß, als se hoim welle hend, war dene des Kreiz zu schwer. Se hend's oifach da liege lasse. Deswege schdohts ebe etzetle do am See.« Er lächelte gnitz. »Wisset Se, des waret lauter Schwedeseggel. Kommet Se, allez hopp!«

»Warum sagt er immer allez hopp?«, wollte eine der drei wissen.

»Nach dem Krieg, in seiner Jugend also, gehörte das Gebiet hier zur französisch besetzten Zone«, erklärte Nina und achtete darauf, dass Alex nichts mitbekam. »Meine Schwiegermutter spricht auch heute noch vom Büffeee, Schässlong und vom Drottoir.«

Herr Stöckle zeigte auf die Seeterrassen. »Do kennet Se sich schbäter stärke.« Er wieselte weiter und blieb erst wieder am Gemüsegarten stehen. »Sodele. Jetzt send mr da. Also – Hoppla, wo isch eigentlich dui Frau mitm Eis? Hend mr dui verlore?«

Marie war nicht verloren gegangen; Marie saß auf einem Mäuerchen und winkte ihnen zu. »Mir tun die Füße weh, Herr Stöckle! Aber keine Sorge – ich höre Sie gut!«

»So? Also – sehet Se dui Bohne?«

Alex und die Damen nickten. »Sie sind ein bisschen kümmerlich«, stellte eine der drei Norddeutschen fest. »Wissen Sie, Herr Stöckle, in England haben wir fantastische Geheimtipps für den Anbau von Gemüse bekommen.«

»So? Des indressiert me«, sagte Herr Stöckle.

»Haare«, sagte eine prompt. »Man muss Menschenhaare in die Saatrillen legen. Oder Rosshaare aus alten Matratzen. Die halten Schädlinge nicht nur ab, die stechen die Schädlinge tot, und die Bohnen gedeihen einwandfrei.«

Erstechen ... Gut, das war, wenn auch eine ausgesprochen mittelalterliche, durchaus erfolgreiche Methode der Schädlingsbekämpfung.

Herr Stöckle strich über sein kümmerliches Haupthaar. »Isch des wohr? Fungzioniert des?«

»Absolut«, versicherten die Expertinnen. Eine wies aufs zarte Grün der Möhren. »Wie bekämpfen Sie die Möhrenfliege? Wir zerkleinern Mottenkugeln und mischen die Krümel mit der Erde. Das hilft.«

Alex stand neben Linda. »Mottenkugeln und Rosshaar«, meinte er geringschätzig. »Schon mal was von Bayer-Leverkusen gehört?«

Alle drei blitzten ihn geringschätzig an. »Wir gärtnern auf natürliche Weise. Wir spülen unsere Milchtüten aus und gießen mit dem Wasser unseren Kohl. Bei uns kommt kein Kaffeesatz und kein einziges Teeblättchen in den Müll; damit düngen wir unsere Pflanzen, und Lisa, die eine Kneipe betreibt –«, sie deutete auf die Kleinste der Freundinnen, »schüttet die Bierreste auf die Beete. Mit besten Ergebnissen.«

Ob das die Leute von der *Dinkelacker*-Brauerei wussten?

»Ich vergrabe alle Bananenschalen«, fügte die Stämmige hinzu. »Das ist Gründüngung ohne Bayer-Chemie!«

»Mr lernt net aus.« Herr Stöckle war weit davon entfernt, sich gegen die Tipps zu sträuben. »Und hend Se au was, was de kloine Broggele hilft, dass se net abgfresse werret?«

»Broggele sind Erbsen«, übersetzte Linda.

»Man steckt Zweiglein von Stechpalmen zwischen die Pflanzen«, erklärte die Erste sofort. »Ich habe dafür extra eine Stechpalme in meinen Garten gepflanzt.«

Angélique-Nina stand jetzt neben Alex. »Gärtnern Sie berufsmäßig?«

»Ich? O nein. Es ist mein Hobby.«

»Und was ist mit Ihrer Frau? Hilft Sie Ihnen oder interessiert sie sich eher fürs Ernten und Kochen?«

Alex Gesicht leuchtete auf. »Meine Frau ist Biologin –« Er wurde rot, weil er sah, wie Marie ihn anlächelte. »Sie hat nicht viel Zeit für den Garten«, setzte er matt hinzu.

»Wie schade«, bedauerte Angélique-Nina. »Das gemeinsame Erleben, das Pflanzen, Hegen und Pflegen bereichert die Ehe ungemein.« Sie bückte sich und zerrieb ein Blättchen von den Tagetes, mit denen ein Beet eingefasst war. »Mein Mann gärtnert auch. Leider konnte er mich nicht begleiten.«

Herr Stöckle sprach jetzt gerade davon, dass man beim Säen die Mondphasen beachten müsse. »Mr sät bloß bei zunehmendem Mond, nie bei abnehmendem. Abr des wisset Se beschdimmt. Ond Ihne, dem oizige Mann onder äll dene Fraue, leg i des ans Herz: Lasset Se Ihre Frau d' Petersilie aussäe – bloß so wächst se guet. Ond wenn se guet wächst, hoißt des, dass dr Maa em Haus d' Hose ahot.«

»Das stimmt«, bestätigten die drei Freundinnen. »Aber nicht vergessen: Petersilie darf nur am Karfreitag gesät werden.«

»Hoffentlich«, sagte Angélique-Nina zu Alex, der nicht von ihrer Seite wich, »kommt Ihnen Ihre Frau wenigstens an Karfreitag entgegen. Ich meine, ein Tag im Jahr ein bisschen Mithilfe dürfte nicht zu viel verlangt sein.« Sie blickte zu Marie hinüber, die jetzt längelang auf einer Bank in der Sonne lag. »Ihr Interesse an Ihrem Hobby scheint nicht sehr ausgeprägt zu sein.« Sie lächelte ihn an. »Aber dafür hat sie sicher andere Qualitäten.«

Linda hielt sie zurück. »Treib's nicht zu bunt«, warnte sie. »Alex hält sich immer in deiner Nähe auf. Der Marie ist das auch schon aufgefallen.«

»Meinst du, er hat mich erkannt?«, wollte Nina wissen.

»Nichts deutet darauf hin.« Linda zögerte. »Er ist eben ein Mann, und du siehst sehr attraktiv aus.«

Ninas Augen glitzerten.

Am Rand des Gemüsegartens war ein schmiedeeiserner Bogen, an dem sich eine gelbe Kletterrose emporrankte. Die drei Freundinnen schüttelten bedauernd die Köpfe. »Nicht schlecht. Aber sie könnte noch besser wachsen.«

»Und viel gesünder aussehen«, fügte die Kleine mit den stämmigen Beinen hinzu.

»Bayer-Chemie?«, schlug Alex vor.

Herr Stöckle kratzte sich am Kinn. »Jetzt saget Se bloß net, mr sodd drondr a dods Kendle vergrabe!«

Wozu waren engagierte Gärtner eigentlich nicht fähig? Mit einer Kinderleiche die Rosen zu düngen – wie gruselig!

Herr Stöckle lächelte gnitz. »Des goht abr heitzudag nemme.«

»Ach!«, rief die Dicke mit der rosa Bluse begeistert. »Sie wissen davon?«

»Scho!«, bestätigte Herr Stöckle. »Also, was dend Sie?«

»Wir«, sagte die mit der rosa Bluse, »pflanzen keine Rose, ohne ihr nicht einen Klumpen Fett mitzugeben.«

Wie bitte?

»Unser Metzger hat uns zuerst ausgelacht; seitdem er unsere Rosen gesehen hat, wirbt er mit seinem originalen Rosenwuchsmittel und fährt nicht schlecht dabei. Es kann nur mal vorkommen, dass sich ein Fuchs in den Garten schleicht und den Stock ausgräbt, um ans Fett zu kommen«, schränkte die Kneipenbesitzerin ein.

»Das ist aber erst einmal passiert«, meinte die, die von den dreien am dünnsten war; sie trug einen Reif im grauen Haar. »Auf jeden Fall ist Fett für Rosen besser als –«, sie drehte sich zu Alex um, »– jeder künstliche Dünger.« Sie taxierte ihn abschätzend. »Dass auch Knoblauch und Lavendel den Rosen gut bekommen, wissen Sie?«

Alex schüttelte den Kopf.

»Ich frage mich, ob Sie tatsächlich ein so leidenschaftlicher Gärtner sind, wie Sie behaupten.«

Marie war hergeschlendert und hatte sich bei Alex eingehängt. »Ich versichere Ihnen, dass mein lieber Mann ein ausgezeichneter Gärtner ist!« Sie himmelte ihn an. »Nicht wahr, Liebling?«

»Marie, bitte!«

Die Norddeutschen drehten sich demonstrativ um. Alex' Handy klingelte.

»Kennet Se des Ding net ausschalte?«, blaffte Herr Stöckle, und Marie nahm es ihm flugs aus der Hand. »Nicht jetzt, Schatzi!« Sie schaltete es aus. Alex knurrte.

»Gib es her, Marie; es ist wichtig!«

»Nicht jetzt«, wiederholte sie und ließ es in ihre Tasche gleiten.

»Meine Mutter ist krank«, sagte er böse. »Gib mir das Handy, Marie. Sofort.«

»Aber Liebling!« Sie machte eine Schnute wie Brischitte Bardot. Klar, sie war ja auch fast so alt wie die Filmschauspielerin, nur nicht ganz so abgetakelt. Leider. »Was du nur immer mit deiner Mutter hast!«

»Es ist auch Ihre Schwiegermutter, nicht wahr?«, schaltete sich Linda jetzt ein. »Es dürfte Ihnen doch nicht gleichgültig sein, wie es um sie steht, oder?«

Die norddeutschen Damen waren derselben Meinung.

»Also, machet mir etzetle weiter mit dere Führung oder itte?« Herr Stöckle reagierte zunehmend ungehalten.

»Sie können ja weitermachen; ich habe genug!« Marie drückte Alex das Handy in die Hand. »Ich warte im Restaurant auf dich, Liebling.«

Alex nickte nur. »Herr Stöckle, gehen Sie weiter. Ich komme nach.«

33. Kapitel

Die Führung dauerte exakt eine Stunde und war, alles in allem, sehr aufschlussreich, weil Herr Stöckle und die norddeutschen Damen sich mit bizarren Geheimtipps übertrumpften. Zum Beispiel: Wie prüft der Gärtner die Wärme der Erde? Indem er sich mit nacktem Fiedle aufs Beet setzt. Hindern ihn aber neugierige Nachbarn daran, reicht zum Prüfen der Pflanztemperatur der Unterarm: so macht's ja auch die Mutter mit dem Babybad und Alois mit dem *Dinkelacker* zum Beruhigen.

Oder: In jeden Garten gehört ein Lorbeerbaum, hatten die drei Freundinnen in anderen Ländern erfahren. Warum? Er schützt Haus und Hof vor Blitzschlag.

Herr Stöckle meinte, im Schwäbischen tät's der Holunder.

Oder: Gegen die gefürchtete Kräuselkrankheit eines Pfirsichbäumles helfen Mottenkugeln. Das Problem, erkannte Herr Stöckle glasklar, war aber, dass sie keinen Aufhänger wie etwa die Christbaumkugeln hatten. »Wie henget Se dui Mottekugle en d' Zweig nei?«

»Herr Stöckle«, rief die Stämmige,. »Das fragen Sie? Wir knüpfen sie in Säckchen aus dünnem Vorhangstoff!«

Oder: Zwiebeln und Möhren vertragen sich, aber wer Salbei neben die Rauke pflanzt, heute unterm Namen Rucola bekannt, ist selbst schuld. Salbei und Rauke sind sich nämlich so spinnefeind, dass der Salbei vor lauter Wut giftig wird. Oder, wenn der Gärtner Glück hat, nur kümmert und schließlich eingeht.

»Genau wie ich, wenn ich neben der Marie stehe«, flüsterte ich Linda ins Ohr. »Mit dem Unterschied, dass ich nicht eingehe!«

Mein Alex kam nicht zurück. Ich wollte Herrn Stöckle nicht auch noch verärgern, indem ich während der Führung die Mitzi anrief, bezähmte meine Ungeduld und verwünschte die Stauwärme unter der Perücke wie Herr Stöckle die Maden im Kohl.

Erst als wir uns von ihm verabschiedeten – er setzte sich zwecks Weitergabe von altem Gartenwissen mit den Expertinnen auf ein Bänkchen –, informierte ich mich über den Stand der Dinge.

»Stell dir vor, Nina«, rief Mitzi empört, »der Alex hat doch glatt behauptet, wir dürften die Ursel nicht mehr ins Haus lassen. Sag mir, wie wir das fertigbringen sollen!«

»Reg dich ab, Mitzi! Alles wird gut. Die Mopsfrau hat Alex gerade gründlich vergrätzt, und wenn die beiden erst ins Hotelzimmer kommen, wartet eine saftige Überraschung auf ihn. Wir sind auf dem besten Weg!«

»Hoffentlich! Die Ida hat ihr Testament unter der Matratze versteckt und süffelt Eierlikör. Felix musste zur Schneckenabwehr zehn Joghurtbecher auf Annelieses Grab mit Bier füllen; jetzt bewacht Alois die frisch gepflanzten Geranien, weil er den Bierfallen nicht traut.« Mitzi stöhnte. »Felix hat mir gesagt, auf dem Friedhof gehe es zu wie ... na ja. Ich will ja nichts Ungebührliches sagen, ein Friedhof ist schließlich ein heiliger Ort. Jedenfalls hat Frau Merkle den Felix das Gruseln gelehrt. Sie hat sich nämlich vors Grab ihres Mannes gestellt und hat ihm mitgeteilt: ›Guck mal, i han mir neie Schuh kaufe misse. Gfallet se dir?‹ Sie hat ein bisschen gewartet und dann gesagt: ›Gell, di send schee! Woisch was, jetzt sing i dir's Daimlerlied.‹«

Das Daimlerlied!

Jedes Stuttgarter Kind wächst in Sichtweite vom Mercedes-Stern auf, der so gut wie überall in der Stadt präsent ist: überm Hautbahnhof, dem Neckarstadion und natürlich den Daimlerwerken, weshalb es absolut naheliegt, dass ein Choral der evangelischen Landeskirche: »Stern, auf den ich schaue, Fels, auf den ich baue ...« Daimlerlied genannt wird.

»Jedenfalls«, fuhr Mitzi fort, »wie Frau Merkle mit zittriger Stimme zu Ehren der neuen Schuhe ihrem Verstorbenen den Choral schäppert, hat's Felix gegruselt. Er ist abgehauen und trinkt jetzt mit seinen Freunden ein Bier oder zwei.«

»Und du verzichtest auf ein schönes Wochenende mit ihm«, sagte ich. »Ich bring dir was mit, Mitzi. Wie wäre es mit einem Hut?«

»Einem Sonnenhut?«

»Ich denke an etwas Schickes, Ungewöhnliches. Etwas, was du an deiner Hochzeit tragen kannst.«

»Felix und ich haben noch nie über die Hochzeit gesprochen«, wehrte sie ab.

»Eben. Wenn ich dir einen Hut mitbringe, ist das ein Wink mit dem Zaunpfahl. Was meinst du?«

»Dass du bei Ida in die Lehre gegangen bist«, entgegnete sie prompt. »Du bist so raffiniert wie deine Schwiegermutter. Aber gegen einen Hut habe ich nichts, wenn du meinst, man muss den Felix ein bisschen anstupfen.«

»Anstupfen!« Das schwäbische Verb klang so viel zarter und zärtlicher als das schriftdeutsche »Mit der Nase draufstoßen«. »Abgemacht, Mitzi. Ich schau, dass ich was Flottes finde!«

Linda hatte geduldig gewartet. Jetzt schob sie ihren Arm unter meinen. »Auf zum Schloss?«

»Auf zum Schloss!«, bestätigte ich.

Der Weg durch die Mainau war wie ein Bummel durchs Paradies: Der italienische Rosengarten war eine duftende, pastellfarbene Pracht mit Tupfen in glühendem Rot. Die Mediterran-Terrassen mit der Wassertreppe, den Palmen und Kakteen auf der einen und dem Blick auf den See bis hin zu den Alpen auf der anderen Seite versetzten uns an nach Oberitalien. Die Bepflanzung war perfekt, nichts war dem Zufall überlassen, selbst das Wasser, das in Kaskaden den Berg herunterströmte, lief zum See hin in einer Rinne aus, die mit

Perlmutt ausgelegt war und in allen Farben des Regenbogens schimmerte.

Und erst noch das Schmetterlingshaus!

»Weißt du was, Nina«, sagte Linda. »Eigentlich müssen wir dem Luder direkt dankbar sein. Ich jedenfalls wäre ohne sie nicht auf die Mainau gefahren.«

»Wo du recht hast, hast du recht.« Ich drückte Lindas Arm an mich.

Im Schlosshof bewunderte ich gerade die Zitronen-, Orangen- und Mandarinenbäumchen, als Linda abrupt stehen blieb. »Guck mal, da auf der Treppe!«

Maries schwarze Haare wehten im Wind, als sie mit energischen Schritten die Stufen hinaufeilte und in der Schlossboutique verschwand.

Linda und ich sahen uns an. »Und jetzt?«

»Ich habe Mitzi den Hut versprochen. Sag mal, sitzt die Perücke? Mir kommt's vor, als wäre sie verrutscht.«

»Alles in Ordnung. Du siehst so überzeugend aus wie ein in die Jahre gekommener Hippie. Los jetzt!«

»In der Hüfthose schwitze ich wie in der Sauna«, beschwerte ich mich. »Mein Make-up ist garantiert fleckig geworden.«

»Quatsch.«

Marie stand im Hutsalon und setzte sich gerade ein rosafarbenes Wagenrad aufs Haupt.

»Schick«, sagte Linda. »Steht Ihnen. Wo haben Sie denn Ihren Mann gelassen?«

»Meinen Mann?« Marie drehte sich vorm Spiegel. »Ach so, mein Mann ... Der hängt noch immer am Schürzenzipfel seiner Mama.« Sie seufzte theatralisch. »In seinem Alter sollte er sich abgenabelt haben, finden Sie nicht auch?«

»Na ja, wenn die Mutter krank daniederliegt ...« Linda griff nach einem schwarzen Hütchen. »Setz das mal auf, Angélique.«

Sie wollte Zeit schinden, und so drückte ich es brav auf die falschen Locken.

»Zu klein für dich«, fand Linda. »Sie kommen mit Ihrer Schwiegermutter nicht besonders gut aus, was?«, wandte sie sich wieder an Marie.

»Kennen Sie eine Frau, die von ihrer Schwiegermutter geschätzt wird?«, erkundigte sich Marie spitz. »Wissen Sie, eigentlich wollten wir uns ein paar schöne Tage auf der Mainau gönnen. Aber die Alte ruft ja dauernd an und jammert, wie schlecht es ihr geht. Wie soll da Liebe und Leidenschaft aufblühen, wenn sie ihrem Sohn mit dem nahen Tod droht?«

Das, meine liebe Marie Liebe, ist nicht die schlechteste Methode der Schädlingsbekämpfung!

Marie setzte sich einen giftgrünen Topf aufs Haar. »Das Theater mache ich nicht mehr lange mit.«

Das war Musik in meinen Ohren. »Man heiratet leider nicht nur den Mann; man heiratet die ganze Familie«, sagte ich zu ihr. Ein ausladender Hut verdeckte meine Augen. »Haben Sie Kinder?«

Marie lächelte in den Spiegel. »Einen Sohn habe ich.«

»Ja? Das entlastet Sie natürlich. Er kümmert sich während Ihrer Abwesenheit sicher um die kranke Schwiegermutter – sie ist ja schließlich seine liebe Oma!«

»Wie?« Marie legte den giftgrünen Topf zurück. »Na ja. Vermutlich. Obwohl er natürlich beruflich sehr eingespannt ist.« Sie wirbelte herum. »Da bist du ja, Liebling!« Schon hing sie an Alex' Hals, und ich drückte mich in eine Ecke.

Der Vater meines Sohnes guckte grimmig: Marie wusste einfach nicht, dass er Gefühlsausbrüche in der Öffentlichkeit verabscheute. Und nun küsste sie ihn auch noch mitten auf den Mund! Nur weiter so, Marie Liebe, dachte ich. Du bist auf dem besten Weg, den Alex zu vergraulen!

Er zerrte an ihren Armen, aber das Luder hing an ihm wie ein Krake mit einem Dutzend Fangarmen. Mit großen Kinderaugen himmelte sie den Mann ihrer Wünsche an. »Gehen wir essen, Liebling? Ich habe ja solchen Hunger! Aber –«

Sie setzte sich wieder das rosa Wagenrad auf den Kopf. »Was sagst du dazu? Der Hut kleidet mich, findest du nicht auch?«

Er knurrte.

Sie hauchte ihm etwas ins Ohr, er wurde rot. »Nicht hier, Marie.«

Linda räusperte sich. »Der Hut steht Ihnen«, sagte sie bewundernd. Es fehlte nicht viel, und sie hätte in die Hände geklatscht und verzückt zur Decke geschaut! »Sie kaufen ihn doch Ihrer lieben Frau?«

»Er tut alles für mich«, erklärte Marie stolz. »Mein Mann ist ja so großzügig, nicht wahr, Liebling?«

Ein Schwabe und großzügig, wenn's um unnütze Dinge geht? Gespannt wartete ich, wie sich Alex aus der Affäre ziehen würde. Zuerst blickte er aufs Preisschildchen, stutzte, runzelte die Stirn, guckte ein zweites Mal. »Der Preis ist ein Witz«, erklärte er, drehte sich um und marschierte von dannen.

»Aber Liebling!« Marie rammte das Wagenrad einer Schaufensterpuppe auf den Schädel und rannte ihm hinterher.

»Na, geht doch«, sagte Linda zufrieden. Ich kniff ein Auge zu und holte mein Handy aus der Tasche. »Hallo, Alex! Hast du eine schöne Zeit auf der Insel?«

»Nina, mir geht's beschissen«, flüsterte er und brach die Verbindung ab.

Oho! Das hörte ich aber gerne!

Linda und ich suchten für Mitzi ein schickes kleines Hütchen in Weiß mit zartem Federschmuck und einem winzigen gepunkteten Schleier aus. Die Kreation war wirklich sündhaft teuer, aber noch nie hatte ich meine Kreditkarte lieber auf den Tresen gelegt: Ohne Mitzis Hilfe hätten wir Alex nicht so rasch weichgekocht. »Wir müssen dranbleiben«, schärfte ich Linda ein. »Marie hat noch längst nicht aufgegeben.«

Wir fuhren ins Hotel zurück. Dort nahm ich die Polster aus den Backen, wir riefen den Zimmerservice an, bestellten

Salat und Schweizer Rösti mit Käse und ließen es uns auf dem Balkon schmecken.

Die Zimmertür stand ein bisschen auf, damit wir auch bestimmt jedes Geräusch auf dem Flur hörten.

Als wir beim Espresso und einem Petit Four mit hellblauem Zuckerguss und kandiertem Veilchen obenauf angekommen waren, erinnerte ich mich an die Kolumne, die ich noch nicht gelesen hatte.

Meine lieben Leserinnen!

Anaïs Nin, eine berühmte, leider nicht mehr unter uns Lebenden weilende, in Liebesangelegenheiten äußerst experimentierfreudige und höchst erfahrene Schriftstellerin, bemerkte mal: »Je nachdem, wie mutig ein Mensch ist, expandiert oder schrumpft sein Leben.«

Meine lieben Leserinnen! Mein Leben expandiert nicht nur, es explodiert geradezu! Noch nie machte ich so viele herrliche Erfahrungen in so kurzer Zeit, noch nie hatte ich so fantastische Pläne. Das Beste daran ist: Sie lassen sich alle verwirklichen!

Wie das?, fragen Sie sich.

Nun, der Mann, den ich heiraten werde, hat nicht nur ein wunderbar dickes finanzielles Polster, ein großes, dreistöckiges Anwesen, stadtnah und doch im Grünen, sowie einen Garten, in dem er alles anbaut, was wir zum gesunden Leben brauchen. Er ist auch, das ist nun wirklich das Allerbeste, so gut wie ungebunden.

Das erleichtert es mir, seinem Leben eine neue, aufregende, geschäftlich vorteilhafte Wendung zu verpassen.

Im Einzelnen:

Der Sohn ist erwachsen; er wird in allernächster Zukunft heiraten und endgültig das Haus verlassen. Natürlich wollen Jungvermählte für sich sein. Das kommt mir entgegen, denn nichts hasse ich mehr als Besuche von Verwandten und beengtes Wohnen. Aber natürlich wünsche ich ihm und der Dame seines

Herzens alles Glück der Welt; das klingt doch sehr selbstlos und ist, wie wir wissen, mit keinerlei Kosten verbunden.

Dann ist da noch die Mutter meines Liebsten.

Sie ist sehr, sehr alt. Sie ist dement, sie hat's am Herzen, sie ist nicht mehr gut zu Fuß. Kann man es mir übel nehmen, wenn ich mich nach einem vorzüglichen Pflegeheim umsehe, in dem sie es einfach nur gut hat? In dem sie von aufmerksamem Personal umsorgt, gefüttert, gewindelt, gebadet, im Rollstuhl umhergefahren und abends liebevoll zu Bett gebracht wird?

Mein Schatz ist ja so gut zu ihr, aber er wird einsehen müssen, dass die Pflege seiner hinfälligen Mutter seine Kräfte früher oder später überfordern wird. Und was dann? Auf die Schnelle findet niemand ein vorzügliches Heim, ist's nicht so, meine lieben Leserinnen? Also sorge ich schon mal vor …

Wenn dann niemand außer mir und meinem Darling im Haus wohnt, wird er einsehen, dass ich die leeren Räume sinnvoll nutzen will.

Wie? Auf welche Weise? Werden Sie sich fragen.

Sie, meine lieben Leserinnen, wissen ja längst, was mir am Herzen liegt: die Liebe. Und die Schönheit der Frau.

Beides werde ich miteinander verbinden: Im Erdgeschoss werde ich einen Salon einrichten. Einen Salon, werden Sie fragen? Was für ein Salon soll's denn sein?

Es wird, so viel verrate ich Ihnen, ein ganz neuartiger Salon sein, einer, in dem sich Frauen ungezwungen treffen, sich verschönern lassen und – darüber informiert werden, wie sie ihren Liebsten für immer an sich binden. Sie, meine lieben Leserinnen, werden in meinem Salon Informationen erhalten, von denen Sie noch nicht mal träumten.

Sie werden von meinen Erfahrungen profitieren. Sie werden lernen, wie Sie Ihren Liebsten um den kleinen Finger wickeln können. Ich werde Ihnen die Pfeife in die Hand geben, nach deren Melodie er für Sie, und nur für Sie, tanzen wird.

Ich sage Ihnen, wie sie es anstellen, damit er Ihnen die Welt zu Füßen legt.

Sie werden Tees aus dem gesunden, biologisch-dynamischen Anbau meines Mannes trinken. Sie werden Früchte und Gemüse aus seinem Garten, köstliche Gelees und Marmelade kaufen und mit meiner Hilfe und Unterstützung ein wunderbares Leben führen. Ich versichere Ihnen: Schon im Herbst erfahren Sie, wann ich meine Türen für Sie öffnen werde.

Nun? Habe ich Sie neugierig gemacht?

Halten Sie durch; bald ist es so weit …

Wie immer Ihre Marie Liebe

34. Kapitel

Nina legte das Blatt beiseite. »Ich muss sagen«, bemerkte sie als Erstes, »dass meine Schwiegermutter eine wirklich kluge Frau ist. Sie hat alles, was Marie hier schreibt, vorhergesehen. Dass sie ins Pflegeheim abgeschoben wird, falls ich wegen Alex' Untreue ausziehen sollte. Dass Marie Felix und Mitzi das Leben so zur Hölle machen wird, bis sie »freiwillig« das Weite suchen. Was sie nicht ahnen konnte, ist die Absicht, in unserer kleinen Stadt einen verruchten Salon zu eröffnen. Das …«, sie deutete mit dem Zeigefinger auf die betreffende Stelle, »wird Alex den Rest geben. Ich verstehe nur nicht«, Nina hob den Kopf, »weshalb sie mit ihren Plänen hausieren geht. Was sie hier schreibt, wird schließlich in der *Victoria!* veröffentlicht. Warum fürchtet sie nicht, jemand aus unserem Bekanntenkreis liest die Kolumne und zählt eins und eins zusammen?«

»Genau das habe ich mich auch schon gefragt«, meinte Linda. »Meine Freundin Kathrin zum Beispiel hat mich ja gleich angerufen. Gut, sie wusste nicht, um welchen Mann es ging, aber sie wusste, dass ich wegen Marie nach London zog. Wer weiß, wie viele Frauen ihretwegen zu Flüchtlingen wurden!«

»Sie hat ein aufgeblasenes Selbstbewusstsein«, stellte Nina fest und legte die Beine aufs Balkongeländer. »Und dumm ist sie auch noch. Es sei denn …« Sie runzelte die Stirn. »Es sei denn, sie ist raffinierter, als wir beide vermuten.«

»Wie das?«

»Überleg doch, Linda! Alex lässt sich ihretwegen scheiden. Dann, nachdem die Tinte unter der Heiratsurkunde trocken ist, präsentiert sie ihm das Geschriebene und Veröffentlichte und sagt: Das habe ich vor. Natürlich wird er protestieren, aber was hilft es ihm? Sie wird sagen: Ich habe dich nicht hinters Licht geführt – da steht alles schwarz auf weiß, du hättest es nur lesen müssen. Und da sie's auf sein Konto und seinen Besitz abgesehen hat –«

»– und ihn nicht liebt?«

»– und ihn ganz sicher nicht liebt, wird sie auch die Härte aufbringen, die sie für die Durchführung ihrer Pläne benötigt. Vergiss nicht, Linda! Das Luder ist nach einem genau festgelegten Plan vorgegangen. Generalstabsmäßig nennt man das wahrscheinlich. Eine Person wie sie gibt sich nicht mit dem gezähmten Männchen an der Seite zufrieden. Dazu ist sie noch nicht alt genug. Und zu abenteuerlustig. Zu raffgierig. Ein Mensch wie Marie Liebe macht immer weiter: Zuerst kommt der Mann mit seinem Geld. Dann wird er in die Pflicht genommen, schließlich braucht sie ihn auch, um mit seinem Vermögen etwas Eigenes aufzubauen. Ich glaube«, schloss Nina, »wir alle haben Marie Liebe unterschätzt.«

»Und wenn schon!«, rief Linda, »Selbst wenn ... Moment, hast du das gehört? Sie sind da!« Auf Zehenspitzen rannte Linda zur Tür.

35. Kapitel

Mit angehaltenem Atem warteten wir auf Alex' wütenden Aufschrei, auf streitende Stimmen, auf Maries Beteuerungen ... Aber nichts da. Was wir hörten, war ihr fröhliches Gezwitscher. »Ach, wie aufmerksam! Ein Blumenstrauß! Alex, er ist ... er ist von meinem Sohn. Er wünscht uns einen schönen Aufenthalt.«

»So eine Lügnerin«, zischte Linda.

»Pst!«

»So? Sag mal, wie riecht es denn hier?«, war Alex zu vernehmen. Linda fasste nach meiner Hand.

»Wie es hier riecht? Na, es wird das Reinigungsmittel sein, womit das Zimmermädchen das Bad geputzt hat«, erklärte Marie flugs.

»So? Irgendwie kommt mir der Geruch bekannt vor.«

Und ob er ihm bekannt vorkam! Seit Jahren parfümierte ich mich mit *Diorissima*. Mein teures Parfüm ein Reinigungsmittel – du meine Güte!

»Die hat für alles eine Erklärung«, flüsterte Linda. »Die ist uns über, Nina!«

»Marie!« Das war wieder Alex' Stimme. »Ich hab's nicht so gern, wenn du mich in der Öffentlichkeit küsst, schließlich sind wir beide nicht mehr die Jüngsten.«

»Alex, mein Schatz, gefällt es dir dann wenigstens im Schutz der vier Wände? Ich will dir beweisen, wie sehr ich ...«

Die Tür fiel ins Schloss, und Linda zog mich in mein Zimmer. Vor lauter Enttäuschung fing ich an zu heulen. »Unser feiner Plan! Weißt du, was das Luder jetzt mit ihm macht? Mein Alex ist Wachs in ihren Händen!«, schluchzte ich und riss die Perücke vom Kopf. »So verschlagen wie das Biest ist, schaffen wir die nie!« Ich zog den Rock aus und schälte mich aus der gepolsterten Hose. »Alles umsonst!« Die Bluse und der BH folgten. »Ich fahre heim! Soll er doch mit ihr glücklich werden!«

Als ich nach meinen Jeans greifen wollte, hielt Linda mich zurück. »Was? Du gibst auf? Ein Fehlschlag, und du wirfst die Flinte ins Korn? Nina, du bist ein Feigling!«

»Ich bin Realistin!«, verteidigte ich mich.

»Du hast keinen Mumm. Kein Durchhaltevermögen. Keinen Kampfgeist!«

»Das sagst du? Ausgerechnet du, die gleich den Bettel hinschmiss und nach London auswanderte?«, keifte ich und hasste mich dafür.

»Das war ein Schlag unter die Gürtellinie«, entgegnete Linda wütend. »Das war gemein.« Sie hob den Kopf und sah mich mit blitzenden Augen an. »Okay, du hast recht. Anstatt zu kämpfen habe ich die Flucht ergriffen. Aber –«, sie funkelte mich an. »Hatte ich eine Familie, die mich unterstützte? Eine Freundin, die mir beistand? Eine Kolumne, die mir verriet, was die Frau vorhatte?«

Ich schlug die Hände vors Gesicht. »Du hast ja recht. Aber ich habe einfach keine Ahnung, was wir noch unternehmen könnten.«

Linda warf mir das Handy zu. »Los, stör sie!«

Ich tippte auf Alex' eingespeicherte Nummer. »So ein Schuft! Er hat es ausgeschaltet!«

»Ich traue ihr zu, dass sie das getan hat.« Linda hielt mir den Bademantel hin. »Nur mit der Unterhose bekleidet kannst du nicht auf den Balkon.«

»Was soll ich dort? Die Sonne sticht, mir ist übel. Am liebsten würde ich mich im Bett verkriechen.«

»Ja, ja – oder nach Hause fahren. Komm, lass uns einen neuen Plan machen.«

So sehr wir uns auch bemühten – uns fiel nichts Zündendes ein. Klar, Ida oder Mitzi oder ich könnten die Leute an der Rezeption anrufen und sie bitten, Alex eine Nachricht zukommen zu lassen. Aber das alles würde sie nur noch mehr anstacheln, und so einigten wir uns darauf, es auf einen wie auch immer gearteten Zufall ankommen zu lassen und das Beste daraus zu machen.

Auf der Terrasse tranken die Gäste ihren Nachmittagskaffee, schaufelten Torte oder Kuchen in sich rein oder löffelten Eisbecher, die von oben sehr verlockend aussahen. Obwohl es mir grauste, mich wieder in die gepolsterten und wattierten Sachen zu zwängen, war der Appetit auf einen Eisbecher doch größer, zudem waren zwei Tische direkt überm Wasser noch frei. Alles, fand ich plötzlich, war besser als im Zimmer Trübsal zu blasen. Oder mir vorzustellen, was das verruchte Miststück mit meinen Mann gerade anstellte.

Als ich die falsche Haarpracht kämmte, klingelte Lindas Handy. »Das kann nur Kathrin sein«, meinte sie, sagte »Hallo?« und schnappte nach Luft. »Simon! Was gibt's?«

Simon? Der Freund aus London? Diskret zog ich mich ins Badezimmer zurück. Warum, fragte ich mich dort, wummerte ich nicht mit beiden Fäusten an Alex' Tür und brüllte sie aus dem Lotterbett?

»Nina, es ist nicht zu fassen!« Linda war hereingekommen. »Was soll ich nur tun? Simon, der Unselige, ist auf dem Weg hierher.«

»Na und?«

»Ich weiß nicht, was ich tun soll.«

»Freu dich auf ihn. Sei nett zu ihm. Unternehme was mit ihm.«

Sie schüttelte den Kopf. »Du verstehst nicht ... Seitdem ich Rob wieder getroffen habe, bin ich ganz durcheinander.«

»Du lieber Himmel! Bist du eine Frau zwischen zwei Männern?« Ich deutete in Richtung Alex' Zimmer. »Das Gegenstück zu ihm, dem Mann zwischen zwei Frauen?« Ich schüttelte die falschen Locken nach hinten. »Sag's ihm.«

»Ich weiß doch nicht, für wen ich mich entscheiden soll«, jammerte sie.

Ich schnaubte. »Ich lege die Wangenpolster nicht ein. Linda, du wirst jetzt mit mir auf die Terrasse sitzen, wir bestellen einen feinen Eisbecher mit doppelt Sahne, und während du löffelst, entscheidest du dich. Nichts leichter als das.«

»Nichts leichter als das? Nina, du weißt nicht, was du von mir verlangst.«

»Dasselbe, was ich von meinem Mann verlange.«

Wir setzten uns an ein Tischchen direkt an der Balustrade und schauten trübsinnig aufs Wasser hinaus. Die Wellen schaukelten, ein paar Boote glitten dekorativ über den See, die Sonne schien auf den Schirm über unseren Köpfen, und ich wünschte mir die Vergangenheit mit meinen fröhlichen, unbeschwerten Tagen zurück.

Ich hatte sie als eine Selbstverständlichkeit hingenommen, dabei hätte ich rund um die Uhr dankbar sein müssen, dachte ich und löffelte Eis.

»Bitte Simon um Geduld«, schlug ich vor.

»Das habe ich ja getan. Ich sagte, ich würde nach Deutschland fahren, um die Gespenster der Vergangenheit zu bannen.«

»Und?«

»Er meinte, er wolle mich nicht verlieren.«

»Aha. Der Mann ahnt also etwas.«

»Ja. Mehr, als mir recht ist. Und jetzt, wo ich weiß, dass Rob nicht aufgehört hat, mich zu lieben ...«

»Stehst du wie Alex, der Esel, zwischen zwei Heuhaufen. Weißt du was, Linda? In deiner Haut möchte ich nicht stecken.«

»Ich auch nicht«, entgegnete sie inbrünstig und winkte dem Kellner. »Trinkst du noch einen Espresso?«

»Gerne.« An der breiten Tür, die zur Terrasse hinausführte, stand ein Mann. Groß. Dunkelhaarig. Graue Hose. Hellblaues Hemd. Keine Krawatte. Schick. Der Figur nach zu schließen ein Genießer. »Wie sieht Simon aus?«

»Willst du damit sagen, dass er ...« Linda fuhr herum. »Simon!«

36. Kapitel

Lindas Herz setzte einen Schlag aus. Als Nina aufstehen und weggehen wollte, zischte sie: »Du bleibst! Wehe, du lässt mich mit ihm allein!« Sie kreuzte die Arme vor der Brust und machte ein Gesicht wie der Wolf, bevor er Rotkäppchens Großmutter mit einem einzigen Happs verschlang.

»Hallo Linda. Schön, dich zu sehen.« Abwartend blieb Simon stehen.

»Hallo. Warum bist du gekommen? Ich sagte doch, ich brauche meine Ruhe«, fuhr sie ihn an.

»Ich vermute, inzwischen hast du genug geruht.« Er lächelte Nina an. »Simon.«

Sie reichte ihm die Hand. »Nina. Ich bin Lindas Freundin. Wir machen Urlaub am See. Bitte nehmen Sie doch Platz. Trinken Sie einen Espresso mit uns?«

»Gerne.«

»Wer hat dir gesagt, in welchem Hotel du mich finden würdest?«, wollte Linda wissen.

»Nachdem du nicht ans Handy gegangen bist, habe ich mir Sorgen gemacht.« Simon schlug die Beine übereinander und zupfte an der Bügelfalte herum. »Schließlich habe ich mich daran erinnert, dass du bei einer Kathrin wohnen würdest, deren Mann Arzt ist und dessen Praxis sich in einem Vorort Stuttgarts befindet. Na ja, da habe ich eben ein bisschen herumtelefoniert.«

»Und Kathrin hat dir die Adresse verraten? Die alte Plappergosch!«

Simon lächelte.

»Wie lange bleibst du?«, erkundigte sich Linda unfreundlich. »Es ist nämlich so, dass Nina und ich zu tun haben.«

»Obwohl ihr Urlaub am See macht?«

»Wir verbinden das Nützliche mit dem Schönen.«

»Es ist eine sehr gute Idee, das Nützliche mit dem Schönen zu verbinden«, lobte Simon. »Wie wäre es, wenn wir beide das auch tun würden?«

»Wie meinst du das?«

»Ich würde mir gerne die Stadt ansehen. In meinem Führer steht«, er legte einen bunten *Polyglott* auf den Tisch, »Konstanz sei ein geschichtsträchtiger Ort. Im ausgehenden Mittelalter wurde hier ein Mann, der mit der Lehre der Kirche seiner Zeit nicht einverstanden war, auf dem Scheiterhaufen verbrannt, obwohl man ihm zugesichert hatte, seinen Leib und sein Leben nicht anzutasten.« Er schüttelte missbilligend den Kopf. »Was für barbarische Sitten damals herrschten!« Er blätterte im Führer. »Das Archäologische Landesmuseum soll sehenswert sein sowie eine Galerie namens Wessenberg. Ein Sealife Center gibt es auch, obwohl ich gestehe, dass mich das weniger interessiert.« Er schaute auf. »Begleitest du mich, Linda? Oder habt ihr beide schon alles gesehen?«

»Wir waren beschäftigt«, entgegnete Linda schnippisch.

Doch Nina meinte, immerhin hätten sie an einer Führung durch die Gärten auf der Mainau teilgenommen.

»Richtig, die Mainau. Die könnten wir auch noch besichtigen, obwohl, was Gärten betrifft, England auch nicht zu verachten ist. Wie ist's, Linda? Du hast die Wahl.«

Sie stand auf. »Okay. Zwei Stunden. Bis zum Abendessen.«

Doch anstatt den Schildern Richtung Innenstadt zu folgen, schlug er den Weg zu einer Grünanlage entlang des Sees ein. Eine ganze Weile gingen sie schweigend nebeneinander her, bis Simon stehen blieb. »Du hast dich entschieden?«, fragte er ruhig.

Linda schüttelte den Kopf. »Das wäre zu viel gesagt.«

»Das bedeutet, du hast die Gespenster der Vergangenheit noch nicht gebannt?«

»Es sieht ganz danach aus.«

»Was wirst du tun?«

Was werde ich tun? Das fragte sich Linda auch und ärgerte sich, dass Simon sie mit der Frage überfiel. Sie – der Esel zwischen den beiden Heuhaufen! Um Zeit zu schinden, deutete sie mit dem Kinn auf einen Baum. »Das ist ein Ginkgo. Für Goethe war das ein ganz besonderer Baum.«

»Er sah ihn zum ersten Mal im Heidelberger Schlossgarten«, sagte Simon prompt. »Das wie gedoppelte Blatt regte ihn zu einem Gedicht an – der Mann war seinerzeit in eine Frankfurterin verliebt.«

»Marianne von Willemer hieß sie«, ergänzte Linda. »Kennst du das Gedicht?«

Simon fasste nach ihrer Hand.

»*Ist es ein lebendig Wesen*
das sich in sich selbst getrennt?
Sind es zwei, die sich erlesen
dass man sie als eines kennt?

Wie du sicher weißt, ist das die zweite Strophe. Willst du auch die erste und dritte hören? Die endet so: *Fühlst du nicht in meinen Liedern, dass ich eins und doppelt bin?*«

Linda hätte sich ohrfeigen können: Selbst schuld, wenn sie ihm die Gelegenheit verschaffte, ihr mit Goethes Worten seine Liebe zu erklären ... Und doch: Genau das verband sie ja mit Simon – die Liebe zur Literatur. Vor ihren Augen tauchte Rob auf. Feinsinnig Goethe zu zitieren wäre ihm nicht mal im Schlaf eingefallen. Rob liebte es handfest. »Linda, beeil dich! Ich warte auf dich!« Das hatte Rob, der elende Macho, gesagt.

Und da stand sie jetzt mit Simon, der ihr geholfen hatte, wieder Mut zu fassen und Boden unter den Füßen zu bekommen. Dankbar musste sie ihm sein, o ja, aber war sie zu mehr verpflichtet?

Simon fasste nach ihrer Hand, legte ein hellgrünes Ginkgo-Blatt hinein und schloss behutsam ihre Finger darüber. »Du hast ihn wieder getroffen? Deinen Mann?«

Linda nickte.

»Das habe ich befürchtet.« Er fasste sie am Ellbogen und zog sie weiter. »Mir geht es wohl wie Goethe, der mit Marianne auch kein Glück hatte.«

»Es ist noch alles in der Schwebe«, sagte sie leise. »Aber es wäre unfair, zu dir zurückzukommen, falls es mit meinem Mann nichts wird.«

»Das würde mir nichts ausmachen.«

»Aber mir. Es wäre unfair«, wiederholte sie.

»Wenn's mit dem einen Modell nicht klappt, versuche ich's eben mit einem anderen – denkst du so?«

»Ja. Die Denkweise ist so unwürdig.« Sie biss sich auf die Lippen. »Ich komme jetzt aber nicht mit dem genauso unwürdigen Vorschlag: Lass uns wenigstens Freunde bleiben.«

»Aber warum denn nicht?« Verdutzt blieb er stehen.

»Wie soll das gehen?«, antwortete sie mit einer Gegenfrage.

»Wir sind erwachsen, Linda. Du brichst mir zwar das Herz, aber ich werde mich nicht in die wütend schäumenden Fluten stürzen«, er deutete auf den sanft plätschernden See, »und mein Leben in der kalten Tiefe aushauchen.«

»Simon!«

»Meinen Plan mit dem Büro in Deutschland habe ich nicht aufgegeben. Werde ich nicht aufgeben«, berichtigte er sich. »Wie wäre es mit Stuttgart statt Leipzig? Würde dir die Stadt die Entscheidung erleichtern?«

»Sie sind zu gütig, Mister Rochester«, sagte Linda verlegen, worauf er prompt erwiderte: »Ich ahnte, dass du sofort an Charlotte Brontës *Jane Eyre* denken würdest.«

Zehn Schritte weiter blieb er wieder stehen. »Halten dich deine ›Geschäfte‹ davon ab, oder isst du mit mir zu Abend? Mir schwebt ein nettes Lokal vor, in dem wir Felchen mit zerlassener Butter essen könnten. Und einen Wein der Gegend würde ich auch gerne trinken.« Er legte den Kopf schief. »Du würdest mir damit eine große Freude machen.«

37. Kapitel

Bei Gott, der Tag hatte es in sich! Nachdem Linda mich angerufen und mir mitgeteilt hatte, sie würde mit Simon zu Abend essen, ging ich in mein Zimmer hinauf und fühlte mich so verloren wie eine Katze, die vom Gipfel eines Baumes nicht mehr herunterkam. Zum Lesen war ich zu unruhig, allein durch die Stadt zu bummeln war öde, vor allem, weil nichts mich von den Bildern ablenken konnte, die ständig vor meinem inneren Auge auftauchten.

Also zog ich mich aus – zum wievielten Mal an diesem verdammten Tag? – und stellte mich unter die Dusche. Danach kleidete ich mich sorgfältig mit dem schicken »Kleid für alle Fälle« an, schminkte mich, legte die Wangenpolster ein, kämmte die Locken in Form, besprühte mich verschwenderisch mit *Diorissima* und ging, noch bevor die Sonne hinter die grünen Hügel des Allgäus sank, wieder auf die Terrasse. Zwei Damen vom Typ pensionierte Oberstudienrätinnen auf Urlaub zahlten gerade, und so wartete ich, bis ich mich an meinen Lieblingstisch an der Balustrade setzen konnte. Ich bestellte einen halben Liter Riesling und verfluchte das Miststück, das elende, deretwegen ich meine Backen auspolstern und aufs Essen verzichten musste.

Der See lag ruhig in der Abendsonne, und außer dem Tuckern eines Motorbootes, den gedämpften Stimmen der Gäste und hin und wieder dem Gezwitscher einer Kohlmeise oder dem Gesang einer Amsel war nichts zu vernehmen. Trübsinnig starrte ich auf mein Handy. Suse, meine Schwester, hatte mir eine SMS geschickt; sie wollte wissen, ob Alex schon gefesselt und geknebelt im Kofferraum meines Autos liege, und Mitzi hatte gesimst, sie versuche seit Stunden, Alex zu erreichen ... Tja, so ging es mir auch.

»Wir waren zusammen auf der Mainau, nicht wahr?«

Alex! Du liebe Güte! Da stand er leibhaftig an meinem Tisch!

»Sie sind allein; darf ich mich so lange zu Ihnen setzen, bis Ihre Freundin kommt?«

Mein lieber Herr Gesangsverein! Ich schluckte und schluckte und versuchte, meine Stimme in den Griff zu bekommen. »Sie ... also meine Freundin ist mit einem Bekannten unterwegs.«

»Dann sind Sie allein heute Abend?«

Mein Herzklopfen ließ den falschen Busen wackeln. »Mutterseelenallein«, krächzte ich. »Und Sie?«

»Oh!« Er blickte über den See und tat ganz unbeschwert. »Meine Freund ..., also meine Frau fühlt sich nicht wohl. Sie hat sich ins Bett gelegt.«

Klar! Wohin denn sonst?

»Haben Sie schon bestellt?«, wollte er wissen.

Inzwischen hatte ich mich wieder gefangen. Er, fand ich, sah nicht gut aus. Gar nicht gut. Richtig mies sogar. Zerknittert und zerknautscht. Faltig und zusammengefallen wie ein Luftballon, den jemand mit einer spitzen Nadel zum Platzen gebracht hatte. »Einen halben Liter Riesling habe ich bestellt.«

»Da mögen wir denselben Wein«, stellte er fest.

Kunststück, nach so vielen Jahren Ehe!

»Und was essen Sie?«

Ich setzte ein Lächeln auf, von dem ich hoffte, man könne es mit einigem guten Willen betörend nennen. »Gegessen habe ich bereits.«

»So? Schade. Es macht Ihnen aber nichts aus, wenn ich –«

»Im Gegenteil!«, unterbrach ich ihn flugs, obwohl mir beim Gedanken an Essen das Wasser im Mund zusammenlief. »Tun Sie sich nur keinen Zwang an.«

Tat er ja auch sonst nicht, oder?

Ganz der ehemalige Manager blickte er über die Tische hinweg. »Kellner! Ich nehme das Züricher Geschnetzelte mit

Schupfnudeln. Und –« Er blickte kurz zu mir rüber. »Die Dame hat einen Riesling bestellt. Welchen empfehlen Sie uns? Wir nehmen eine Flasche.«

»Da hätten wir einen sehr schönen Riesling aus einem Weingut bei Immenstaad. Ich könnte Ihnen aber auch den Chardonnay aus der Spitalkellerei Konstanz empfehlen. Oder einen Müller-Thurgau aus Hagnau.« Der Kellner erwärmte sich immer mehr; bei mir hatte er sich nicht die Mühe gemacht, bei mir war er mit »einen halben Liter Riesling« zufrieden gewesen und hätte mir garantiert einen Simsenkräbsler serviert. »Der Müller-Thurgau passt bestens zum Züricher. Vom Charakter her ist er frisch und jugendlich. Feinfruchtig, unkompliziert, und doch ein wahrer Gaumenschmeichler. Und –« Er lächelte Alex verschwörerisch an. »Er rangierte unter den Top Ten Deutschlands. Das war«, er lächelte immer noch, »im Jahre 2009. Wir haben noch ein paar Fläschchen im Keller.«

»Gut. Den nehmen wir. Und eine Flasche Mineralwasser. Mit Kohlensäure.«

»Die Dame schließt sich Ihnen an?«

»Ach du liebe Güte!« Er schaute mich an, als gehörte ich zum Inventar; ich fühlte mich ganz wie zu Hause. »Hätten Sie lieber Wasser ohne Gas?«, erkundigte er sich reichlich ungeduldig.

»Nein, danke. Dann könnte ich ja gleich Hahnenwasser trinken.«

»Das sagt meine Frau auch immer. Übrigens –« Er beugte sich zu mir herüber. Linste er etwa in meinen Ausschnitt? Ich schob den gepolsterten BH hoch. »Sie benutzen dasselbe Parfüm wie sie.«

»*Diorissima*.« Wenigstens war der Geruchssinn meines Volltrottels noch intakt. »Mein Mann liebt es. Liebte es.«

»Liebte?« Er hob die Augenbrauen.

»Ich habe meinen Mann verlassen.« Zum Glück hatte ich meinen Ehering abgenommen!

Mein Alex, stellte ich fest, hatte auch einen hellen Streifen, wo er den Ring normalerweise trug.

»Wegen eines anderen?«

Ich lächelte wehmütig. »Ach, wissen Sie, die Reihenfolge verlief in klassischer Weise: Zuerst gab es *eine* andere, ihr folgte *ein* anderer. Wir Frauen von heute haben's mit dem ergebenen Dulden nicht mehr so wie unsere Mütter.«

Alex zuckte zusammen. »Ach ja?«

»O ja!«

»Na ja«, meinte er, noch immer leicht erschüttert, »eine so attraktive Frau lebt natürlich nicht wie's Aschenputtel.« Trotzig hob er den Kopf. »Aber nur eine Frau von Ihrem Format kann gleich auf einen anderen zurückgreifen.«

»Sie Schmeichler! Vergessen Sie bitte nicht, dass gerade Aschenputtel den Prinzen an Land zog und eben nicht ihre hübschen Schwestern, die's von Anfang an auf einen Fang abgesehen hatten. In Bezug auf die Raffinesse einer Frau kann der Mann nicht vorsichtig genug sein.« Ich klimperte mit meinen getuschten Wimpern und wechselte das Thema. »Wie schön für Sie, dass Sie mit Ihrer Frau auf Reisen gehen. Ich beneide Sie um ihr Glück.«

»Na ja ... danke«, sagte er lahm.

Wie der Kellner gesagt hatte, passte der Müller-Thurgau offensichtlich perfekt zum Geschnetzelten. Er trank einen Schluck, grunzte anerkennend und spießte eine Schupfnudel auf die Gabel.

»Wir Schwaben nennen die Schupfnudeln auch Bubenspitzle. Der Form wegen, wissen Sie?« Er runzelte die Stirn und schob sich die Nudel in den Mund. »Ausgerechnet Bubenspitzle. Ich hätte Rösti nehmen sollen. Oder Spätzle. Oder meinetwegen auch Kartoffeln.« Er leerte das Glas, und ohne auf den Kellner zu warten, füllte er es sofort wieder.

»Schmecken die Schupfnudeln nicht?«, erkundigte ich mich voller Mitgefühl.

»Ums Schmecken geht es mir nicht«, murmelte er, »es ist was anderes. Es – wie heißen Sie eigentlich?«

»Angélique.«

»Angélique? Was für ein schöner Name. Er passt zu Ihnen. Und zu Ihrem Parfüm.«

»Danke. Und wie heißen Sie?«

»A – Artur.«

»Artur – Artus, der tapfere Ritter?!«

Er winkte ab. »Mit der Tapferkeit ist's heute nicht so weit her.« Schon wieder war sein Glas leer. »Ich Depp. Ausgerechnet Schupfnudeln«, murmelte er wieder. »Wissen Sie, Angélique, mir ist heute etwas passiert ...« Er schüttelte ungläubig den Kopf und schaute mich wehmütig an. »Wir Männer sind sensible Wesen.«

Eher emotionale Holzböcke.

»Ist das so?«, erkundigte ich mich und hoffte, aus meinen Augen würde mein aufgesetztes Mitgefühl so herausgluckern wie der Wein, mit dem ich sein Glas füllte.

»Sensible Wesen«, wiederholte er. »Wir geraten bei jeder Kleinigkeit aus dem Gleichgewicht. Wissen Sie, was ich meine?«

Ich schüttelte den Kopf. »Sagen Sie's mir.«

»Biologisch gesehen meine ich das.« Er schob eine Schupfnudel auf dem Teller hin und her, »Wir Männer geraten biologisch gesehen leicht in eine Schieflage.«

»Sie meinen? ...« Ich riss ungläubig die Augen auf. »Aber doch nicht Sie! Ein Mann in den besten Jahren! Ein Mann mit Ihrer Ausstrahlung, Ihren ... Fähigkeiten! Das nehme ich Ihnen nicht ab, Artur.«

Er senkte den Kopf. »Danke. Die Meinung einer schönen Frau tut mir gut. Sehen Sie ...« Er schob den Teller angewidert beiseite. »Ich kann die Dinger nicht mehr sehen!«

»Sie sind gut, glauben Sie mir. Nicht umsonst nennt sie der Volksmund in Anlehnung an ... Sie wissen schon ... Bubenspitzle. Und warum? Weil beide Sorten einfach köstlich sind. Sein können«, verbesserte ich mich. »Die eine Sorte, wenn sie so knusprig geröstet sind wie die hier auf Ihrem Teller, die andere – aber das muss ich einem starken Mann, wie Sie es sind, ja nicht sagen, nicht wahr? Sie machen doch jede Frau glücklich!«

Hoffentlich hatte ich nicht zu dick aufgetragen. Weit gefehlt!

»Das ist es ja gerade ...« Er leerte den letzten Tropfen der ersten Flasche in sein Glas. »Trinken wir noch eine?«

»Sicher.« Ich lächelte ihn an. »Sie haben Kummer?«

»Zum ersten Mal in meinem Männerleben.«

O nein, mein Lieber! Auch bei mir hast du schon mal geschwächelt ...

»Sie Armer.« Zärtlich streichelte ich seine Hand. »Gibt es dafür einen Grund?«

Er hob die Schultern. »Hab mich wohl übernommen.«

»O! Körperlich-biologisch? Oder eher –« Ich fuhr mit den Fingerspitzen über seinen Handrücken. »Der Mann, das sensible Wesen ... Könnte es sein, dass die Ursache der momentanen Schwäche eher im seelischen Bereich zu suchen ist?« Ich legte meine andere Hand auf den gefütterten Busen. »In den meisten Fällen ist der Mann nicht körperlich krank, obwohl natürlich ein Prostatakrebs oder Hirntumor durchaus die Ursache einer eingeschränkten oder fehlenden Fähigkeit sein kann – nur um zwei Möglichkeiten unter vielen herauszugreifen. Aber –« Ich lächelte ihn so aufmunternd an, wie es mir mit meinen ausgestopften Backen möglich war, »so schlimm wird's ja nicht gleich sein. Außerdem haben Sie ja eine entzückende Frau, die sie aufopfernd pflegen würde, wenn ... Aber nein. Sie sehen völlig gesund aus.« Vom ausdauernden Streicheln schwächelten jetzt sogar schon meine Finger. »Möchten Sie meinen Rat?«

Er trank. Dann schaute er mich mit hoffnungsvollen Hundeaugen an. »Ich bitte darum.« So ganz astrein kamen die Worte nicht mehr aus seinem Mund. »Was r-rätst du m-mir, A-Angélique?«

Der perfekte Zeitpunkt für die K.o.-Tropfen! Ich holte das Fläschchen aus der Handtasche und blickte ihm tief in die Augen. Die waren trüb, sehr trüb, und immer wieder rutschten die Lider nach unten. Gut so; Alex war schon so benebelt, dass sich die K.o.-Tropfen erübrigten.

»Wenn ich an meinen Mann denke, so muss ich Ihnen leider sagen«, er leerte folgsam das schon wieder gefüllte Glas, »dass er schon nach wenigen Wochen von seiner Geliebten verlassen wurde. Er hatte sich in jeder Hinsicht übernommen. Das da –« Ich deutete auf eine Schupfnudel und senkte die Stimme, »tat nicht mehr mit, die Familie streikte, ich nahm mir einen Liebhaber, die alte Mutter grämte sich so sehr, dass sie ... Aber ich will Sie mit meiner Geschichte nicht langweilen. Was ich sagen wollte –«

Ich kam nicht mehr dazu, ihm noch ein paar fiese Möglichkeiten ins erschreckte Ohr zu flüstern, denn plötzlich geschah zweierlei.

Marie Liebe trat an den Tisch, schlang ihre Arme um Alex und flötete: »Da bist du, Liebling! Du stärkst dich? Das ist gut so. Und sogar mit Bubenspitzle? Wie sinnig! Liebster! Schatz! Bist du mir noch böse? Ich hab's doch nicht so gemeint! Für mich bist du der Größte, selbst wenn ...« Interessiert beobachtete ich, wie Alex jetzt nach meinem wieder vollen Glas griff, einen tüchtigen Schluck nahm und in sich zusammensank. Als er unsicher wieder nach dem Glas griff – leider war's schon wieder leer – legte sich eine Hand auf meine Schulter. »Bist du das, Angélique?«

Ich sprang vom Stuhl.

38. Kapitel

Linda konnte Simon die Bitte beim besten Willen nicht abschlagen, und so sprach er kurze Zeit später einen älteren Herrn an. »Wir sind auf der Suche nach einem guten Lokal, das beste regionale Küche und gute Weine bietet. Könnten Sie uns etwas empfehlen?«

Der Herr konnte.

Nach einem Streifzug durch die Altstadt und nochmaligem Fragen standen sie vor einem äußerlich unscheinbaren Lokal, das innen jedoch bis auf den letzten Platz besetzt war, sodass sie warten mussten, bis ein Zweiertisch frei wurde.

Simon und Linda setzten sich für einen Aperitif an die Bar. »Ebbes us dr Region?«, erkundigte sich der füllige Mann hinterm Tresen. »Häbbet mir. Sekt mitm Schuss Holundersirup.«

Als Simon den ersten Schluck kostete, rümpfte er etwas die Nase. »Interessant. Ein bisschen süß vielleicht?«

Der Mann hinterm Tresen schob ihm ein Körbchen mit ein paar kleinen dunklen Weckle hin. »Des passt dazu. Vollkorn mit Walnüss und Bärlauch.«

Simon hielt das Körble an die Nase und schnupperte. »Ihr Schwaben schreckt vor nichts zurück.«

»Worum au? Mir waret scho emmer experimendierfreudig.«

Bald lehnte sich Simon entspannt zurück, und auch Linda fühlte sich wohler. Der Wirt, es war der Mann hinterm Tresen, empfahl ihnen die gewünschten Felchen mit Spargel, neuen Kartöffelchen und kleinen Flädle, und bis Linda ihm erklärt hatte, dass es sich bei Letzterem um kleine dünne Pfannkuchen handelte, war auch der Tisch frei geworden.

Der Wirt erkannte einen Feinschmecker, wenn er ihn sah und kam hinterm Tresen hervor. »Derfs au a kloine Vorspeis sei? Mir hättet heut was Spezielles. Albschinke, wacholdergräuchert nadierlich, uffm Teller ausglegt wie a Carpaccio, dazu a paar Salatblättle, halt bloß so zum Garniere, mr isch ja koi Rindvieh net. Des wär doch was, oddr?«

Simon war für jeden Vorschlag dankbar, Lindas Laune stieg mit jedem Glas und bei jedem Gang, und als sie nach den Erdbeeren mit Sahne beim Käse angelangt waren – a jede Sort vom Allgäuer odr Schweizer Ufer – waren sie wieder die besten Freunde.

Wofür Linda sehr dankbar war.

Arm in Arm schlenderten sie zum Inselhotel zurück. »Ich übernachte etwas außerhalb von Konstanz«, hatte Simon ausweichend gesagt. »Aber du weißt ja: Die Aufgabe eines Gentlemans ist es, die Dame, mit der er den Abend verbracht hat, bis vor die Tür zu geleiten. Oder –«

»– wenn's sein muss, bis vors Schlafzimmer«, ergänzte Linda.

»Doch keinen Schritt weiter«, schloss Simon. Die Aufgabe eines Gentlemans gehörte zu seinem festen Repertoire. »Du wirst mir fehlen«, sagte er und drückte ihren Arm an sich. »Aber dafür, dass wir weiter zusammenarbeiten, bin ich dir dankbar. Je älter ich werde, desto mehr schätze ich meine Freunde.«

»Und Freundinnen?«

Er kickte ein Steinchen vor sich her. »Was sind schon ein paar Minuten im Bett. Die Gemeinsamkeiten zählen.«

»Bist du tatsächlich so abgeklärt?«, wollte Linda wissen. »Oder bist du nur enttäuscht und ernüchtert?«

Er dachte nach. »Vermutlich beides.«

»Schade.«

»Das Leben beschert dir nicht nur Falten und allerlei Zipperlein, es fegt dir auch die Knabenmorgenblütenträume aus dem Kopf. Goethe, der alte Schlingel und gelegentliche Lustmolch, wollte das bis ins hohe Alter nicht wahrhaben. Hätte er sich sonst immer wieder bereitwillig verliebt?«

»Du meinst, in diesem Punkt bist du weiter als Goethe?«

»Bestimmt bin ich abgeklärter, als er's in meinem Alter war. Illusionsloser.«

Und dass sie nicht mit ihm leben wollte, hatte ihm eine weitere Illusion geraubt. Linda ließ den Kopf hängen.

»Was aber nicht heißt«, fuhr er fort, »dass ich mich nicht freuen würde, wenn du doch den Mut hättest, zu mir zu kommen, falls sich deine Zukunft nicht so entwickelt, wie du es gerne hättest.«

Vorm *Inselhotel* küsste er ihre Hand. »Alles Gute!«

Sie sah ihm nach, wie er über den Hof ging, sich noch einmal zu ihr umdrehte, winkte und an der Mauer abbog.

Simon ... Mit rabenschwarzem Gewissen ging Linda auf der Suche nach Nina auf die Terrasse hinaus.

39. Kapitel

»Angélique!« Du liebe Güte!

Ich traute meinen Augen nicht. »Robert Calander! Was tust du hier?« Verdammt! Zu spät fiel mir ein, dass er Marie, das Miststück, ja kannte. Und sie ihn.

»Ja, wen haben wir denn hier? Ist's ein Alptraum oder sitzt da die leibhaftige Marie?« Rob stützte sich mit beiden Händen auf den Tisch.

»Robert Calander.« Marie reichte ihm frostig die Hand

Er missachtete sie und lachte leise. Spöttisch. »Wieder auf Männerfang? Oder sollte ich sagen: Auf Beutetour?«

Alex schaute verständnislos von Marie zu ihm; in seinem beduselten Zustand und im dämmrigen Licht erkannte er Rob offenbar nicht. »Was soll das?«

Ich fasste Rob energisch am Arm. »Komm mit!«

Er machte sich los. »Moment mal. Ein Wort unter Männern ist jetzt –«

»– nicht angebracht«, unterbrach ich ihn. »Er weiß selbst, dass er sich zum Esel macht.«

Ich hatte ein freies Tischchen nahe dem Eingang erspäht. »Was tust du hier?« wiederholte ich.

»Ich hole meine Linda ab. Du glaubst ja nicht, welche Mühe ich hatte, bis ich wusste, wo ich sie finde.«

»Hat's Kathrin dir verraten?«

Er schüttelte den Kopf. »Es war ihr Mann. Männer halten zusammen, das weißt du doch.« Er fasste nach meiner Hand, beugte sich über den Tisch und winkte mich nah zu sich heran. »Hab ich das richtig gesehen?«, flüsterte er. »Die Marie hat dir deinen Mann geklaut? Ihretwegen also kommst du in dem Aufzug daher ... Wann soll die Bombe denn einschlagen?«

»Morgen.«

Am Nebentisch sagte eine Frau so laut zu ihrem Mann, dass wir es hören mussten: »Guck dir die mit dene rote Hoor bloß a! Setzt sich zu jedem Maa an de Disch. Sag mal, des isch doch hoffentlich a solids schwäbischs Hodel ond net so oins, wo ihr Männer ... du woisch, was i moin, Erich! Isch des a sore sodde?«

»Du moinsch, ob des a Menschle isch?«

Robert und ich lachten uns an. »Soll ich ihnen sagen, dass du eine ehrenwerte Dame und weit entfernt von sore Sodde bist?«, fragte Rob.

»Untersteh dich! Einmal in meinem Leben einen zweifelhaften Ruf zu genießen ist mehr, als ich mir wünschen kann!«

»Auch das noch«, hörte ich eine Stimme neben mir. »Robert!«

Ungerührt und so, als wäre Linda nur mal aufs Klo gegangen, zog er ihr einen Stuhl an den Tisch. »Wo warst du?«

»Essen.«

»Allein?«

»Mit einem alten Freund. Was dagegen?«

»Ja. Das hört auf, Linda.«

Sie hob nur die Augenbrauen. »Warum bist du hier?«

»Ich hatte genug vom Warten. Hast du ein Doppelzimmer gebucht?«

»Was soll die Frage?«

»Es gibt keine freien Zimmer mehr.«

»Pech für dich. Versuch's in der Jugendherberge.«

Ich räusperte mich. »Ich geh dann mal nach oben. Linda, wegen morgen früh ... vergiss nicht, dass der Countdown läuft. Und du, Robert Calander, bringst gefällig unsere Pläne nicht durcheinander, hörst du?«

Er zog mich wieder auf den Stuhl. »*Eure* Pläne? Wie kommt es, dass ihr euch kennt?«

»Wir«, entgegnete ich hochnäsig, »haben uns ganz zufällig kennengelernt.«

»Der berühmte Kommissar Zufall hatte die Hände im Spiel? Das soll ich glauben?« Er warf den Kopf zurück und lachte lauthals.

»Pst! Was sollen die Leute von uns denken!?«

Er streckte den Finger aus. »Du, Nina-Angélique, bist hier, um deinen Alex zur Raison zu bringen, der, was wir beide nicht wussten, der Marie ins Netz gegangen ist. Aber warum du, Linda, hier bist …« Er stutzte. Dann drehte er sich zum Tisch um, an dem Alex mit Marie saß und, ich wollte es nicht glauben, Händchen hielt und turtelte. Sie turtelte. Alex lag schräg auf dem Stuhl; es sah aus, als würde er jeden Moment zu Boden gehen. Gut so.

Rob kratzte sich am Kopf und wandte sich wieder uns zu. »Könnte es sein, dass Marie das Bindeglied ist?« Er legte den Kopf schief. »Keine Ausflüchte bitte.«

»Du kennst also diese Marie näher, Robert?« Ich stellte die Frage mit dem unschuldigsten Gesicht der Welt; trotzdem war die Wirkung phänomenal. »Kennen? Nur kennen?«, rief er aus. »Meine Liebe, ihr verdanke ich die einsamsten Jahre meines Lebens! Ich leide noch heute unter der Frau! Und glaub mir«, setzte er leiser hinzu, »ich werde alles tun, um deinem Mann die Augen zu öffnen.«

Linda lächelte spöttisch. »Nicht nötig. Das besorgen wir schon selbst.«

Rob kniff die Augen zusammen. »Wir? Also bist auch du wegen Marie hier. Gib's zu.«

Wir beide, Linda natürlich mehr als ich, wussten, wie hartnäckig Rob sein konnte, weshalb sie unschlüssig die Schultern hob. »Nina, ich überlasse die Entscheidung dir.«

»Wenn er mich nicht beraten hätte, wären wir nicht hier«, entgegnete ich. »Er hat es verdient, dass wir ihn einweihen. Vorausgesetzt«, sagte ich zu ihm, »du mischst dich nicht ein.«

»Natürlich nicht! Wie käme ich dazu?«

»Versprich's!«

Er legte die Hand aufs Herz, hörte uns zu und meinte dann so richtig süffisant: »Das Schöne an eurem Plan ist, dass ich mir euren Auftritt vom Balkon aus ansehen kann.«

Linda runzelte misstrauisch die Stirn. »Von welchem Balkon aus?«

»Von deinem, mein Schatz«, meinte er genüsslich.

»Du weißt doch gar nicht, welches mein Zimmer ist.«

»Nein, das weiß ich nicht. Aber eines weiß ich: Eins ohne Balkon und Seeblick hättest du niemals gebucht.«

»Seit wann«, wollte Linda wissen, »machst du dir die Mühe, dich in mich hineinzuversetzen?«

Trotz des flackernden Kerzenlichts bin ich mir fast sicher, dass Lindas Frage Robert Calander das Blut ins Gesicht trieb. Auf jeden Fall legte er das großspurige Verhalten ab, das wahrscheinlich seiner Unsicherheit zugeschrieben werden musste. »Ich habe dazugelernt.«

Sie ließ ihn nicht aus den Augen. »Beweise es mir.«

»Das liegt an dir.«

Ich stand auf. »Das macht ihr jetzt miteinander aus. Ich verzieh mich nach oben.«

Wieder drückte mich Rob auf den Stuhl zurück. »Du bleibst. Wir gehen.«

»Du schmuggelst dich in ihr Zimmer? Rob, Doppelbelegung eines Einzelzimmers ist Betrug.«

»Nicht, wenn ich morgen fürs halbe Bett bezahle.« Er lächelte so spitzbübisch wie James, Miss Sophies Butler in *Dinner for One*, und genau wie James drehte sich Rob nochmals um und sagte: »I'll do my very best.«

Ich sah, wie oben im Zimmer neben dem meinen das Licht anging und die Vorhänge zugezogen wurden. Die Wellen schwappten ans Ufer, der Nachtwind kühlte mein Gesicht, mein leerer Magen grummelte, und als ich müde über die Terrasse blickte, sah ich, dass noch eine Person allein an einem Tisch saß. Alex.

Zusammengesunken hockte er auf dem Stühlchen – der Mann war garantiert nicht mehr in der Lage, die wenigen Schritte bis zum Lift zu gehen, geschweige denn die männliche Peinlichkeit vom Nachmittag auszubügeln.

Ich erhob mich. Der Kellner lehnte am Türrahmen und gähnte verstohlen, nahm aber Haltung an, als ich mit dem Daumen nach hinten wies. »Ich fürchte, der Herr dort muss abgeschleppt werden.«

40. Kapitel

»Welches Stockwerk?«, fragte Rob, als er Linda in den Lift zog.

»Drittes. Du schleppst mich ab wie ein Wolf seine Beute«, beschwerte sie sich. Aber die alte Vertrautheit war da, eine, die von der Freundschaft, die sie für Simon empfand, meilenweit entfernt und etwas völlig anderes war.

Er schien tatsächlich gelernt zu haben – er las ihre Gedanken und sagte genau das, was sie in dem Augenblick empfand, als sich die Tür des Hotelzimmers hinter ihnen schloss. Er sagte nämlich: »Jetzt bist du wieder zu Hause, Linda. Wurde aber auch Zeit …«

Als er dann so tief schlief, dass er nicht mal wach wurde, als sie die Vorhänge wieder zurückzog und auf den Balkon trat, war sie Marie direkt dankbar. Und Kathrin natürlich, die ihr die Kolumne geschickt hatte. Und Fiona sowieso. Ohne Fionas »Es geht um den Mann als solchen« hätte sie sich vermutlich nicht auf diese verrückte Rache eingelassen. Und Nina kennengelernt. Ob die schon schlief?

Linda war so glücklich und so aufgedreht, dass sie im Bademantel auf den Flur huschte und an Ninas Tür klopfte.

»Du schläfst noch nicht? Kann ich reinkommen?«

»Gerne.«

Nebeneinander sitzend machten sie es sich auf dem Bett gemütlich, die Vorhänge bauschten sich im Wind, der Mond warf seine Bahn aufs Wasser, und die Berge dahinter säumten den See wie eine schwarze Spitzenbordüre.

»Schön«, flüsterte Linda.

»Warum bist du nicht bei Rob?«

»Er schläft.« Linda kicherte wie ein junges Mädchen. »Er hat sich völlig verausgabt.«

»Du dich nicht?«

»He, was soll das heißen? Anstatt in seinen Armen zu ruhen, erinnerte ich mich an meine Pflicht, Nina.«

»Linda, der Gutmensch«, spottete Nina, aber Linda hörte, dass ihre Stimme dabei zitterte.

»Schschsch«, machte sie. »In ein paar Stunden ist alles vorbei.«

»Das ist's ja gerade! Wie geht es weiter?«

Linda stutzte. »Ich denke, das dürfte klar sein. Du fährst nach Hause und dein Alex auch. Ende der Vorstellung.«

Nina zupfte an der Bettdecke herum. »Weißt du, was man unter Mutualismus versteht?« Jetzt klang ihre Stimme wieder so sachlich und ruhig wie immer.

»Noch nie gehört.«

»Ich erklär's dir.« Nina konzentrierte sich und beendete ihre knappe Zusammenfassung mit den Worten: »Im Gegensatz zur Symbiose kann beim Mutualismus zwar jeder für sich überleben, aber das Leben in der Gemeinschaft macht das Leben des Einzelnen bedeutend einfacher. Lebenswerter, wenn du's auf den Menschen beziehst.«

»Was willst du mir damit sagen? Dass Alex und du nicht symbiotisch aneinanderhängen? Das dürfte ja wohl klar sein.«

»Genau hier liegt das Problem«, entgegnete Nina. »Alex kann allein überleben, und ich kann's auch. Nur – gemeinsam ist das Leben eben reicher. Farbiger. Erfüllender.«

»Ja«, bestätigte Linda und dachte dabei an die gerade vergangene Stunde. »Viel erfüllender.«

»Mach das dem Alex klar. Er hat einen solchen Sturschädel, dass er lieber ins Unglück rennt, als einen Fehler zuzugeben.«

»Wie wäre es, wenn Rob mit ihm sprechen würde?«

»Nein. Es ist meine Sache.« Nina schüttelte den Kopf. »Wie verhält sich ein verletzter Tiger? Er verkriecht sich. Er leckt seine Wunden. Er wartet, bis die verheilt sind und meidet fortan den Ort seiner Niederlage wie der Teufel das Weihwasser. Er wird –« Nina griff nach Lindas Hand. »– das tun, was auch du getan hast. Er haut ab.«

»Dann warte, bis seine Wunden verheilt sind. Ich bin schließlich auch zurückgekommen.«

»Ja, nach fünf langen Jahren, und fast wärst du bei Simon hängen geblieben. Aber zwischen dir und Alex besteht noch ein Unterschied: Er ist ein Alphatier und als solches ist sein Ziel der Sieg. Niederlage gleich Tod, Sieg gleich Leben – so ist das, wobei Niederlage im Fall eines Alphatiers nicht Sterben bedeuten muss; aber der Gesichtsverlust ist so groß, dass er aus der Gemeinschaft flieht.

Mein Ziel ist nicht der Sieg meines Egos; ich will mit Alex glücklich sein, will Felix und Mitzi auf den Weg bringen und Ida umsorgen, die ich wirklich gern habe. Mein Ziel ist, wenn du so willst, das Leben in und mit meiner Großfamilie. Aber sag bloß nicht, ich sei ein Gutmensch!«

»Nein, sag ich nicht. Also – du hast dir vieles überlegt. Ändert sich nun etwas an dem, was wir geplant haben?«

Nina kroch vom Bett und ging auf Strümpfen im Zimmer hin und her. »Ich bin davon ausgegangen, dass man einen Tiger immer in die Enge treiben muss. Er darf keinen Ausweg sehen und muss den Gegner als das überlegene Tier anerkennen. Erst dann gesteht er sich und anderen seine Niederlage ein. So weit, so gut.«

Im rosafarbenen Hemd mit der Aufschrift *A herzige Grott* trat Nina auf den Balkon hinaus, hielt die Nase in den Wind, schnupperte Seeluft und kam zurück. »Deshalb wollte ich mich als Angélique an ihn ranmachen. Wir planten ja, dass ich morgen früh die Perücke vom Haupt reiße und du ihm die Kolumne auf den Tisch knallst und brüllst: ›Lies das, du Esel!‹«

»So haben wir's geplant«, bestätigte Linda.

»Das wäre auch die Bombe, zu der mir Rob geraten hat. Rob sagte: ›Dass du als Frau argumentierst, heulst und jammerst, erwartet der Mann. Aber wenn du deine Gegnerin auch noch schlecht machst, muss der Mann den Ritter spielen. Also: Erfinde dich neu, nur dann machst du dem Mann klar, was er im Begriff ist, zu verlieren.‹«

»Das hat Rob gesagt? Ich glaub's nicht.« Linda zog die Beine an. »Ich hab damals wohl alles falsch gemacht. Aber warum hat der Depp nicht mit mir geredet?«

»Weil sich in solchen Situationen den Männern automatisch das Gehör verschließt«, sagte Nina. »Nur –«, sie kam auf ihr ursprüngliches Thema zurück, »ich habe den Eindruck und die berechtigte Hoffnung, dass Alex' Gehör wieder einigermaßen funktioniert. Und deshalb –«, sie lehnte sich an den Schrank, »– frage ich mich, ob's nicht eine elegantere Lösung gibt. Eine, die Alex die Möglichkeit eines würdevollen Rückzugs und der Heimkehr ohne Gesichtsverlust ermöglicht.«

»So in der Art: Liebste Nina, was habe ich auf der Mainau doch alles gelernt!? Das ist reichlich viel verlangt, finde ich.«

»Von ihm?«

»Von dir, du Dummkopf! Du frisst Kreide, obwohl du im Recht bist. Kannst du das? Willst du das?«

»Was will ich?«, wiederholte Nina. »Ich arbeite, aber trotzdem oder vielleicht auch deshalb brauche ich meine Familie: Alex, Felix, Mitzi, Ida. Von mir aus auch Alois, wenn's unbedingt sein muss. Das ist mein Ziel.«

»Bisher hast du das ganz gut gemacht«, meinte Linda.

»Finde ich auch«, bestätigte Nina. »Bis Marie auftauchte, war ich sehr erfolgreich. Aber weißt du was, Linda? Auf dem Gipfel des Erfolgs steht auch ein Kreuz: Zur Erinnerung an die Leichen, über die du gegangen bist. Das stammt nicht von mir, ich hab's irgendwo mal gelesen und nicht wieder vergessen. Denn«, sie tippte sich an die Brust, »vielleicht muss ja ich über meine Leiche gehen?« Sie biss sich auf die Unterlippe. »Noch so ein blöder Spruch: Man kann nur eintreten, wenn die Tür offensteht.«

»Bedeutet was?«

»Dass ich auch Fehler gemacht haben muss – obwohl ich ehrlich gesagt nicht weiß, welche«, gab Nina zu. »Vielleicht hab ich auch nur eine Entwicklung verschlafen.«

Linda gähnte.

»Du gehst jetzt ins Bett. Ich kann garantiert nicht – Was war das? Hat's da geklopft?« Nina öffnete vorsichtig die Tür. »Rob!«

»Ist Linda bei dir?«

»Ja.«

»Ständig muss ich das verrückte Huhn einfangen«, beschwerte er sich. »Linda, du kommst sofort wieder ins Bett, hörst du?«

»Pst!«

»Ich schrei so laut, wie ich will, Nina. Sag mal, das ist ja ein absolut scheußliches Nachthemd mit diesem kitschigen Aufdruck im roten Herzen: *A herzige Grodd!*« Robert, der Künstler, schüttelte den Kopf. »Allerdings, so riesig und so blutrot, wie es ist, trägst du's wenigstens auf dem richtigen Fleck – direkt auf der linken Brust. Den Kitsch hat dir bestimmt dein Sohn gekauft, was?«

»Es ist ein Geschenk von Alex.«

»Noch besser. Wir sehen uns beim Frühstück, Nina!«

41. Kapitel

Nachdem ich allein war, zog ich den Bademantel übers Hemd. Vor zwei Jahren hatte Alex es entdeckt, als wir während des Frühlingsfests über den Cannstatter Wasen bummelten. Die Aufschrift im roten Herzen hatte es ihm sofort angetan; er hatte es gekauft und gemeint, genau das sei ich: *A herzige Grodd.*

Das waren noch Zeiten! Ich lächelte wehmütig und setzte mich, die Füße aufs Geländer gelegt, auf den Balkon. Zu viel schwirrte mir im Kopf herum, als dass ich mich hätte ins Bett legen und schlafen können. Von dieser Nacht hing womöglich mein zukünftiges Leben ab – wie war das noch mal mit Alex' Heimkehr ohne Gesichtsverlust?

Der Gedanke entschlüpfte mir immer wieder, also rief ich mir den ursprünglichen Plan ins Gedächtnis zurück: Falls Alex mit Marie am Tisch saß, sollte Linda ihn unter einem Vorwand in die Halle bitten. Dort würde sie ihm die Kolumne geben und darauf bestehen, sie sofort und in ihrer Gegenwart zu lesen. Dann würde Angélique erscheinen, ihre Perücke vom Kopf zerren und Alex damit unleugbar beweisen, dass sie Zeugin seiner Lüge und seiner Untreue war und zu all dem auch noch mitbekommen hatte, wie er zur Beute eines berechnenden, intriganten Miststücks wurde. Sogar die Fische im See würden ob des Spektakels mit den Flossen Beifall klatschen!

So weit, so gut.

Aber: Wäre, nachdem ich die Teufelin mit dem Beelzebub verjagt hätte, noch ein gemeinsames Leben möglich? Die Liebe ist ein zartes Pflänzchen, dachte ich und lächelte spöttisch über den Gemeinplatz. Würde, könnte sie danach wieder aufblühen? Wohl eher nicht, gestand ich mir ein. Fortan würde Alex Angélique in mir sehen. Würde er je vergessen, wie er sich zum Depp gemacht und das Glück seiner Lieben aufs Spiel gesetzt hatte – wegen einer Frau, die ihn nicht liebte? Die ihre Beziehung sogar in der Kolumne veröffentlicht hatte? Für ihn wäre es *die* Niederlage seines Lebens. Nicht nur für ihn, verbesserte ich mich, bei jedem Menschen käme das Ego gefährlich ins Wackeln. Mein Alex, vermutete ich, verfügte wohl nicht über den Humor, über sein deppertes Verhalten irgendwann mal lachen zu können.

Also?

Also musste ich den Plan ändern. Ent-brutalisieren. Ein bisschen vereinfachen. Es würde genügen, wenn Linda ihm die Kolumne überreichen und ihn auf liebenswürdige Weise zwingen würde, sie sofort und in ihrem Beisein zu lesen.

In der Ferne hörte ich ein Martinshorn; ein Boot glitt lautlos übers Wasser, ein Nachtvogel schrie. Ferne Lichter spiegelten sich im See, und ich spürte, wie kalt mir trotz des Bademantels geworden war.

Ich ging ins Zimmer zurück und stellte den Wecker, um Linda rechtzeitig zu wecken. Halb acht. Alex würde nicht sehr früh aufstehen, nicht nach den Mengen, die er am Abend gebechert hatte.

42. Kapitel

Mein Handy klingelte mich kurz nach sieben Uhr in der Früh aus dem Schlaf. »Ja?«

»Nina«, hörte ich Idas aufgeregte Stimme. »Hast du das Luder in die Flucht geschlagen? Du musst so bald wie möglich heimkommen; der Alois ist krank.«

Ich kämpfte mich mühsam durch den Nebel in meinem Hirn. »Krank? Der Alois? Ist's eine echte oder wie dein Schlägle eine diplomatische Krankheit?«

»Eine echte«, antwortete meine Schwiegermutter ungeduldig. »Und morgen kommt er sogar in der *Winnender Zeitung*!«

Was hatte beides miteinander zu tun? Ich gähnte. »Ida, es ist erst kurz nach sieben. Ich –«

»Meinst du, das weiß ich nicht? Ich hab ja extra so lange gewartet. Also: Hast du die kleine Angelegenheit bereinigt?«

»Wie bitte?« Langsam wurde ich wach. »Nein, ich habe die Angelegenheit noch nicht bereinigt. Denn, wie du vielleicht noch weißt, handelt es sich nicht um eine kleine. Und um eine einfache auch nicht.«

»Dann beeil dich mal. Du wirst hier gebraucht.«

Inzwischen war ich auf hundertachtzig. Ich rutschte aus dem Bett und tigerte im Zimmer hin und her. »Wie wäre es, wenn du deinen Sohn um Hilfe bitten würdest?«

»Hab ich versucht. Sein Handy ist ausgeschaltet.«

»Versuch's über die Rezeption.«

»Hab ich auch schon gemacht«, informierte sie mich prompt. »Die behaupten, ein Alex Kick wohne nicht bei ihnen. Der Junge ist unter falschem Namen abgestiegen. Sag mal, muss man heutzutage den Pass nicht mehr vorzeigen, wenn man das Anmeldeformular ausfüllt?«

»Nein, muss man nicht. Was hat eigentlich der Alois? Ist's was Ernstes?«

»Das kann man so sagen, Nina. Er hat einen Dieb gestellt, und bei der Verfolgungsjagd hat er sich einen Knöchel verstaucht. Und verkühlt hat er sich auch.«

Ein verknackster Knöchel und eine laufende Nase klangen nicht gerade lebensbedrohlich. »Er soll sich ins Bett legen. Du machst ihm eine schöne heiße Bettflasche und wickelst –«

»Nina«, unterbrach mich meine Schwiegermutter, »du brauchst mir nicht zu sagen, wie ich eine leichte Erkältung behandeln muss, und einen Umschlag mit ... mit essigsaurer Tonerde hab ich ihm auch schon gemacht.« Ihre Stimme wackelte. »Nina, ich brauche dich. Komm heim.«

Ich atmete dreimal tief ein und dreimal tief aus und ging auf den Balkon hinaus. »Ida«, sagte ich so ruhig ich konnte, »was ist los?«

»Direkt los ist jetzt gerade eigentlich nichts.«

Ich schaute auf den Wecker. Sieben Uhr fünfzehn. »Ida!«

»Du fehlst hier«, brach es plötzlich aus ihr heraus. »Und überhaupt – der Alois hat's wirklich nur gut gemacht. Sonst würde er morgen doch nicht in der Zeitung kommen!«

Sieben Uhr siebzehn. Es war noch sehr frisch. Meine Füße wurden langsam, aber sicher kalt. »Schon vergessen, Ida? Ich hab hier was zu erledigen. Sag, was ist passiert?«

»Der Felix war mit dem Alois die halbe Nacht bei der Polizei. Es war nämlich so: Die Schnecken hatten die Tagetes auf Annelieses Grab gefressen, also hat Felix ihm geholfen, Geranien zu kaufen und die einzupflanzen. Aber das weißt du ja schon. Dann hat der Alois Bierfallen aufgestellt und gewartet, ob die Schnecken auch wirklich darauf herein- und dann hineinfallen.«

Sieben Uhr zwanzig. Ich sollte den Bademantel anziehen. »Ja? Und dann?«

»Er hatte die Gartenschere in der Hand und hat alle, die angekrochen kamen, gleich totgeschnitten. Du, die Schnecken riechen tatsächlich das Bier. Hast du das gewusst?«

Hatte ich. Ich lehnte mich ans Geländer. Sieben Uhr zweiundzwanzig. »Und?«

»Jetzt wird's ja spät dunkel. Der Alois war aber, weil er dem Bier doch nicht so recht traute, noch auf dem Friedhof, als es schon nach zehn war. Und wie er mit der Schere in der Hand den Schnecken auflauert, sieht er plötzlich einen Mann. Weißt du, was der gemacht hat?«

Nein, wusste ich nicht. Sieben Uhr fünfundzwanzig. Wenn Ida nicht endlich in die Gänge kam, würde es eng werden.

»Der Mann ist von Grab zu Grab geschlichen und hat Blumen geklaut. Stell dir das vor!«

»Das ist unverschämt!« Ich drehte mich wieder um. Bewegte sich etwas auf dem Eckbalkon?

»Genau«, bestätigte Ida. »Das hat Alois auch gedacht. Er hat geschrien: ›Halt! Wer da?‹ und ist zu dem Dieb gerannt. Aber der ist abgehauen. Alois hat ihn verfolgt, und dabei ist er übers Grab vom Mariele gestolpert – du weißt doch noch, wo's Mariele liegt?«

Fünf Gräber weiter von Alois' Anneliese, das wusste ich. »Hat er ihn gefasst?« Tatsächlich, auf dem Eckbalkon bewegte sich was.

»Der Dieb ist entkommen, weil sich der Alois den Knöchel verstaucht hat. Er hat dann den Felix angerufen. Weil er nicht mehr so richtig laufen konnte. Außerdem wollte er ihn dabeihaben, wenn er zur Polizei geht.«

»Zur Polizei? Warum denn das?«

»Nina, hörst du mir nicht zu? Der Alois musste doch den Grabschänder anzeigen!«

Ja sicher. Alois, der vorbildliche Staatsbürger, hatte unbedingt seine Pflicht zu erfüllen. Ich gähnte und rieb meine kalten Füße. »Und dann?«

»Der Felix hat aber mit seinen Freunden ein Bierchen getrunken oder zwei oder drei. Zuerst wollte er nicht kommen, dann ist er doch ins Auto gestiegen. Er hat Alois am Friedhof abgeholt, ist mit ihm zur Polizei gefahren, und obwohl der Alois ja nur den Blumendieb anzeigen wollte, flatterte dem Kienle, dem Bachel, Felix' Fahne in die Nase.«

Sieben Uhr sechsunddreißig. Mir schwante Schlimmes: Kienle war einer unserer Polizisten. Er war bekannt als scharfer Hund ... Mein Felix hatte ein Granatenpech, und auf dem Eckbalkon stand tatsächlich eine Person. »Musste Felix ins Röhrchen blasen?«

»Ja. Leider. Jetzt ist sein Führerschein futsch. Es hat nichts geholfen, dass Alois ja nur die Sache vom Grabschänder melden wollte. Der Felix ist sauer, die Mitzi sagt, er sei selbst schuld, hätte er nicht so viel gepichelt, wäre nichts passiert, und Alois liegt im Bett mit einem verknacksten Knöchel. Ich hab übrigens nicht essigsaure Tonerde genommen; ich hab das Tuch in Vorlauf getaucht. Das ist besser und billiger als das Zeug aus der Apotheke. So sieht's aus. Beeil dich, Nina.«

Sieben Uhr vierzig. Mein Sohn war den Führerschein los; und wie sah's eigentlich mit Punkten in Flensburg aus? Und war die Person im weißen Bademantel auf dem Eckbalkon etwa die unselige Marie? »Ida, was ist dir wichtiger? Dass ich gleich zu dir fahre, obwohl Felix deshalb den Führerschein nicht zurückbekommt und Alois' Knöchel dann auch nicht automatisch heilt? Oder darf ich zuerst noch das Biest zur Strecke bringen?«

»Das Luder ist an allem schuld!«

So? »Dein Sohn ist auch kein Unschuldsengel«, erinnerte ich sie.

»Nein, aber deshalb bist du ja am Bodensee, um ihn zurechtzustauchen und ihm zu zeigen, wo der Bartl den Most holt. Aber beeil dich, Nina.«

Das brauchte sie mir nicht zu sagen; inzwischen war es sieben Uhr fünfundvierzig, und obwohl Alex nach dem

Abend gestern bestimmt der Schädel brummte und er nicht beim ersten oder zweiten Sonnenstrahl aus den Federn kriechen würde, musste ich mich beeilen. Aber die Marie stand ja noch auf dem Balkon. Es war doch die Marie?

Ich drehte die Dusche auf und holte gerade das Haarshampoo aus dem Waschbeutel, als das Handy klingelte. Schon wieder!

»Mitzi! Ich weiß schon alles! Ida hat mich gerade angerufen!«

»Ach Nina! Komm bloß schnell zurück – hier ist die Hölle los! Die zwei, der Alois und die Ida, schaffen mich. Nur du wirst mit ihnen fertig!«

Bisschen spät, dass man meine Verdienste endlich würdigte! »Mitzi, so niedergeschlagen kenne ich dich nicht!«

»Hat dir Ida auch wirklich alles berichtet? Auch das mit der Anzeige?«

»Anzeige? Sie sagte nur, Alois käme in der Zeitung …«

»Ja, weil Kienle ihn anzeigt.«

»Wie? Ich denke, Alois zeigte den Grabschänder an!«

»Das auch. Aber«, ich hörte, wie Mitzi eine Tür zumachte, »Felix ist in alkoholisiertem Zustand Auto gefahren, weil Alois ihm keine andere Wahl ließ. Als Felix dann blasen musste, fühlte er sich dafür verantwortlich. Er wurde wütend und hat den Kienle übel beschimpft. Ich glaube«, Mitzi zögerte, »Halbdackel und Allmachtsseggel und hondsliedricher Saubachel waren noch die liebenswürdigen Ausdrücke; bei den echt schlimmen hat sogar der Felix die Luft angehalten.«

Ich hielt auch die Luft an. »Daran ist jetzt nichts zu ändern, Mitzi. Halte durch, ja?«

»Leg noch nicht auf, Nina! Sag mir, was ich mit dem Reporter von der *Winnender Zeitung* machen soll!«

»Reporter?« Ich drehte die Dusche ab, hob den BH, die gepolsterte Hose und das Kleid-für-alle-Fälle vom Boden auf und warf alles auf die Lehne des kleinen Sesselchens.

Mitzi stöhnte. »Alois hat heute Morgen die Zeitung angerufen – stell dir das nur vor!«

Die Perücke lag auf dem Tischchen. »Aber warum denn?«

»Erstens wegen dem Grabschänder. Alois sagt, Blumen von Gräbern zu klauen sei eine Sauerei. Und zweitens, weil Kienle ihn wegen Beamtenbeleidigung anzeigt. Er behauptet, er habe ihn nicht beleidigen wollen. Er habe lediglich seine Pflicht getan und gesagt, was er von einem Polizisten hält, der einen hilfsbereiten Menschen anzeigt. Das sei eine genauso große Sauerei wie die, wehrlosen Toten ihren Blumenschmuck zu klauen. Alles müsse in die Zeitung, damit die Winnender Schritte unternehmen könnten – gegen den Blumenklau und gegen unmenschliche Anzeigen. So. Und deshalb steht jetzt der Reporter in der Küche. Ich hab ihm einen Kaffee eingeschenkt, damit er beschäftigt ist, solange du mir einen Rat gibst. Also, Nina, was soll ich ihm sagen?«

»Dass es ganz allein Alois' Angelegenheit ist und du nichts damit zu tun hast.«

»Der Alois ist wieder auf dem Friedhof. Mit einer Flasche Bier und der Gartenschere.«

»Du bist doch sonst nicht auf den Mund gefallen, Mitzi: Schick den Mann auf den Friedhof!«

»Aber –«

Es klopfte. Linda! Linda oder Rob. Oder beide. »Hör mal, ich muss Schluss machen.« Ich ging zur Tür. »Mitzi, drück mir die – du lieber Himmel! Mit dir hab ich nun wirklich nicht gerechnet!«

43. Kapitel

Während Rob unter der Dusche stand, heftete Linda Maries Kolumne in der richtigen Reihenfolge in den blutroten Ordner, klemmte ihn untern Arm und wollte damit gerade zu Nina rüber, als – die Dusche lief noch – Rob sie am Arm packte. »Ich wusste es! Kannst du deine Fluchtgedanken nicht endlich mal abstellen?«

»Ich fliehe doch nicht!«, verteidigte sich Linda. »Ich will nur schnell zu Nina! Im Übrigen bist du nackt und nass, also lass mich los! Und das da – « Sie schubste ihn beiseite, »geht dich gar nichts an.«

Doch Rob hatte den Ordner bereits in der Hand und schlug ihn auf. »Maries Kolumne.« Er hob den Kopf. »Was hat das zu bedeuten, Linda?«

»Willst du das wirklich wissen? Ich wollt's dir ja ersparen, aber wenn du meinst? Ja? Also gut.« Sie deutete auf den Ordner. »Deshalb bin ich hier. Kathrin hat in der Arztpraxis Zeitschriften ausliegen, darunter ist auch die *Victoria!*, für die Marie die Kolumne schreibt. Kathrin weiß natürlich, was damals geschah, wusste, wer Marie ist und hat mir die Kolumnen gefaxt.«

Noch während Lindas Erklärung fing Rob zu lesen an. Zuerst hob er nur die Augenbrauen, dann sank er aufs Bett und vergrub die Hände im Haar. »Von der Kolumne habt ihr mir gestern Abend nichts gesagt.«

»Nein. Du hast mich nicht gefragt, woher ich wusste, wo sich Marie aufhält. Tatsache ist, dass Nina und ich unabhängig voneinander hierherkamen: Nina, weil sie wusste, wo ihr Mann mit seiner Geliebten absteigen würde, und ich, weil ich mich endlich an Marie rächen, ihren feinen Plan zunichtemachen und dem Mann, ihrem Opfer, klarmachen wollte, dass er sich ausschließlich hormongesteuert benimmt. Dass

Nina und ich uns trafen, ins Gespräch kamen und feststellten, dass wir gemeinsame Sache machen könnten, war reiner Zufall. Aber eins ist klar, Rob«, sie deutete auf den Ordner, »so zielstrebig ist die Marie damals auch vorgegangen. Doch erst durch die Kolumne wurde mir klar, dass ich dir Unrecht getan habe. Gegen so ein Luder ist jeder Mann machtlos, es sei denn, er hat seine Hormone im Griff und rechnet damit, dass sie ihm hin und wieder einen Streich spielen wollen.« Sie hob ihre Hand, um Rob am Sprechen zu hindern. »Ich bin noch nicht fertig, Robert. Ich hab nämlich in den vergangenen Jahren viel nachgedacht ... Die Hormone sind das eine, mein Lieber. Das männliche Ego ist das andere. Wann will's denn gestreichelt werden? Doch nur dann, wenn's ihm an Streicheleinheiten fehlte oder fehlt. Wenn sich der Mann immer wieder aufs Neue beweisen muss, was er für ein toller Hecht ist. Oder meint, bei zwei konkurrierenden Frauen würde sich jede mehr um ihn bemühen. Aber dann ist der Typ ziemlich krank. Das stimmt doch, oder?

Und wann fehlt es dem Mann an Streicheleinheiten? Wenn's Ego ein bisschen klein ist. Bescheiden. Zu wenig Liebe bekommen hat – tatsächlich oder nach eigener Einschätzung. Ich denke«, fuhr Linda fort, »wer genügend Selbstsicherheit besitzt, braucht nicht immer wieder aufs Neue den Beifall von Frauen wie etwa der Marie. Sieh dir doch die Nina an und vergleiche sie mit dem Miststück!«, rief sie temperamentvoll. »Glaubst du etwa, Marie Liebe setzt sich jemals für ihren Mann und ihre Familie so ein wie Nina? Marie will Alex ja gar nicht lieben! Da es ihr nur ums Haben geht, sind Gefühle überflüssig und im Weg. Aber mach das einem klar, der nur auf der Suche nach Selbstbestätigung ist.«

»Es soll vorkommen, dass sich jemand auf Gedeih und Verderb in eine andere Person verliebt«, sagte Rob leise.

»O ja!«, rief Linda. »Es gibt die Fälle, wo zwei lebenslang füreinander bestimmt sind. Das ist Glück. Aber ist's nicht so, dass die meisten von uns auf die eine oder andere Weise ein bisschen ›Marie‹ sind?« Linda runzelte die Stirn. »Und, koste es, was es wolle, ihren augenblicklichen Wunschtraum verwirklichen wollen?« Sie deutete auf Maries letzte Kolumne. »Hast du sie schon gelesen?«

Meine lieben Leserinnen!

Kein Flugzeug, keinen Schnellzug hält man so mir nichts, dir nichts an. Genauso wenig wie die Liebe, die wie ein Tornado über einen Menschen kommt, ihn hoch und in den siebten Himmel wirbelt und weiter trägt bis in die fernsten Fernen, im besten, im allerbesten Fall bis ins Paradies ... Da landet dann der Mensch, durchgerüttelt bis ins Mark und fast besinnungslos, und steht vor der Aufgabe, wieder zu sich zu finden.

So, meine lieben Leserinnen, geht es mir und dem Mann, der mich liebt.

Wir stehen vor schweren Zeiten, denn leider, leider sind wir unsanft gelandet. Nicht nur, dass uns nach den paradiesischen Tagen am See der normale Alltag wiederhat – nein, es ist viel schlimmer, denn nichts ist mehr so, wie es vor dem göttlichen Wochenende war:

Die alte Mutter meines Lieblings ist sehr krank. Wir müssen mit dem Schlimmsten rechnen.

In Zeiten der Not hat man seine eigenen Wünsche, so berechtigt sie auch sein mögen, zurückzustellen, meine lieben Leserinnen – ich, die Verfasserin dieser Kolumne, lege Ihnen das in aller Ernsthaftigkeit ans Herz.

Ich würde es niemals zulassen, dass der Sohn seiner über alles geliebten Mutter nicht beistünde. Tag und Nacht wacht er an ihrem Sterbebett. Er hält ihre runzligen, abgearbeiteten Hände. Er trocknet ihr zärtlich die schweißnasse Stirn. Er liest ihr die letzten Wünsche von den Augen ab und flüstert ihr Koseworte ins Ohr.

Ob sie diese noch vernimmt? Schwer zu sagen. Wir hoffen es von ganzem Herzen. Mit all meinen Gedanken bin ich bei meinen Liebsten. Ich sende ihnen gute Wünsche und bin voll der Hoffnung, dass die Mutter meines Darlings bald von ihrem Leiden erlöst wird.

Es ist aber auch für mich eine schwere Zeit, denn natürlich sitzt auch die Frau meines Liebsten am Bett der Schwiegermutter, obwohl sich die beiden im Leben spinnefeind sind. Doch der Schein muss gewahrt bleiben, ist's nicht so, meine lieben Leserinnen?

Dann ist da noch der Sohn mit seiner Verlobten. O, die beiden pressen ein paar Tränchen aus den Augen, aber diese Gier, das Erbe so bald wie möglich an sich zu raffen, lässt sich nicht verbergen. Ich leide mit meinem Liebsten, ich wünschte, ich säße an seiner Seite ... Er lechzt nach meinem Trost, meiner Liebe, meinem Verständnis – denn was nennt er sein Eigen?

Eine kalte Frau, einen herzlosen Sohn.

Ich habe meine Pläne auf Eis gelegt. Aber nicht für lange; das Ende ist nah. Und damit auch die Verpflichtung, für die alte Mutter ein Heim zu finden, und so hat sich das Problem auf ganz natürliche Weise gelöst. Genau so leicht und natürlich wird sich auch das kleine, aber lästige Problem Frau und Sohn lösen: Die Erbschaft stellt sie auf die eigenen Beine.

Sie sehen, meine lieben Leserinnen, trotz der schweren Zeit bin ich guter Dinge. Ich fasse die Tage der Trennung als Prüfung auf – aber auch als Tage der Verheißung!

Dann, aber dann, schwebe ich wie Phönix aus der Asche in den Himmel auf Erden!

Bis dahin, meine lieben Leserinnen, wünsche ich Ihnen alles erdenklich Gute

Wir immer Ihre Marie Liebe

Angewidert ließ Rob das Blatt sinken. »Das ist ja unerträglich! Was sie da zusammenschmiert, glaubt sie doch selbst nicht! Linda, ich bin sicher, sie nimmt ihre geliebten Leserinnen auf den Arm! Dieses verlogene Gesülze! Widerlich, absolut widerlich ist das«, wiederholte er erbost.

»Meinst du das wirklich?« Linda nahm ihm den Ordner aus den Händen. »Marie Liebe ist berechnend, ja. Aber sie ist nicht dumm. Ich denke, mit dieser Kolumne erschreibt sie sich das Hintertürchen, durch das sie sich unbeschadet aus dem selbst angerichteten Schlamassel in Sicherheit bringen kann.« Sie ging zur Tür. »Ich kann dir jetzt schon sagen, wie die Fortsetzung lauten wird.«

»Da bin ich aber gespannt!« Rob verschränkte die Hände hinterm Kopf und bog den Rücken nach hinten.

Linda lächelte. »Meine lieben Leserinnen, ich stehe vor der schwersten Aufgabe meines Lebens. Die lautet: Ich entsage –« Sie legte mit dramatisch zur Decke gerichteten Augen die Hand aufs Herz. »– denn mein Liebster opfert sich für Frau und Kind. Wie kann ich so selbstsüchtig sein und auf meinem Glück beharren, wenn er so leidet?«

»Du liest zu viele schlechte Romane«, sagte Rob grob.

»Nur lesen? Ich übersetze sie sogar!« Schwungvoll drehte sich Linda um. »Bin gleich wieder bei dir!«

43. Kapitel

Da stand ich, Nina Kick, Biologin und Expertin auf dem Gebiet Mutualismus, und brachte den Mund nicht mehr zu.

Alex streckte den Zeigefinger aus. »So ein blödes Nachthemd trägst auch nur du!«

Er war ja nun Besseres gewohnt: Zarte Spitze und raschelnde Seide. »Du hast es mir auf dem Cannstatter Wasen gekauft!«

»Niemals!« Alex schüttelte energisch den Kopf. »Du warst auf dem Balkon. Mit wem hast du telefoniert, Nina?«

»Mit wem teilst du das Eckzimmer?«, entgegnete ich so sachlich, wie's mir nur möglich war.

»Ich ...« Sein Blick wanderte durchs Zimmer und blieb an der Perücke hängen, die ich auf den Tisch geschleudert hatte. »Was ist denn das?« Mit spitzen Fingern hob er sie auf, roch daran, runzelte die Stirn. »Hm. Den Geruch kenne ich doch ...«

Und ob er ihn kannte! Ich hatte ja sogar seinen Schlafanzug damit eingenebelt.

Alex ließ die Perücke fallen und hob den gepolsterten BH, die aparte Unterhose und das Kleid-für-alle-Fälle auf. Ich sah, wie's hinter seiner Stirn arbeitete – auf Hochdruck und mit Vollgas. »Das glaube ich jetzt nicht«, murmelte er.

Himmel noch mal! Meine Pläne, der brutale wie auch der entschärfte, waren im Eimer!

»Sagtest du nicht, du hättest in der *Wilhelma* jede Menge zu tun? Das ganze Wochenende lang?«

»Hab ich gesagt«, bestätigte ich und kreuzte die Arme vor der Brust.

»Du warst nicht in der *Wilhelma*. Du warst hier. Die ganze Zeit, stimmt's?«

»O ja!« Ich rammte mir die Perücke aufs Haupt. Ich wusste, dass sie nicht richtig saß, aber das war jetzt nicht wichtig.

»Mit dem Ding siehst du lächerlich aus.«

»Das ist nichts gegen dich, wenn dich die Marie Liebe in aller Öffentlichkeit abküsst!«

Alex zuckte zusammen. »Marie Liebe? Wer soll das sein?«

»Die Dame, mit der du dir das Eckzimmer teilst. Die Suite«, präzisierte ich. »Und nicht nur das!« Jetzt kam ich richtig in Fahrt. »Mein Lieber, du hast uns alle belogen. Und weißt du was? Ich habe jede Menge Beweise!« Wo zum Teufel war mein Handy?

»Verrätst du mir, wovon du, verdammt noch mal, sprichst?« Alex Stimme war gefährlich leise – der Tiger setzte zum Sprung an!

Jetzt hatte ich das Handy gefunden. »Ich spreche von der Frau, mit der du mich betrügst. Und – « Ich umklammerte das Handy, als wär's eine Waffe. »Der du ins Netz gegangen bist. Die dich zum Altar schleppen und schlachten wird wie Moses das Opferlamm. Von der spreche ich, Alex!«

»Nina, ich bewundere deine Fantasie!«

Aha, der Tiger sperrte schon das Maul auf und fauchte ein letztes Mal, bevor er sich auf mich stürzen würde … »Du gibst nie etwas zu, nicht wahr, Alex?«

»Warum sollte ich etwas zugeben, das nicht stimmt?«

Ich Rindvieh hatte ihm den Gesichtsverlust ersparen wollen, doch in diesem Augenblick erkannte ich, dass mein entbrutalisierter Plan niemals funktioniert hätte: Ein Tiger muss so in die Ecke getrieben werden, dass er sich weder mit Kraft noch Wut wehren kann – seine Niederlage muss total sein. Und damit er sie auch wirklich akzeptiert, muss man ihn mit der Schnauze in die Sch… drücken. Ich lächelte ihn an. »Moment mal.«

Ich flitzte auf den Flur, stieß mit Linda zusammen, sah den blutroten Ordner, riss ihn ihr aus der Hand, rannte zurück, stieß Alex in den kleinen Sessel und warf ihm die gesammelte Kolumne in den Schoß. »Lies! Und rühr dich nicht von der Stelle, bis du beim letzten Punkt angekommen bist!«

Der Tiger gab den Kampf noch längst nicht auf. »Nina! Du machst dich lächerlich.«

»Ich fürchte«, sagte jemand hinter mir, »es ist nicht deine Frau, die sich lächerlich macht.« Ich fuhr herum – Linda und Rob waren hereingekommen. Klar, in der Hast hatte ich die Tür nicht zugemacht. Sie stand auch jetzt noch sperrangelweit auf.

»Ach! Noch eine Person, die nicht in der *Wilhelma* Dienst tut«, spottete Alex. »Robert Calander, wenn ich mich nicht irre.« Er warf den Ordner aufs Bett. »Interessiert mich nicht.«

»Lies!«

»Hallo Liebling!« Marie Liebe lehnte in voller Uniform am Türrahmen: Seidenhemd und Spitzenneglige. Ich machte einen Satz, brachte den Ordner an mich, zog sie ins Zimmer und knallte die Tür zu. Es schepperte gewaltig.

»So!« Ich öffnete den Ordner. »Alex, du willst es nicht anders.«

Ich blätterte, ich wusste genau, welche Stelle jetzt entscheidend war, und las.

»… *Mit meinem treuen Möpschen war ich am Samstag oberhalb der Streuobstwiesen unterwegs. Dort traf ich einen Mann.*

Einen? Nein, DEN MANN.

Der Mann, der alle meine Wünsche erfüllt. Sie wissen schon: Einer, der's zu was gebracht hat. Der das Leben genießen kann, humorvoll, intelligent und klug ist und zu alldem auch gut aussieht.

So ein Goldstück hat natürlich Familie: Eltern, Frau, Kinder. Ob auch Enkel? Egal?

Ist das ein Hindernis? Für mich nicht; wie Sie wissen, machen Schwierigkeiten den Sieg nur kostbarer.

Und ich werde siegen, liebe Leserinnen. Jeden Schritt auf meinem Weg zum Sieg werde ich Ihnen schildern – versprochen!

Der Anfang ist gemacht, das Samenkorn liegt in der Erde …«

Ich sah auf. »Na, Alex?«, und blätterte hastig weiter.

»Ich habe ihm kostbare Zwiebeln geschenkt – im kommenden Jahr werden seltene Papageientulpen blühen. Neulich habe ich ihm Kaiserkronen … und eine herrliche Kletterpflanze mitgebracht. Er hat sie neben die Schaukel in die Erde gepflanzt, damit wir uns an ihren roten Blüten erfreuen können, wenn wir den Champagner genießen, den er aus dem Gartenhaus holt.

Überhaupt das Gartenhau…

»Es reicht.« Alex stand auf, aber noch bevor er mir den Ordner aus der Hand reißen konnte, hatte Marie ihn geschnappt und presste ihn an die Brust. »Ich bin Schriftstellerin. Ich habe mir die dichterische Freiheit genommen …«

Rob lächelte sie an. »Marie, das Spiel ist aus. Du hast deinen Plan zu genau geschildert, als dass sich dein Opfer in dieser Kolumne nicht wiedererkennen würde.«

»Bis auf den Schluss natürlich.« Linda lächelte sehr liebenswürdig. »Da haben Sie tatsächlich eine Menge Fantasie entwickelt.«

»Sie!« Marie wich zur Tür zurück. »Sie waren ja überhaupt keine Konkurrenz für mich.« Sie griff nach der Klinke. »Und du, Alex, warst auch keine so prickelnde Eroberung, wie ich anfangs dachte. Eins sage ich dir: Mit einem mittelprächtigen Mann gebe ich mich nicht ab.«

Epilog

Zum Umgang mit Tigern rät Siemoneit-Barum:

Zitat:

»Suchen Sie nie in der Gruppe den Konflikt, sondern warten Sie, bis Sie den Tiger in der Umgebung, in der er sich sicher fühlt, zu einem Zweiergespräch treffen können.«

Zitat Ende.

In diesem Sommer fiel die Ernte außerordentlich üppig aus. Alex beglückte uns und unsere Nachbarn mit unzähligen Zucchini, sodass wir alle Rezepte ausprobieren konnten, die je erfunden worden waren. Mitte September allerdings flüchteten unsere Nachbarn und verriegelten ihre Häuser, wenn sie Alex mit was Grünem unterm Arm sichteten …

Wir trockneten Tomaten. Wie die Großfamilien in Italiens Süden kochten wir Ketchup und füllten die Pampe in Flaschen. Wir froren Busch- und Stangenbohnen ein, Spinat und Mangold in Form von blanchierten Blättern und als Brei, wir fädelten Chilischoten und Peperoni auf und hängten die hübschen Ketten auf der Bühne auf.

Wir aßen Paprika und Auberginen, bis sie uns zum Hals raushingen, wir legten Gelbe und Rote Rüben in feuchten Sand, rösteten Mais und kellerten Kartoffeln sowie Äpfel ein und ließen die vielen Sorten Kohl erst mal auf den Beeten stehen.

Tagelang kochten wir Marmelade: Kirschen-, Mirabellen-, Brombeer- und Pflaumengsälz. Und natürlich Quittengelee, Quittenmus und Quittenspeck!

Wir waren Selbstversorger, und wenn Alex noch ein paar Hühner und eine Kuh angeschafft hätte, hätten wir dem *Rewe* am Adlerplatz die kalte Schulter zeigen können. Oder doch so gut wie.

Es gab so viele Früchte, dass Alois eines Tages mit einer blauen Tonne ankam. Felix, er hatte seinen Führerschein wieder, fuhr sie aufs Stückle hinaus, womit er den Alois zum glücklichsten Menschen machte: Ungeachtet aller Wespen und Hornissen sammelte er tagelang Früchte auf und ein, kippte sie in die Tonne, fabrizierte – nur der Herrgott wusste, wie er das anstellte! – einen Quirl an die grüne Bosch-Bohrmaschine und ließ uns wissen, dass er schnapsen würde.

Ida hielt das für eine gute Idee, die gefeiert werden musste. Und wie damals, als wir das Hochbeet einweihten, wurde die gesamte Familie zu einem Grillfest auf dem Stückle eingeladen. Und alle kamen:

Meine Schwägerin Ursel mit ihrem Nudelsalat und Eberhard, der so tat, als habe er noch nie einen Gedanken ans Erben verschwendet. Deren angepasste Söhne Ulrich und Hartmut, die sich wie immer an Penelope ranmachten.

Suse und Matti steuerten eine Flasche bestes kaltgepresstes Olivenöl bei, und selbstverständlich waren auch Mitzi und Felix und Idas Alois da, der nach wie vor morgens mit zwei mürben Hörnle und zwei Brezeln in der Tüte vor der Tür stand.

Damit war die Großfamilie zwar komplett, aber nicht vollständig, denn inzwischen zählten auch unsere Freunde zur erweiterten Familie:

Rob und Linda, die wieder im Haus am Bopser wohnte, und Kathrin mit ihrem Arnd vom Luginsland.

Eine Bekannte aus der Hochbeet-Zeit war nicht eingeladen worden. Niemand vermisste sie; mir fiel nur auf, dass Alex ein-, zweimal versonnen zur blutroten Dipladenia sundae rüberschaute. Die Blüten neben der Hollywood-Schaukel waren aber auch ein echter Hingucker ...

Nachwort

Liebe Leserinnen, liebe Leser!

Orte wie Stuttgart, Konstanz, Winnenden oder Weinstadt sind voll von Einheimischen oder auch Touristen auf Sightseeing-Tour. Alle kann man sehen, ansprechen, zur Not und wenn's denn sein muss, auch anfassen oder anbrüllen – es sind Menschen wie Sie und ich.

Ida und Alois, Nina und Alex, Mitzi und Felix, Linda und Rob und alle anderen auch sind Kopfgeburten – sie verdanken ihr Leben ausschließlich meiner Fantasie. Sollten Sie beim Lesen denken: Des isch abr dr Karle, wie er leibt und lebt! Und des nadierlich die Inge Hufnagel – hot di net des Schdückle Birkmannsweiler zu?

Sollten Sie also eine liebe Bekannte oder einen Grasdackel aus Ihrer Nachbarschaft in diesem Buch entdecken, irren Sie sich. Ehrlich und wahrhaftig. Denn:

Jegliche Ähnlichkeit mit lebenden oder kürzlich verstorbenen Personen unterliegt dem Zufall und ist nicht beabsichtigt!

Sissi Flegel

Literatur

Boland, M. und B.: Was die Kräuterhexen sagen. dtv, 1983.

Hunger, A.: Gebrauchsanweisung für Schwaben. Piper, 2007.

Inselführer: Wege über die Mainau, 2003

Siemoneit-Barum, G.: Die Kunst, mit dem Tier im Menschen umzugehen. Gräfe und Unzer, 2007.

Suhr, D.: Die Wilhelma – 100 Geschichten und Anekdoten. Thorbecke, 2005.

Das Daimlerlied »Stern, auf den ich schaue …« ist ein Kirchenlied aus der Zeit der Romantik.
Text: Adolf Krummacher (1824–1884)
Melodie: Mina Koch (1845–1924)

Die Infos über die Docklands stammen aus dem Internet.